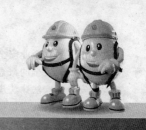

企业安全健康知识丛书 第二版

主要负责人及管理人员
安全健康培训教程

第二版

王起全 主 编

赵秋生 副主编

化学工业出版社
·北京·

本书是《企业安全健康知识丛书》第二版的一个分册。

本书从安全的概念入手，系统地介绍了我国安全生产发展的历史和现状、我国安全生产法律法规与责任、生产经营单位安全生产管理、生产经营单位危险源辨识与事故隐患排查、事故应急管理、事故报告调查处理、安全生产标准化、职业健康安全管理体系、企业安全文化、安全生产信息化等。同时，介绍了有针对性、实用性的案例和经验，为企业主要负责人、安全管理人员以及广大从业人员提高安全素质，展开实际操作具有很好的参考价值。

本书可作为企业主要负责人与各层次的管理人员进行安全管理工作的参考书籍，同时也可供其他从事安全管理工作的人员参考。

图书在版编目（CIP）数据

主要负责人及管理人员安全健康培训教程/王起全主编.
2版. —北京：化学工业出版社，2010.8
（企业安全健康知识丛书，第二版）
ISBN 978-7-122-08912-0

Ⅰ. 主…　Ⅱ. 王…　Ⅲ. ①企业管理-劳动保护-劳动
管理-中国-技术培训-教材②企业管理-劳动卫生-卫生
管理-中国-技术培训-教材　Ⅳ. ①X92②R13

中国版本图书馆 CIP 数据核字（2010）第 119709 号

责任编辑：周永红　杜进祥　　　　　　　　装帧设计：尹琳琳
责任校对：吴　静

出版发行：化学工业出版社（北京市东城区青年湖南街 13 号　邮政编码 100011）
印　　装：北京市彩桥印刷有限责任公司
850mm×1168mm　1/32　印张 10　字数 280 千字
2010 年 9 月北京第 2 版第 1 次印刷

购书咨询：010-64518888（传真：010-64519686）
售后服务：010-64518899
网　　址：http://www.cip.com.cn
凡购买本书，如有缺损质量问题，本社销售中心负责调换。

定　　价：25.00 元　　　　　　　　　　版权所有　违者必究

第二版序

　　安全是人类文明的体现，是社会进步的标志。随着社会经济的发展，安全问题会更加突出，它涉及经济建设和社会生活各个领域以及人民群众衣食住行各个方面，直接影响到社会稳定、经济发展和人民生活。社会需要"和谐稳定"，人民需要"安居乐业"，职工需要"劳动保护"，企业需要"稳步发展"。因此，实现安全生产，是事关社会安定和谐、人民安康幸福、经济持续发展的大事。

　　党和政府对安全生产工作高度重视和持续加强，十六届五中全会确立了安全发展的指导原则，把安全放到可持续发展的高度来统筹考虑，凸显安全生产的重要性。胡锦涛总书记、温家宝总理做出了关于安全发展和安全生产工作的一系列重要论述和指示，进一步表明了党和政府对安全生产工作的高度重视和建设社会主义和谐社会的坚定决心。近几年，从体制建设、资金投入、执法监察等方面采取了一系列重大的举措，有效地防范和遏制了重特大事故的发生，安全生产工作取得了新的进展和成效。但由于我国粗放型经济增长方式没有根本改变，安全监管体制还不健全，执法不严，监管不力，安全投入不足，企业安全生产基础比较薄弱，加之农村劳动力大量转移而缺乏必要的培训教育，造成目前安全生产形势依然较为严峻，致使劳动者安全健康合法权益受到严重侵害，这已成为当今社会发展最不和谐的音符。

　　遏制伤亡事故，治理职业危害，改善生产条件和作业环境，降低发展的"生命成本"，要靠全社会的共同的努力。党和政府的战略举措、监管部门的执法监察、生产企业的遵章守法是搞好安全生产的重要因素。而量大面广的生产企业，是伤亡事故的发生地，是职业危害的存在处，如果隐患整改不力、危险源监控不严，随时都有可能引发事故和职业病。因此，搞好安全生产的关键是企业，各类企业要把安全生产作为企业生存和发展的基础，作为建立文明生产环境的前提和保障。

为此，企业必须依法承担起安全生产的主体责任，按照法律规定，建立安全生产责任制，明确各级人员的安全生产责任。企业主要负责人是本单位安全生产的第一责任者，对安全生产工作全面负责；企业有关负责人的职责是协助主要负责人，对安全生产专职负责；企业安全管理人员负责日常的安全管理工作；班组长负责生产一线安全生产工作，是企业规章制度的直接执行者；岗位工人应当遵守安全规章制度和操作规程，对本岗位的安全生产负责。各类人员除明确自身的安全生产职责外，还应具备相应的安全生产知识、安全管理能力、安全操作技能。《安全生产法》规定："生产经营单位的主要负责人和安全生产管理人员必须具备与本单位所从事的生产经营活动适应的安全生产知识和管理能力。""从业人员应当接受安全生产教育和培训，掌握本职工作所需的安全生产知识，提高安全生产技能，增强事故预防和应急处理能力。"

为了配合国家安全生产监督管理部门和各类企业做好安全生产宣传培训工作，化学工业出版社组织编写了《企业安全健康知识丛书》（第二版）。《企业安全健康知识丛书》自 2005 年出版以来，由于其内容能够结合企业安全生产工作实际，对企业安全生产工作有较好的指导作用，得到了企业的广泛欢迎。2007 年获得第九届中国石油和化学工业优秀科技图书二等奖，并被中国书刊发行业协会评为"2006 年度全行业优秀畅销品种"（科技类）。但随着安全科学技术和安全管理方法的发展，以及安全生产法律、法规、标准的更新，《企业安全健康知识丛书》中的一些内容已不适合目前企业安全生产工作的需要，为此，对《企业安全健康知识丛书》进行修订。根据2006年国家安全生产监督管理总局令第3号《生产经营单位安全培训规定》的要求，《企业安全健康知识丛书》（第二版）针对企业安全生产的主要培训对象，即企业主要负责人、安全管理人员、班组长、新员工，并依据法规文件对各类人员安全培训内容的要求，精心设计了各分册的内容。《企业安全健康知识丛书》（第二版）包括：《主要负责人及管理人员安全健康培训教程》、《安全管理人员安全健康培训教程》、《班组长安全健康培训教程》和《新员工安全健康培训教程》四个分册，其内容有较强的针对性、实用性、可操作性，对企业主要负责人积极承担其安全生产法定职责、安全管理人员正确履行其安全生产管理职责、班组长认真搞好班组安全建设、新员工自觉遵章守纪，对于提高企业全员的安全意识和安全素质，具有一定的促进作用。我期望，这套丛书能够成为企业安全培训的优秀教材，为企业搞好安全生产工作发挥作用。

中国职业安全健康协会副理事长

2010年3月

第一版序

　　保护劳动者在生产过程中的安全与健康是社会文明的重要标志，也是全面建设小康社会和构建社会主义和谐社会的重要内容。

　　党和政府十分重视保护劳动者在生产过程中的安全与健康，采取了一系列重大举措，也取得了相当大的成就。职工的工作条件与环境不断改善，一些地区与行业伤亡事故和职业危害不同程度地得到控制。但由于种种原因，我国安全生产形势还比较严峻，各类事故总量还相当大，特别是重大事故还屡有发生，职业危害也相当严重。这不仅直接危及职工的生命安全和身体健康，而且给国民经济造成巨大的损失，对我国社会稳定及可持续发展产生不利的影响。更为严峻的是，事故隐患在一些地方和企业还大量存在，如果监控不严、整改不力，随时都可能引发事故甚至重特大事故。

　　职工群众在生产过程中的安全健康合法权益越来越受到政府和社会各界的重视。加强劳动安全卫生工作，改善劳动条件，保障职工群众的安全健康权益，已摆到了相当重要的位置。温家宝总理在十届全国人大三次会议的政府工作报告中指出，"用科学发展观统领经济社会发展全局"，"要以对人民高度负责的精神，切实改善生产安全状况"。在构建社会主义和谐社会的进程中，国家提出了树立和落实以人为本的科学发展观，把安全生产纳入经济和社会发展的总体布局。杜绝事故隐患，防患于未然，已成为全社会共同的责任。各类企业不仅要把安全生产作为企业生存和发展的基础，而且要作为建立文明、和谐生产环境的前提保障。

　　企业主要负责人是企业劳动安全卫生工作的第一责任人，对本单位的劳动安全卫生工作全面负责。一个企业劳动安全卫生工作是否取得成效，关键在于该企业的主要负责人是否认真履行其在安全生产方面的职责。安全员是企业负责安全管理的专业人员，而班组长是班组安全工作的第一负责人。他们是国家劳动安全卫生法律法规在企业的贯彻执行者，是企业规章制度的具体落实者，在企业安全管理中起着举足轻重的作用。《中华人民共和国安全生产法》明确规定："生产经营单位的主要负责人和安全生产管理人员必须具备与本单位所从事的生产经营活动相应的安全生产知识和管理能力"。因此，提高企业主要负责人、安全员、班组长的安全素质，使之熟悉国家有关劳动安全卫生法律法规和标准，具备必要的劳动安全卫生知识和管理能力，是对企业主要负责人、安全管理人员、安全员、班组长的基本要求，也是企业搞好劳动安全卫生工作的重要保障。

中国劳动关系学院安全工程系教师编写的《企业安全健康知识丛书》，涵盖了从企业厂长（经理）、安全管理人员、安全员到班组长、新员工等不同层次人员必备的职业安全健康知识，依据国家现行安全生产法律、法规和标准，阐明了他们各自在劳动安全卫生方面的责任。本丛书共分 4 册，较好地将安全生产法律法规、劳动安全卫生理论知识与企业安全工作实际结合起来，针对性、实用性较强。书中提出的一些安全管理方法和事故预防措施具有可操作性，对于企业主要负责人和安全管理人员正确履行职责、安全员真正发挥作用、班组长搞好班组的安全建设、新员工掌握劳动安全卫生知识和树立自我保护意识，对于提高全员的安全素质，具有一定的参考价值。我相信这套丛书的出版将对基层企业的安全生产和劳动安全卫生工作起到积极的促进作用。

中华全国总工会劳动保护部部长

2005 年 5 月

第二版前言

目前，我国正处于工业化和城镇化快速发展期，由于粗放型经济增长方式没有根本改变，安全投入不足，安全生产基础薄弱，安全生产形势依然严峻。这种局面若不能改变，将直接影响我国经济的持续健康发展和全面建设小康社会宏伟目标的实现。

企业主要负责人和管理人员掌握着企业的各种资源和经营决策权，其对安全生产的认识水平、安全管理知识水平的高低决定着企业对安全生产的投入以及重视程度，从而最终决定企业的安全生产水平。换言之，企业主要负责人和管理人员安全管理知识水平和安全意识的提高，意味着整个企业安全生产水平的全面提升。因此，在当前国际、国内的安全生产形势下，企业主要负责人及其管理人员具备一定的安全管理知识已成为企业管理者的必备素质。《中华人民共和国安全生产法》明确规定："生产经营单位主要负责人和安全生产管理人员必须具备与本单位所从事的生产经营活动相应的安全生产知识和管理能力"，要求生产经营单位主要负责人和安全生产管理人员必须由有关主管部门对其安全生产知识和管理能力考核合格后方可任职；法律还规定"从业人员应当接受安全生产教育和培训，掌握本职工作所需的安全生产知识，提高安全生产技能，增强事故预防和应急处理能力"。

本书以企业厂长、经理及管理人员为主要对象，系统介绍了企业安全管理的常用基本理论与实务，为进一步提高生产经营单位主要负责人、安全生产管理人员、广大从业人员的安全素质，提供有针对性、实用性、系统性的资料。在第一版的基础上，新增介绍了国家最新出台的危险化学品重大危险源辨识标准、企业安全文化建设导则等标准，使生产经营单位能够及时掌握国家相关标准的最新动态。

本书由王起全担任主编、赵秋生担任副主编，沈博提供了安全生产信息化参考材料，并参与了安全生产信息化编写工作。本书的编写得到了中国劳动关系学院孟燕华教授的指导，在此一并表示感谢。本书编写引用了一些业内专家的著作、教材，特此感谢。

由于编者水平有限，本书难免存在不足之处，恳请读者批评指正。

编者
2010 年 5 月

第一版前言

　　自 20 世纪 90 年代以来，国家对安全生产的管理力度逐年加大，推出了《安全生产法》、《职业病防治法》等一系列法律法规，明确规定了企业主要负责人对安全生产负全面责任，同时又详细规定了企业及其主要负责人安全生产的具体职责和违反相应法律法规所承担的法律责任。整个国家的安全管理逐步走向法制化、正规化、标准化。

　　企业主要负责人和管理人员掌握着企业的各种资源和经营决策权，其对安全生产的认识水平、安全管理知识水平的高低决定着企业对安全生产的投入以及重视程度，从而最终决定企业的安全生产水平。换言之，企业管理人员安全管理知识水平和安全意识的提高，意味着整个企业安全生产水平的全面提升。因此，在当前国际、国内的安全生产形势下，企业主要负责人及其管理人员自觉提高安全管理知识水平是非常必要的。

　　本书以企业厂长、经理及管理人员为主要读者对象，简要系统地介绍了企业安全管理的常用基本理论与实务。本书的编写得到了中国劳动关系学院陈莹教授和孟燕华副教授的指导，同时还得到了胡广霞老师的大力帮助，在此一并表示感谢。

　　本书编写引用了各位专家的著作、教材，特此感谢。

　　由于编者水平有限，本书不足之处，恳请读者批评指正。

编者

2005 年 6 月

目录

第一章 概 述

第一节 安全、健康相关基本概念

安全与健康是人类生存和发展活动永恒的主题，在其长期的发展历程中产生了一些基本概念。

① 安全与本质安全

（1）安全　顾名思义，安全为"无危则安，无缺则全"，安全意味着不危险，这是人们传统的认识。

生产过程中的安全，即安全生产，指的是"不发生工伤事故、职业病、设备或损失的威胁"。

工程上的安全性，是用概率表示近似客观量，用以衡量安全的程度。

系统工程中安全的概念，认为世界上没有绝对安全的事物，任何事物中都包含有不安全因素，具有一定的危险性。

安全和危险是一对互为存在前提的术语，主要是指人和物的安全和危险。在系统整个寿命期间内，安全性与危险性互补。

按照系统安全工程观点，科学的定义安全是指生产系统中人员免遭不可承受危险的伤害。

（2）本质安全　本质安全是指设备、设施或技术工艺含有内在的能够从根本上防止发生事故的功能。具体包括三方面的内容。

① 失误-安全功能。指操作者即使操作失误，也不会发生事故或伤害，或者说设备、设施和技术工艺本身具有自动防止人的不安全行为的功能。

② 故障-安全功能。指设备、设施或技术工艺发生故障或损坏时，还能暂时维持正常工作或自动转变为安全状态。

③ 上述两种安全功能应该是设备、设施和技术工艺本身固有的，即在它们的规划设计阶段就被纳入其中，而不是事后补偿的。

本质安全是生产中"预防为主"的根本体现，也是安全生产的最高境界。实际上，由于技术、资金和人们对事故的认识等原因，目前还很难做到本质安全，只能作为追求的目标。

❷ 健康

世界卫生组织（WHO）给健康所下的正式定义是健康不仅仅是指没有疾病或病痛，而且是一种躯体上、精神上和社会上的完全良好状态。也就是说健康的人要有强壮的体魄和乐观向上的精神状态，并能与其所处的社会及自然环境保持协调的关系。

我们这里谈到的健康主要是职业健康，具体来说是指研究并预防因工作导致的疾病，防止原有疾病的恶化。主要表现为工作中因环境及接触有害因素引起人体生理机能的变化。

❸ 危险与危险度

根据系统安全工程的观点，危险是指系统中导致发生不期望后果的可能性超过了人们可承受的程度。从危险的概念来看，危险是人们对事物的具体认识，必须明确对象，如危险环境、危险条件、危险物质、危险因素等。

危险度一般是指危险的度量，危险一般不能定量，而危险度则可定量，等价于风险。

❹ 风险

风险是危险、危害事故发生的可能性与危险、危害事故严重程度的综合度量。风险通常用字母 R 表示，它等于事故发生的概率（频率）（P）与事故损失严重程度（后果）（S）的乘积，即 $R=PS$。风险影响因素见图1-1。

❺ 事故与事件

在生产过程中，事故是指造成人员死亡、伤害、职业病、财产损失或其他损失的意外事件。事故是意外事件，是人们不期望发生的，同时该事件产生了违背人们意愿的后果。

事件的发生可能造成事故，也可能并未造成任何损失。事件包括事故事件，也包括未遂事件。对于没有造成职业病、死亡、伤害、财产损失或其他损失的事件可称为"未遂事件"或"未遂过失"。导致事故发生的事件称为事故事件。

海因里希法则揭示出事故和事件之间的关系。美国著名安全工程师

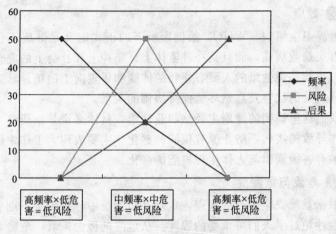

图 1-1　风险影响因素

海因里希提出了 300：29：1 法则（见图 1-2）。这个法则是说，当一个企业有 300 个隐患或违章，必然要发生 29 起轻伤或故障，在这 29 起轻伤事故或故障当中，必然包含有一起重伤、死亡重大事故。"海因里希法则"是美国海因里希通过分析工伤事故的发生概率，为保险公司的经营提出的法则。这一法则可以用于企业的安全管理上，即在一件重大的事故背后必有 29 件"轻度"的事故，还有 300 件潜在的隐患。可怕的是对潜在性事故毫无觉察，或是麻木不仁，结果导致无法挽回的损失。

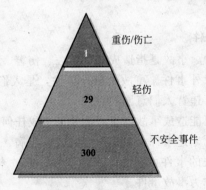

图 1-2　海因里希法则

❻ 事故隐患与危险源

事故隐患是指作业场所、设备及设施的不安全状态，人的不安全行为和管理上的缺陷，是引发安全事故的直接原因。

从安全生产角度解释，危险源是指可能造成人员伤害、疾病、财产损失、作业环境破坏或其他损失的根源或状态。它的实质是具有潜在危险的源点或部位，是能量、危险物质集中的核心，是爆发事故的源头。

危险源存在于确定的系统中，不同的系统范围，危险源的区域也不同。例如，从全国范围来说，对于危险行业（如石油、化工等）具体的一个企业（如炼油厂）就是一个危险源。而从一个企业系统来说，可能某个车间、仓库就是危险源，一个车间系统可能是某台设备是危险源，因此，分析危险源应按系统的不同层次来进行。

事故隐患与危险源不是等同的概念，事故隐患是指作业场所、设备及设施的不安全状态，人的不安全行为和管理上的缺陷。它实质是有危险的、不安全的、有缺陷的"状态"，这种状态可在人或物上表现出来，如人走路不稳、路面太滑都是导致摔倒致伤的隐患；也可表现在管理的程序、内容或方式上，如检查不到位、制度的不健全、人员培训不到位等。

一般来说，危险源可能存在事故隐患，也可能不存在事故隐患，对于存在事故隐患的危险源一定要及时加以整改，否则随时都可能导致事故。

现实中的危险源实际上处于各自的受控状态或监控状态，由于不同的人为干预，即便是同一类的危险源，现实危险度会截然不同。最典型的例子是核电站，从危险源的角度讲，核反应堆是极其重大的危险源，但是由于管理严密，多重保护和预警、反馈技术的有效控制，安全性很高，因此，不一定形成事故隐患。

实际中，对事故隐患的控制管理总是与一定的危险源联系在一起，因为没有危险的隐患也就谈不上要去控制它；而对危险源的控制，实际就是消除其存在的事故隐患或防止其出现事故隐患。

事故、危险源、安全措施、事故隐患之间的关系如图 1-3 所示。

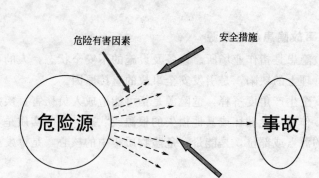

图 1-3　事故、危险源、安全措施、事故隐患之间的关系

7. 重大危险源与重大事故隐患

广义上说，可能导致重大事故发生的危险源就是重大危险源。但各国政府部门为了对重大危险源进行安全生产监察，对重大危险源作出了规定。国家标准《危险化学品重大危险源辨识》（GB 18218—2009）和《安全生产法》对重大危险源作出了明确的规定。《安全生产法》第九十六条的解释是：重大危险源，是指长期地或者临时地生产、搬运、使用或者储存危险物品，且危险物品的数量等于或者超过临界量的单元（包括场所和设施）。

各国政府部门对重大危险源的定义、规定的临界量是不同的。无论是重大危险源的范围，还是重大危险源临界量，都是为了防止重大事故发生，从国家的经济实力、人们对安全与健康的承受水平和安全监督管理的需要给出的，随着人们生活水平的提高和对事故控制能力的增强，重大危险源的规定也会发生改变。

事故隐患分为一般事故隐患和重大事故隐患。一般事故隐患，是指危害和整改难度较小，发现后能够立即整改排除的隐患。重大事故隐患，是指危害和整改难度较大，应当全部或者局部停产停业，并经过一定时间整改治理方能排除的隐患，或者因外部因素影响致使生产经营单位自身难以排除的隐患。加强对重大事故隐患的控制管理，对于预防特大安全事故有重要的意义。《安全生产事故隐患排查治理暂行规定》（国家安全生产监督管理总局令第 16 号），2008 年 2 月 1 日起施行，此规定中对重大事故隐患的评估、组织管理、整改等要求作了具体规定。

⑧ 安全生产、劳动保护与职业安全健康

（1）安全生产　安全生产是指为预防生产过程中发生人身、设备事故，形成良好劳动环境和工作秩序而采取的一系列措施和活动。概括地说，安全生产是为了使生产过程在符合物质条件和工作秩序下进行，防止发生人身伤亡和财产损失等生产事故，消除或控制危险有害因素，保障人身安全与健康、设备和设施免受损坏、环境免遭破坏的总称。

（2）劳动保护　仅从字面上理解，劳动保护是指保护劳动者在生产过程中的安全与健康。很明显，劳动保护的对象是从事生产的劳动者。更广泛地说，劳动保护是依靠科学技术和管理，采取技术措施和管理措施，消除生产过程中危及人身安全和健康的不良环境、不安全设备和设施、不安全环境、不安全场所和不安全行为，防止伤亡事故和职业危害，保障劳动者在生产过程中的安全与健康的总称。劳动保护是站在政府的立场上，强调为劳动者提供人身安全与身心健康的保障。

（3）职业安全健康　职业安全健康是安全生产、劳动保护和职业卫生的统称，它是以保障劳动者在劳动过程中的安全和健康为目的的工作领域，以及在法律法规、技术、设备与设施、组织制度、管理机制、宣传教育等方面所有措施、活动和事物。

对于企业，职业安全健康涉及企业生产、管理的方方面面。如目前很多国家正在推行的职业安全健康管理体系，包括了企业的安全、卫生和管理，涉及企业内部和进入企业的外部的生产设备、设施、环境和场所以及企业员工和相关方。

 第二节　我国安全生产发展历史过程

一、经济恢复时期的安全生产体制及安全管理

新中国成立初期，随着社会主义计划经济体制的建立，国家确定了劳动行政部门综合管理劳动安全卫生工作，产业主管部门按隶属关

系直接管理所属企业的安全生产。1983年后我国实行国家监察（劳动部门）、行政管理（经济、企业主管部门）、群众监督（工会组织）"三结合"的管理体制。

计划经济时期的安全生产工作体制见图1-4。

图1-4 计划经济时期的安全生产工作体制

新中国成立后至1957年，是我国政治、经济、文化等各领域百废待兴，百业待举的时期，安全工作体制处于"行业管理、工会监督、劳动部门检查"体制的萌芽状态，安全生产形势平稳。此间，根据新中国成立前夕中国人民政治协商会议通过的《中国人民政治协商会议共同纲领》中规定的"实行工矿检查制度，以改进工矿的安全和卫生设备"，党和国家提出了加强安全生产的一系列方针政策。1956年5月25日，国务院颁布了《工厂安全卫生规程》、《建筑安装工程安全技术规程》、《工人职员伤亡事故报告规程》，同时还颁布了《关于防止厂矿企业中矽尘危害的决定》。同年1月31日，经国务院批准，原劳动部公布了《防止沥青中毒的办法》。同年10月5日，卫生部、原劳动部联合发出了《关于实行职业中毒和职业病报告试行办法的联合通知》。1957年，原劳动部、卫生部联合发布了《关于橡胶业汽油中毒预防暂行办法》。在这个时期的八年时间里，由于执行安全生产方针坚决，措施得力，在生产建设迅速发展的同时，企业安全条件、劳动环境不断改善，安全形势稳定，伤亡事故得到控制。

1958～1976年，是我国政治经济极不稳定时期。这个时期政治运动频繁，有的经济政策脱离实际，安全工作随之受到冲击，不断发生重特大事故，出现了两次事故高峰。新中国成立后，国家正在不断完善安全生产法规之时，1958～1960年全国兴起了三年"大跃进"，刚刚建立的工作秩序被打乱。1958年全国工会劳动保护工作受到错误的批判，劳动保护机构被撤销或合并。工农业生产出现严重违背客观规律的现象，在极左思潮的影响下，喊出了"人有多大胆，地有多大产"、"只有想不到的，没有做不到的"的口号。生产发展上推行高指标和浮夸风，国民经济出现严重失调。由于"左"的思想影响，一味追求高指标，忽视科学管理，排斥安全工作，一度出现伤亡事故大幅度上升的严重局面，出现第一次事故高峰。接着出现了"三分天灾、七分人祸"的"三年自然灾害"。

在1961～1962年的经济调整基础上，1963～1965年国家又进行3年调整，政治上反思错误。1963年，国务院颁布《关于加强企业生产中安全工作的几项规定》，明确要求"企业单位都应该根据实际情况加强劳动保护工作机构或专职人员的工作。"正当胜利完成调整经济任务，克服严重困难，国民经济出现好转的时刻，1966年"文革"开始。1961～1965年5年经济调整时期制定并实行的具体方针政策，被当作修正主义"管、卡、压"而遭践踏。其结果是企业管理混乱，劳动纪律松弛，工伤事故增加。1966年下半年以后到1968年，原定的国民经济计划无法执行，各级政府机关不能正常工作，安全工作瘫痪，1966～1969年连续4年伤亡数字不能正常统计上报。

1970年2月起国家开始恢复计划工作秩序。国民经济进行调整，地方"五小"工业（小钢铁、小机械、小化肥、小炼窑、小水泥）迅速发展，中央企事业单位大规模下放给地方，国民经济取得较大进展。但是，这种盲目冒进的建设和未跟上的管理机制带来基建规模偏大、项目过多、产品质量下降、设备失修、伤亡事故增高，出现了第二次事故高峰。1972年以后，国家采取各种措施对国民经济调整，经济工作仍处于停顿状态。因此直至1976年毛泽东同志逝世，尽管1975年国务院《关于转发全国安全生产会议纪要的通知》中提出："要迅速改变当前安全工作无人负责的状况"，要求"要有一定的机构具体负责安全工作"、"要把专业管理同群众管理结合起来，充分发挥安全员网的作用。"但没有得到很好的落实。

二、计划经济发展时期的安全生产体制及安全管理

1977～1986年，即自粉碎"四人帮"后到贯彻党的"十二大"路线方针政策时期。1977年8月召开党的"十一大"，在动员全党建设

社会主义现代化强国方面起到了积极作用。当年召开的全国安全生产工作会议上提出各省、市、自治区，国务院各有关部门，各级计委或工交办，各企业单位及其主管部门，都确定一位领导同志分管安全生产工作，并要有一定机构具体抓安全生产工作，削弱了的或不能胜任的，一定要加强。1980 年国务院严肃查处了"渤海 2 号"事故，对稳定全国安全生产形势起到了极其重要的作用。随着党中央、国务院对安全工作的重视，工会、企业及其主管部门的安全机构在逐步恢复和加强。1982 年国家明确提出强化法制，依法治理安全的原则。1982 年2 月，国务院颁布了《矿山安全条例》、《矿山安全监察条例》、《锅炉压力容器安全监察条例》，明确执法主体是各级劳动部门。1986 年国家财政部将劳动安全监察业务经费列入财政预算。我国"国家监察、行业管理、群众监督"的"三结合"安全工作体制形成格局。为满足迅速增长的国民经济，国家自 1983 年起，放开资源开采政策，实行"国家、集体、个体"一齐上。随着企业改革不断进行，对企业放权的同时，相应的安全管理机制没有跟上。这个时期存在的主要问题如下。

一是经济的发展，企业的放权，相应国家安全监察力量没有跟上，安全工作失管失控。

二是企业为减少经费开支，安全管理机构被裁减，企业管理只重产量，忽视安全。

三是企业承包租赁经营，造成企业经营者短期行为，只重产出，忽视安全投入，企业安全投入欠缺严重。

自 1989 年以后，国有企业实行第二轮承包。两次承包期内，企业存在诸多问题影响安全生产。企业安全投入不足；国家对企业的政策由拨款改为贷款；企业间"三角债"困扰企业经营；职工欠发工资，情绪不稳定。这些问题给安全生产带来严重威胁。

三、市场经济初期安全生产体制及安全管理

随着经济、政治体制改革的深入和社会主义市场经济体制的推行，企业成为自主经营、自负盈亏、自我发展、自我约束的经济实体；政府转变职能，特别是产业部门对企业的直接行政管理将逐步被行业部门对企业的间接指导管理所取代。政府对企业的管理从主要依

靠行政手段将逐步转变为主要依靠法律、经济的手段来管理。在这转折时期安全管理机制中暴露出一些不适应新形势、新情况的问题。经过调查研究，为改变职责不清、多头管理的状况，国务院于1992年提出了改革开放的对策。政府机构的改革试图进行专业管理部门（行业主管部门）的改革，使政府对企业由直接管理为主转变为间接管理，让企业的责任进一步突出。新的安全生产监督工作体制的基本特征有以下几点。

❶ 与国际惯例相接

国际劳工组织由政府、雇主、工会三方代表组成。我国新的安全工作体制也是由三方构成"企业负责（执法客体）、国家监督（执法主体）、工会监督（维护职工的合法权益不受侵犯）"。

❷ 安全检测检验、评估体现市场性

新的安全工作体制，除法律法规要求企业必须进行的强制性检测检验、评价外，企业可以自愿，不是强制的。社会上中介组织为企业提供的检测、检验、评估、评价、认证是经过国家执法机构认可授权，是具有一定资质资格的。企业要取得评估、评价，可以自己寻找有资质的评价单位。但是企业要竞争、要生存，就必须寻求通过社会认可的一个认证或评价，才能使自己得到市场的认可、接受。否则，你的产品将占领不了市场，企业就生存困难。这些中介组织既为企业提供服务，也为执法者提供定量分析的依据。

❸ 体现企业安全责任自主性

传统的安全工作体制中，企业虽然表面是法律、法规的遵守者，但是从其与政府的关系看，责任是相互粘连的。企业发生事故，必然牵扯到政府的主管部门或政府本身，体现不出企业是责任主体。社会主义市场经济下新的安全监督工作体制要求企业达到"自主经营、自负盈亏、自我发展、自我约束"条件后，安全责任就突出企业自身负责。通过严格执法，督促企业建立自我约束的机制。

❹ 维护职工的合法权益

国家已取消国有企业经营者行政级别，企业经营者是选举聘任制，这就赋予职工一定的权益。其安全生产工作连同经济效益等其他

指标实行体系管理，安全管理工作将实现文件化、制度化、规范化、不随长官意志而改变，职工安全健康得到保护。职工依法享有各种保险待遇和劳动保护福利待遇。

⑤ 民主与法制并进

新的安全工作体制突出的特点是法制，依法治理安全。企业受到法律的保护，也受到法律的制约。职工利益在法律保护下维护其与经营者相互关系，职工的民主监督大大地体现出来，实现对安全工作职工与经营管理者互相监督齐抓共管。

四、市场经济发展时期安全生产体制及安全管理

随着改革的深入，市场经济体制的逐步建立和完善，企业逐步成为市场的主体。同时，也相应确立起安全生产的主体。由于经营机制的转换，企业内部关系也发生了深刻的变化，原有在计划经济条件下的安全生产管理模式与当前市场经济越来越不相适应，表现在以下方面。

① 安全生产与效益的矛盾

安全生产总是伴随生产的全过程，反映在生产作业的每个环节。安全生产状况的好坏，是企业整体素质的综合反映。近年来由于体制变化，企业划小了核算单位，实行逐级或部门承包，还有转让、租赁等。这些承包经营者，往往容易产生重效益、轻安全的思想，抱着"闯过去就是效益，闯不过去算我倒霉"的侥幸心理。违章指挥，违章操作，冒险蛮干，见利忘责，险象环生。

② 安全生产与经营管理的矛盾

传统的安全生产管理，偏重于自上而下，一级管一级的方式。企业转换经营机制后，情况发生了变化，由于经营自主权的变化，单靠自上而下的管理方式来抓安全生产，就难以行得通，也难以奏效。出现想管够不着，要管管不住的现象。这就成为违章和事故的重要原因。例如勘探行业流动分散，点多面广，野外作业、新开拓的多种经营项目增加，有的出租承包，个体、集体交叉在一起，安技干部很难过问，这就必须突出强调安全行为的自我约束和自我调控，变"要我安全"为"我要安全"。

❸ 安全生产与领导和群众要求的矛盾

安全生产、无事故是企业生产经营活动的根本目的。实行承包以后，由于受经济利益的驱动，违章行为和隐患增多，而一些小事故和事故苗头，往往又被隐瞒不报，使一些问题得不到及时发现和纠正。安全生产管理由过去人治，逐步走向法治，实行安全生产一票否决权，这是一项保障安全生产的最有效的手段，也是一项成功的经验。可有些单位为了名誉和地位，在安全生产中采用报喜不报忧，出了事故也是大事化小，小事化了，甚至有的出现"内部处理"、"私了"的现象，重复事故时有发生，这种忽视安全，不治理隐患，发生事故隐瞒不报的违章违法行为既害国家，又坑害集体，也坑害了自己。

总之，随着企业转换经营机制和逐步走向市场，安全生产工作面临着许多新问题。要解决这些问题，只有坚持改革，更新观念，着眼于解决深层次的问题，使安全生产管理工作，适应市场经济发展的需要。而市场经济发展和安全生产工作的成功经验表明，当前安全生产管理工作，必须坚持"规划、监督、协调、服务、激励"十字方针。

 ## 第三节　我国安全生产现状

据 ILO（国际劳工组织）统计，全球每年发生的各类伤亡事故大约为 2.5 亿起，这意味着每天发生 68.5 万起，每小时发生 2.8 万起，每分钟发生 475.6 起。全世界每年死于工伤事故和职业病危害的人数约为 130 万（其中约 25% 为职业病引起的死亡）。初步估算每天有 3000 人死于工作场所，ILO 估计劳动疾病到 2020 年将翻一番。

改革开放以来，我国经济一直保持着高速增长，但作为社会发展重要标志之一的职业健康安全状况却滞后于经济建设的步伐，重大恶性工伤事故时有发生，职业病人数居高不下，安全生产成为困扰我国经济发展的问题之一。我国每年工矿企业发生工伤事故数和因工伤事故死亡人数都比较高，重大、特大事故频频发生，不仅给人民生命财产造成重大损失，也影响社会稳定和改革开放的形象。安全生产形势的严峻性还表现在，事故隐患大量存在，尚未得到认真整改。我国的职业危害状况也十分令人担忧，全国有几十万个厂矿存在不同程度的职业危害，实际接触粉尘、毒物和噪声等职业危害的职工有几千万人，从职业病累计数量、死亡数量和新增病人数量，我国都居世界首位。全国报告职业病例中，尘肺病、慢性职业中毒、急性职业中毒和其他职业病都占有较大的比例。我国从事采矿、粗加工和手工劳动为主的中小企业，往往技术落后，作业环境差，管理水平低，因此工伤事故和职业危害风险很大。我国每年因工伤事故直接损失几十亿人民币，职业病损失近百亿人民币。成千上万的家庭因此受到毁灭性的灾难和无法治愈的创伤。每年国际劳工组织（ILO）大会都有批评中国职业健康安全问题的言论，世界人权大会等组织也以此为借口攻击中国"忽视人权"。

2002年，在中国大陆、中国台湾、中国香港、中国澳门两岸四方共同举办的职业安全卫生研讨会上，记者向台湾负责职业卫生的官员提问："珠三角有大量台资企业，有的台资企业设备陈旧，每年都有相当数量工人的手臂和手指被机器轧断，在台湾，这些企业也是如此吗？"这名官员回答："这主要是大陆在这方面管理不严，惩罚不重，在台湾，如果发生了这种事故，老板要付极高的赔偿，这种事故多发生几起，老板就要倾家荡产。"国外一些友好人士对中国的职业健康安全状况表示关心与忧虑。一位劳工组织官员曾讲过："中国已成为政治、经济大国，但不应成为工业事故的大国。"

安全与健康事关人民群众的生命财产，事关改革发展稳定大局，是经济发展和社会进步的前提和保障，是坚持立党为公、执政为民的必然要求，是贯彻落实科学发展观的必然要求，是实现好、维护好、发展好最广大人民根本利益的必然要求，也是构建社会主义和谐社会的必然要求。

党和政府历来十分重视安全与健康工作。十六大提出"高度重视安全生产，保护国家财产和人民生命的安全"。十六届四中全会《关于加强党的执政能力建设的决定》要求"重视计划生育、节约资源、保护环境和安全生产，大力发展循环经济，建设节约型社会"，把安全生产摆在了与人口、资源、环境等基本国策同等重要的位置。十六届五中全会《中共中央关于制定国民经济和社会发展第十一个五年规划的建议》明确指出：要坚持以科学发展观统领经济社会发展全局，"坚持节约发展、清洁发展、安全发展，实现可持续发展"，提出了安全发展的指导原则，"安全生产状况进一步好转"的奋斗目标，对安全生产工作做出了总体部署。

我国目前正处于工业化和城镇化快速发展期，由于粗放型经济增长方式没有根本改变，安全投入不足，安全生产基础薄弱，安全生产形势依然严峻。这种局面若不能改变，将直接影响我国经济的持续健康发展和全面建设小康社会宏伟目标的实现。今后五到十年，是经济结构调整和经济增长方式转变的重要时期，也是遏制重特大事故频繁发生、实现安全生产状况进一步好转的关键时期。

"十五"期间，党和政府采取了一系列强有力的措施。加快了安全生产法制建设，先后颁布实施了《安全生产法》等一系列安全生产法律法规；改革和完善了国家安全生产监管体制，提高了政府安全生产监管工作的权威性；重点行业和领域集中开展了一系列专项治理；增加了安全生产投入，制定和实施了一些有利于安全生产的经济政策；加大了安全生产监督、监察执法力度，严肃了事故查处。经过各方面的共同努力，安全生产状况总体稳定、趋于好转，但安全生产形势依然严峻。

一、我国职业安全生产现状

长期以来，由于经济基础差，工业技术水平低，管理体制落后和法制监察力度不够等原因，我国工业企业特别是工矿企业中，工伤死亡和职业危害情况比较严重，安全生产工作中存在的问题很多。多年来，人们一直用"严峻"来表达对安全生产形势的认识，现在依然如故。经过多年努力，我国安全生产工作已经取得了重大进步，但死亡人数居高不下，特大事故频频发生，重大事故隐患突出，安全生产基础薄弱的状况仍然没有得到根本改善。近十年全国安全生产统计分析表明：事故总量居高不下，特

大事故发生率仍较高，职业危害严重。

① 事故总量较高

1999～2008 年，全国各类事故死亡人数从 1999 年的 10.8 万人下降到 2008 年的 9.1 万人（见图 1-5），年平均降幅 1.6%。但是，安全生产形势依然严峻。事故总量仍然偏大，反映国家安全生产水平的相对指标仍然比较落后；一些行业领域重特大事故多发、频发；一些地区安全状况还不稳定，一些时段出现反弹。

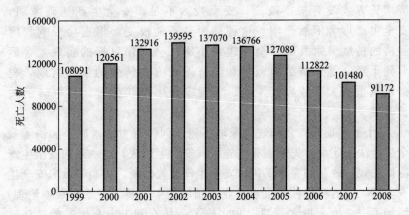

图 1-5　1999～2008 年各类事故死亡人数统计图

② 特大事故频繁发生

2001～2004 年，全国共发生一次死亡 30 人以上特别重大事故 56 起，平均每年发生 14 起，不到 1 个月一起；一次死亡 10～29 人特大事故 470 起，平均每年发生 118 起，平均 3 天一起。

2005 年我国发生四起涉难百人以上的特大煤矿事故；

2007 年我国发生重特大事故（一次死亡 10 人以上的事故）86 起；

2008 年我国发生重特大事故 96 起，死亡 1973 人，平均每月发生 8 起，死亡 164 人；

2009 年我国发生重特大事故 67 起，死亡 1128 人，平均每月发生 6 起，死亡 94 人。

重特大事故的频繁发生给人民群众生命财产造成重大损失，全国安全生产形势依然严峻。

❸ 职业危害严重

近年来，我国各种职业病危害日趋严重，职业病发病率呈上升趋势。目前，全国有 50 多万个厂矿存在不同程度的职业危害，实际接触粉尘、毒物和噪声等职业危害的职工高达 2500 万人以上。职业病发病情况分析如下。

（1）接尘工龄短，发病年龄轻　从 2008 年报告的新发尘肺病例的特点分析，具有接尘年龄小，接尘工龄短，发病年龄轻，病情重的特点。接尘工龄最短的只有两年，很多病例初诊时已是二期矽肺。一个主要原因是用工制度的改变，使大量接触粉尘的合同工、临时工、季节工失去了应享有的职业医学检查的权利，造成尘肺病患者得不到及时的诊断和治疗，掩盖了企业职业危害的真实性。

（2）急性职业中毒明显多发，恶性事件有增无减　据统计，在引起急、慢性职业中毒的各类化学毒物中，一氧化碳、硫化氢、苯居前三位。2000 年上半年泉州市晋江等县接连发生 10 例制鞋业使用含高苯天乃水做黏合剂导致的苯中毒。据检测，天乃水含苯高达 67%～90%，作业空气中苯浓度最高达 $301mg/m^3$，超过国家卫生标准 6.5 倍。而这些含高苯化工产品的标签只冠以商品名，无化学名称，没有任何标识、警示标志、使用方法、预防措施等，使从业人员无从防范。

（3）大量职业病患者流入社会，报告病例数所显示的远低于生产性有害因素的实际危害程度　就全国粉尘作业工人的职业性体检情况分析，按国家有关规定应在年内进行职业性体检的 400 余万名接尘工人，实际上不及三分之一（29.8%）的应检工人接受了检查，其中隶属乡镇企业的应检工人的受检率只有 16.0%，外资企业也只有不及一半的应检工人可以享受到职业性健康体检。未接受职业医学体检的 280 万名粉尘作业工人中，若按当年的检出率（0.78%）估算，未查未诊的患者约 2.2 万名，导致大量的职业病患者流入社会，增加了社会的负担。由于法制不健全等原因，乡镇企业、私营企业、个体经营户和外资企业是卫生监督的盲点和难点。以本年度卫生部门不完全统计的建设项目预防性卫生监督为例，应监督的新、改、扩建与续建项目有 5070 个，实际上卫生部门实施监督的项目只有 3130 个（占 61.7%），而乡镇企业只达 49.1%；对存在职业危害需要进行经常性

卫生监督的 25 万余家企业，只有 31.9％（7.9 万余家）的企业实施了卫生监督，乡镇企业只有 21.4％，外资企业 32.1％。

据卫生部对 15 个省、市的 30 个县区的乡镇企业职业病危害情况的调查，83％的乡镇企业存在不同程度的职业病危害，几种主要职业病和疑似职业病人检出率高达 15.8％。

（4）我国的职业病的特点

① 职业危害分布 30 余个行业，以煤炭、冶金、建材、有色金属、机械、化工等最为突出。

② 全国累积尘肺病人 55.8 万人，其中死亡 13.3 万人，新发尘肺每年以 1.5 万～2 万例增加。

③ 乡镇企业 82％存在职业危害，30％职工接触职业危害，职业病检出率 4.3％，可疑病例检出率 11.4％。

基于目前状况，专家指出，我国职业病危害的人群覆盖面超出生产安全事故和交通事故。如不采取有效措施，今后十年，我国职业病发病将进入高发期，趋势是职业危害不断从城市向农村转移，从境外向境内转移，从发达地区向不发达地区转移。

国家宏观控制职业危害工作中，要牢固地树立"预防为主"的观点。根据劳动卫生医学和职业病防治学的观点，几乎所有的职业危害都是可以预防的，国外有关专家曾对职业病预防的经济学进行过研究，得出著名的"7：4：1"结论：即如果企业发生职业病和职业性人身伤亡事故造成的经济损失是 7，那么企业事先采取了对生产环境尘毒危害的防护措施和相应的技术改造，所需的经济投资只有 4；如果企业在新建时就能有远见性地考虑到未来可能产生的职业危害隐患，将防护措施与整个项目的设计、建造统筹考虑，其投资则为 1。我国卫生系统也曾对尘肺病作过类似的研究，得出的结论是，预防投入与尘肺病造成的损失的比例为 1：6。可见，将老企业的技术改造与劳动安全卫生条件改善结合起来，新建、扩建企业坚持劳动保护设施与主体工程同时设计施工、同时验收的"三同时"原则，既可提高企业综合经济效益，又保护了劳动者的健康与安全。

❹ 与发达国家相比安全健康水平差距大

世界上大多数国家的经验表明：当一个国家的人均 GDP 在 5000

美元以下时，高速的经济发展很难避免工业事故和伤亡的增加以及大范围波动；人均 GDP 在达到 1 万美元左右时，工伤事故可达到稳定下降，且波动幅度很小；只有 GDP 达到或超过 2 万美元左右时，工伤事故可以得到较好的控制，特大事故概率很低，伤亡人数明显下降，基本不出现较大波动反复。

目前我国人均 GDP 约 4000 美元，且正处在经济高速发展时期，所以必然要面对环境污染的压力和安全生产（劳工标准）问题的挑战。而实际上也可以看出，这个时期的工伤事故或死亡人数与经济发展速度密切相关。

2008 年我国亿元国内生产总值（GDP）生产安全事故死亡率为 0.312，远远高于发达国家，约是发达国家的 7 倍；工矿商贸从业人员 10 万人生产安全事故死亡率为 2.82，约是发达国家的 1 倍；道路交通万车死亡率为 4.3，约是发达国家的 3 倍；煤矿百万吨死亡率为 1.182，约是美国的 30 倍。

改革开放以来，随着我国经济高速发展，产业结构已经发生巨大的变化，尤其第二产业在国民经济中所占的比重逐年增加。2001 年，三次产业增加值在 GDP 中的比重，由 1990 年的 27∶42∶31 调整为 15∶51∶34，第二产业提高了 9 个百分点。第二产业的发展，尤其是制造业的高速发展已成为国民经济和第二产业发展的火车头，中国有可能继美国、日本之后成为制造业大国。制造业可带来持续经济繁荣，但它也可给国家经济、社会发展带来许多问题。发达国家的历史经验提示，在制造业高速发展时期，往往都出现事故频率高，工伤死亡人数多的情况。随着工业化的发展，一、二产业比重逐渐减小，而第三产业比重相对增加，如美国到 20 世纪末，第三产业的比重已达到 72%，世界平均也为 61.6%。产业结构调整使高风险行业萎缩，伤亡事故高危人群减少，工作环境本质安全条件提高，这都有利于安全生产形势好转。日本、韩国及新加坡等国的发展道路充分说明了这一点。

进入 20 世纪 90 年代中期以来，发达国家工业生产中一次死亡 3 人以上的重特大事故已很少发生，粉尘、毒物、噪声等职业危害因素已基本得到有效控制，目前更加关注的是改善工作条件、缓解工作压力、实现体面劳动。而近年来，我国的重特大事故起数和死亡人数，以及接触职业危害人数、职业病患者累积数量、死亡数量和新发病人数量，都是比较严重的国家之一，这不仅严重威胁着人民群众生命安全和健康，也影响到社会安定和谐及国际形象。

二、形成安全、健康形势严峻的原因

造成安全、健康形势严峻的原因，除经济的快速发展、改革的不断深化、职工队伍的变化、历史遗留问题的凸显以及体制机制等原因外，还有以下几个方面。

（1）不能正确处理安全生产与经济发展的关系　一些地方政府和企业对安全生产缺乏足够的认识，存在重经济、轻安全的倾向，忽视安全发展，安全生产未能纳入地方经济社会发展规划和企业总体发展战略；"安全第一、预防为主"的方针还没有落到实处，安全生产还没有成为绝大多数企业的自觉行动。

（2）安全生产基础薄弱　经济快速增长的同时，传统的粗放型经济增长方式尚没有根本转变，安全投入不足，安全生产欠账严重。尤其是一些老工业企业和中小企业，生产工艺技术落后，设备老化陈旧，安全生产管理水平低。重大危险源数量大、分布广，且没有建立起完善的监控管理体系；对人民群众生命财产安全构成严重威胁的重大事故隐患尚未得到有效治理。

（3）行业安全管理弱化，安全监管体制不健全　随着经济体制改革和政府机构的调整，部分原有行业主管部门被撤销，行业安全管理缺位；一些地市、县尚未设立安全生产监管机构，已成立安全生产监管机构的省市，也存在组织不健全、监管力量不足、监管手段落后等问题，部分地方和企业尚未得到全面、有效的安全监管；部门联合执法机制不完善，难以形成合力。

（4）职业危害转嫁　改革开放以来，我国外商投资企业有了长足发展，外商投资企业已成为我国社会主义建设不可缺少的组成部分，职业危害也从境外向境内转移，形成了新的职业卫生问题。一些地方政府，急于吸引外资，对外资企业的安全卫生基本条件一再迁就，给了一些外商可乘之机，将一些存在有害于职工和环境的工业生产转移到我国境内，从而留下职业危害的后患。

还有一些大企业以"联营"等形式，将危险和有害作业向乡镇企业转嫁，以换取自身的高效益，却给乡镇企业造成了严重的职业危害后果，还有将有害作业向临时工、农民工转嫁，又往往没有给这些农民工、临时工以政府规定的、合理的社会保险，将合同终止期限限制在职业病症状出现之前，从而把身体健康受到严重危害的工人推给了社会或其他企业。

　　(5) 安全生产责任不落实　一些企业主体责任不落实，忽视安全，管理松懈。部分地方政府和有关部门安全监管监察措施不到位，执法不严格。安全生产综合监管权威性不够，对安全生产违法行为惩处不力。在一些地方、行业和领域存在着失职、渎职、官商勾结和腐败现象，对安全生产工作造成了严重影响。

　　(6) 安全生产基础支撑力量不足　安全生产法律、法规和技术标准体系不配套、不完善；安全生产监管和监察信息化水平低，尚未建立起全国统一的安全生产信息网络平台；安全生产科研力量趋于分散，科技人才缺乏，基础设施落后，科研投入严重不足，成果转化率低；宣传教育培训体系尚未建立，宣传教育培训工作滞后，方式和手段落后，能力不足；安全生产应急资源缺乏统一规划，难以实现资源共享，应急救援装备匮乏，应急管理薄弱，不能对突发事故实施快速、有效的应急救援。

三、目前我国安全生产存在问题

　　(1) 落后的经济增长方式与安全生产的矛盾依然突出　经济快速增长的同时，粗放型经济增长方式短时间内难以根本改变。在矿山、建筑、化工及危险化学品和烟花爆竹等重点行业和领域，安全保障水平低的企业还将在一定时期内存在。经济的快速发展也将进一步加剧煤、电、油等能源供应紧张的局面，煤炭等基础产业超能力、超负荷生产的问题将日益突出，安全生产面临新的考验。

　　(2) 从业人员结构变化将增加安全管理难度　我国目前正处于城镇化快速发展阶段，大量农村剩余劳动力向城镇转移，从业人员结构变化和人员流动性加快，而安全培训教育又相对滞后，从业人员安全意识和技能不能满足安全生产工作的需要，安全管理难度将进一步加大。

（3）经济全球化将使安全生产面临新的挑战　随着经济全球化进程的加快，世界各国特别是工业发达国家的一些危险性较大的产业、原材料和产品向我国进行转移。同时，我国也将出现由城镇向农村、国有企业向乡镇企业、东部地区向中西部地区转移的趋势。这些变化加大了事故风险，对我国安全生产工作提出了更高的要求。

面对严峻的安全生产形势，安全与健康工作既要解决历史遗留问题，又要防止可能出现新的问题，必须充分认识安全生产工作的长期性、艰巨性、复杂性和紧迫性，紧密结合经济结构战略性调整，统筹规划，突出重点，制定切实可行的阶段性目标，采取行之有效的措施，遏制事故增长和高发的态势，努力缩短事故易发期，尽快实现安全生产状况进一步好转。

随着我国经济不断发展和人们生活不断提高，人们的生存安全理念发生了深刻变化，对安全生产的关注已经上升到前所未有的高度，追求人-社会-经济可持续发展成为社会首要的共同目标。

市场经济国家的经验证明，在工业化过程中，健全的法治是从根本上解决安全生产问题的必由之路，而最直接和有效的战略是对企业实施强制性的执法监督，尤其是对风险程度高、事故隐患突出工作场所的严格检查，严肃处理。强制执法对提高企业安全水平，预防事故发生具有无可替代的重要作用。从大多数工业化国家发展模式来看，安全生产监管工作大致可分为四个主要历史阶段。

（1）最早的一个时期在工业革命的起始发展阶段，也称企业安全管理的自然本能期。这一时期企业的安全管理只是一种被动的反应，是屈从于生产率的导向和只注意死亡、尤其是重大灾难性事故，没有严格的法规，是原始安全管理阶段。

（2）到20世纪后期，多数工业化国家进入到法制监督期，其特征是：国家颁布和实施了严格的法规，企业的安全管理依赖于政府强制执法监督，管理者由于惧怕法治惩戒而层层设立责任目标，依据法律条文要求管理安全生产。

（3）随着国家法治环境完善和企业管理能力提高，在20世纪80年代后，工业化国家中的大多数企业进入到自我管理时期，企业已充分认识到安全对企业长远发展的作用和应负的社会责任，建立现代管理体系制度，依靠自我约束、自我管理，多数跨国公司等大型企业都曾采用过这种管理战略。

（4）第四个阶段是由自我管理过渡到团队文化时期，工业发达国家中现代化企业，尤其是一些高科技企业现已进入这一阶段，它把保障所有劳动者安全健康作为企业最高价值观，安全是社会时尚和所有人崇尚的道德品质，每个人都以关心爱护他人为己任。

目前我国企业的安全管理基本还处在第二个历史时期——强制监督阶段。安全生产管理过程如图1-6所示。这一时期的特点就是要求国家把强制性的执法监督和督促企业守法作为安全生产最主要的工作基础和内容。我国当前一些企业单位安全生产工作基础还相对比较薄弱，主要表现为法制不健全，有法不依，违章指挥，违章操作，管理方法管理水平低下，企业安全投入尚不足，装备条件差，安全设施落后，安全科研水平和科技含量较低等。

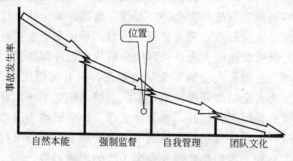

图1-6 安全生产管理过程

四、当前安全健康工作应着重解决的几个问题

① 要加强法制建设，尽快建立安全生产法规体系

市场经济在一定意义上讲就是法制经济，健全的法律、法规是保证竞争公开、公正的前提。市场经济情况下也必须通过法律、法规来约束企业的安全生产行为。通过法律手段治理国家的安全生产工作。为此，必须加大安全生产法规建设力度，坚持国家和地方两级立法并举的原则，加快安全生产法律、法规、标准、规范和制度的修订、补

充和完善，尽快建立适应社会主义市场经济体制要求的安全生产法律、法规体系和标准体系，使安全生产工作做到有法可依。

《安全生产法》颁布后，应将立法的重点放在建立健全完善安全体系上。由于机构改革而使安全生产执法主体发生了变化，应该制定规范安全生产技术服务中介机构行为的专项法律或行政法规。同时为了适应加入 WTO 的需要，适时按照国际卫生公约，逐步采用国际通用的职业安全卫生标准。

❷ 要强化企业的自我安全生产管理

安全生产工作的基础在企业，企业安全生产工作好坏直接影响一个地区乃至一个国家的安全生产形势。因此，必须将安全生产工作的重点放在企业。根据历年事故原因分析，80％以上的事故是因为安全管理方法落后，水平低下或疏于管理所致。因此，必须强化企业的安全生产管理，使其逐步建立在法律、法规约束下的适应市场经济要求的自我管理、自我约束、自我完善的安全生产工作机制，把安全工作的重点转移到预防事故发生上来。要建立与国际安全体系接轨的管理模式，要求企业的最高管理者到每一位员工承担安全生产责任，通过企业内部三级监督机制和企业外部中介机构实施外部监督，确保体系每个要素和企业每位人员的安全健康职责，按有关规定运行和落实。企业建立实施安全健康管理体系，实际上就是建立了一个自主发展自我约束自我完善的工作机制，使安全生产工作变被动为主动，变事后为预防。这种方法是市场经济体制下安全管理工作的一个行之有效的科学手段，有利于我们彻底改变安全生产的严峻形势。

 第四节　安全生产管理基本过程

一、安全与健康方针

《安全生产法》在总结我国安全生产管理实践经验的基础上，将"安全第一，预防为主"规定为我国安全生产工作的基本方针。在十六届五中全会上，党和国家坚持以科学发展观为指导，从经济和社会发展全局出发，提出了"安全第一，预防为主，综合治理"的安全生产方针。

《职业病防治法》规定，职业病防治工作坚持"预防为主、防治结合"的方针，实行分类管理、综合治理。

"安全第一"，就是在生产经营活动中，在处理保证安全与生产经营活动的关系上，要始终把安全放在首要位置，优先考虑从业人员和其他人员的人身安全，实行"安全优先"的原则。在确保安全的前提下，努力实现生产的其他目标。

"预防为主"，就是说对安全生产的管理，主要不是在发生事故后去组织抢救，进行事故调查、处理和分析，而是按照系统化、科学化的管理思想，按照事故发生的规律和特点，千方百计预防事故的发生，做到防患于未然，将事故消灭在萌芽状态。虽然人类在生产活动中还不可能完全杜绝安全生产事故的发生，但只要思想重视，预防措施得当，事故是可以大大减少的。

"综合治理"就是标本兼治，重在治本，综合运用科技手段、法律手段、经济手段和必要的行政手段，从发展规划、行业管理、安全投入、科技进步、经济政策、教育培训、安全立法、激励约束、企业管理、监管体制、社会监督以及追究事故责任等方面入手，解决影响制约我国安全健康的历史性、深层次问题，从思想认识上警钟长鸣，制度保证上严密有效，技术支撑上坚强有力，监督检查上严格细致，事故处理上严肃认真。

二、安全发展理念

十六届五中全会确立了安全发展的指导原则，把"安全发展"作为一个重要的理念纳入了我国社会主义现代化建设总体战略。安全发展包括三层含义。

（1）"以人为本"必须要以人的生命为本。人的生命最宝贵，生命安全权益是最大的权益。发展不能以牺牲人的生命为代价，不能损害劳动者的安全和健康权益。

（2）经济社会发展必须以安全为基础、前提和保障。国民经济和

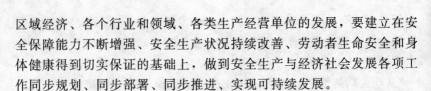
区域经济、各个行业和领域、各类生产经营单位的发展，要建立在安全保障能力不断增强、安全生产状况持续改善、劳动者生命安全和身体健康得到切实保证的基础上，做到安全生产与经济社会发展各项工作同步规划、同步部署、同步推进、实现可持续发展。

（3）构建社会主义和谐社会必须解决安全生产问题。安全生产既关系人民群众关注的热点、难点，也是和谐社会建设的切入点、着力点。只有搞好安全生产，实现安全发展，国家才能富强安宁、百姓才能平安幸福，社会才能和谐安定。

坚持安全发展就是最大限度提高发展效益，降低发展风险，实现社会又好又快地发展，实现安全发展的根本点和落脚点是认真贯彻落实好安全生产法律、制度和措施。

三、安全与健康管理基本要求

安全与健康是人类生产活动中人与人、人与自然界之间的一种错综复杂的相互关系，处理得当，会给人类带来物质与精神财富；处理不当，会给人类带来事故、灾难。研究解决生产中的安全与健康问题，成为社会进步与生产发展的重要条件。如果只抓生产，不顾安全与健康，则生产的发展要受到很大的制约和破坏。

国家安全健康管理问题令人担忧。我国政府对劳动安全卫生是高度重视的。国务院及有关部委颁布了很多有关劳动安全卫生的法规、规程，各工业行业管理部门及工业总公司据此也先后制定颁发了本行业的劳动安全卫生管理规章、规程和办法，对加强行业管理起了重要的作用。但是近年来，由于种种原因，安全生产的问题仍令人担忧。

在 1996 年 5 月闭幕的第 14 届世界劳动安全卫生大会上，一百多个国家达成如下共识：劳动者在享受就业权利的同时，必须享受劳动安全卫生的权利；就业政策必须与劳动安全卫生政策密切结合；安全与卫生必须密切结合；安全与卫生是需要投入的，国家和企业都必须保证安全卫生的投入强度；劳动安全卫生工作不仅代表一个国家或企业的水平，也反映一个国家或企业在市场竞争中的潜力和后劲；要通过安全文化来保护职工的安全与健康，要在全球建立一个包括安全卫生支持系统的安全文化，旨在减少事故和职业危害；要强化国家对安全卫生的监察职能，发展国际间的合作，迎接 21 世纪对人类保护、环境保护的挑战，保护人类自身是 21 世纪应该解决的重要课题，我们必须从现在起就有一个清醒的认识，否则我们将有愧于人类。

生命对于每一个人都只有一次。保护人的生命，珍惜人的健康，是政府义不容辞的职责，也是社会文明的体现。只有提高安全生产水平，员工的事故伤亡才能减少，职业病的发生率才能下降。在我国社会转型时期，在经济发展的关键时刻，劳动安全卫生问题不容乐观的现实摆在了所有决策者的面前。如何更好地处理安全与生产的关系，职业病防治与生产的关系，这是值得人们去很好深思的重大课题。

❶ 国家、政府安全健康管理要求

为了贯彻落实党的十六大精神、全面建设小康社会，要按照十六大提出的"发展要有新思路，改革要有新突破，开放要有新局面，各项工作要有新举措"和"高度重视安全生产，保证国家财产和人民生命财产安全"的总体要求，以与时俱进、奋发有为的精神，做好安全生产各项工作，为全国安全生产状况的稳定好转做出贡献。

贯彻"三个代表"的要求，本质在于坚持执政为民，归根结底在于维护最广大人民的根本利益。安全生产事关人民的生命安全，反映了最广大人民群众的根本利益，坚持执政为民，就必须高度重视安全生产工作。

全国安全生产工作会议提出，要着眼于建立安全生产长效机制，努力构建"政府统一领导、部门依法监管、企业全面负责、社会监督支持"的安全生产工作新格局。企业是安全生产的主体，是安全生产的基础，也是实现长治久安的核心，所以每一个具体的生产经营单位要从自身抓起，夯实安全生产的基础。本着这一精神，各类企业要认真贯彻实施《安全生产法》，按照国家安全生产监督管理总局《关于加强国有大中型企业安全生产工作的意见》和《关于加强非公有制小企业安全生产监督管理的意见》，从建立完善企业内部安全工作机构和安全生产责任制，依法保障必需的安全投入，搞好安全生产日常管理等基础环节入手，加强和改进企业安全工作，形成自我约束、自我完善、持续改进的企业安全工作机制，把安全状况的稳定好转建立在可靠的基础上。

在国务院召开的全国安全生产工作紧急电视电话会议上，中共中央政治局委员、国务院副总理温家宝强调，要全面贯彻党中央、国务院关于加强安全生产工作的要求，采取有力措施，狠抓薄弱环节，坚决遏制重大特大事故的发生，迅速扭转当前安全生产形势严峻的局面。

温家宝指出，当前安全生产形势严峻，突出表现为：一是在一些地区和行业同类事故重复发生；二是恶性道路交通事故频繁；三是责任事故居高不下；四是因工程质量低劣、假冒伪劣产品而酿成的事故明显增加。造成事故频繁发生的原因主要是：有的地方、部门和单位对安全生产重视不够，安全意识不强，思想上麻痹松懈；有的片面追求经济效益，只顾挣钱，忽视安全生产；有的安全责任制不落实，有法不依，有章不循，纪律松弛，管理不严；有的安全生产措施不到位，对重大事故隐患未能及时采取有力措施；有的对已经发生的事故调查处理不及时、不严肃，没有从事故中吸取教训。

安全与生产、安全与效益从来都是统一的。正确处理好安全与生产、安全与经济发展、安全与人民生活的关系至关重要。它关系到改革、发展、稳定的大局，关系到经济的正常运行，关系到人民群众的安居乐业。当前我国经济发展处于关键时期，国有企业改革进入攻坚阶段，更需要十分重视和切实加强安全生产工作，为改革和发展创造一个良好的环境。

为切实做好全国安全生产工作，迅速遏制重大事故上升的势头，总理提出了六条要求。

第一，高度重视安全生产工作，切实加强领导。各级领导一定要从讲政治、保稳定、促发展的高度，以对人民负责的态度，真正把安全生产当作人命关天的大事，放在经济工作的突出位置来抓。要牢固树立安全第一的思想，坚持预防为主，落实安全措施，确保安全生产。在机构改革和企业改组、改制过程中，对安全生产工作只能加强，不能削弱，确保安全生产监督管理队伍人心不散、工作不断、力度不减。

第二，开展全国安全生产大检查。各地区、各部门和广大企业要按照国务院的要求，立即行动起来，领导亲自挂帅，开展一次全面、深入、彻底的安全大检查。检查的主要内容是：安全生产责任制的落实情况，规章制度建设和执行情况，事故隐患监控和整改情况，安全监督管理力量的配备和职责履行情况，事故调查处理情况和安全生产宣传教育、培训情况。检查的重点：一是民航、铁道、公路、水运企业；二是煤矿等矿山企业；三是石油化工、烟花爆竹等生产易燃易爆物品的企业；四是重大工程设施及施工现场；五是各类学校和体育场馆、大型商场、影剧院、游乐场等公共场所，特别是集体居住和活动场所。这次安全大检查一定要讲求实效，不能走过场。

第三，切实加强对重大事故隐患的监控和整改。要坚持边检查、边整改的原则。对查出的各种问题，要立即采取措施，进行整改，该关闭的一律坚决关闭，该停运的要坚决停运，该停业整顿的要坚决停业整顿。对一时难以根治的重要事故隐患，要有计划、有步骤地整改，人盯死守，严格监控，制定事故应急预案，提高处置突发事故的能力。

第四，依法严肃查处各类事故。对于已经发生的事故，要抓紧调查分析事故原因，对造成事故的直接责任人和负有领导责任的人员，要坚决依法追究责任，绝不姑息迁就。对查明的典型事故的原因和处理情况，要及时公开报道。对隐瞒事故、弄虚作假、漠视人民生命安全的有关责任人要加重处罚。

第五，大力开展安全生产宣传教育工作。各地区、各部门及广大企业要通过开展形式多样、生动活泼的各种宣传教育活动，宣传安全生产法律法规和好经验、好典型，提高职工的事故规避能力和自我保护意识，杜绝"违章指挥、违章作业、违反劳动纪律"的现象。坚持特种作业人员的岗前培训，持证上岗。要通过宣传教育，在全社会形成人人讲安全、人人重视安全的良好氛围。

❷ 全球经济一体化的发展对安全健康控制要求

中国已经加入 WTO，在机遇凸显的同时，也将面对更多的挑战。职业安全卫生标准就是其中之一。近几年，以美国为首的发达国家一直企图使"社会条款"纳入世界经济贸易体系之中，在"关注发展中国家人权状况"的旗号下，反复提出"劳工标准"问题，即把本国安全生产问题与国际贸易挂钩。实际上这是"涂上绿色"的贸易保护主义。

其实，有关劳工标准与国际贸易关系的争论由来已久。早在乌拉圭回合谈判中，欧美一些国家的代表就提出过劳工标准问题，而发展中国家从自身的经济、政治利益出发，坚决反对把劳工标准列入WTO多边贸易规则之中。1996年12月在新加坡召开的WTO首届部长级会议上，在发达国家的坚持下，发展中国家做出了很大的让步，大会通过的新加坡部长会议宣言，明确将"核心劳工标准"作为新议题列入宣言的23个内容之中。实际上，这意味着发展中国家承认劳工标准是一个"问题"，并承诺应予解决。

随着国际市场一体化的过程加快，我国职业安全卫生标准也愈趋向于与国际标准接轨。OSHMS标准采用统一要求，它的普遍实施在一定程度上消除了贸易壁垒，将是未来国际市场竞争的必备条件之一。实施职业安全健康管理体系认证将是组织发展的一个趋势和方向。

在国际市场上，西方发达国家为了阻挠、限制发展中国家的产品进口，先是采用增加关税的方式，进行关税贸易壁垒，随着经济全球化进程的加快、WTO缔约国日益增多，发达国家便用环保壁垒替代关税壁垒，即非关税绿色贸易壁垒限制外贸进口。在近几年的广交会上，不少外商首先询问产品厂家是否通过了OSHMS认证。OSHMS认证证书已成为冲破国际贸易中贸易壁垒的"通行证"。

另外，我国加入WTO后，国外产品源源不断进入中国市场，我国企业在国内也要参与国际竞争。因此，有远见的企业家都在考虑如何通过OSHMS认证。谁占有机会，谁将在市场上立于不败之地。

20世纪90年代后期，在国际职业安全卫生标准一体化的影响之下，国际标准化组织（ISO）一直试图将职业安全卫生标准化管理体系发展壮大，使之成为与ISO 9000和ISO 14000类似的标准。

美国等发达国家，一方面在WTO多边谈判中强行加入劳工标准问题的讨论，另一方面则率先将劳工标准作为"贸易壁垒"，对发展中国家采取实际行动。北美和欧洲也不示弱，在自由贸易区协议中作出规定："只有采用同一职业安全卫生标准的国家和地区才能参与贸易区的国际贸易活动。"发达国家中的一些大型跨国公司，则在其分布于世界各地的分公司中，采用了同一安全卫生标准，并逐渐把这种做法扩展到与其生产经营活动密切相关的供应商等经济伙伴之中。

在我国东部沿海地区，一些对外经济贸易交往较多的企业，已开始频繁地遇到这些问题了。2000 年 1 月，美国玩具协会主席大卫·米勒专程来到中国，会见了国家安全生产和对外贸易方面的官员，希望中美双方合作，尽快解决这一问题，否则将影响每年 20 多亿美元的玩具出口。最近，作为中国传统轻工业产品进口国的美国、法国、意大利等国的贸易组织，正在讨论一项协议，要求所有纺织、成衣、玩具、鞋等产品的企业，必须事先经过 SA 8000 等公认标准的认可，否则要联合抵制其进口。

❸ 企业安全健康管理的要求

企业的生产与经营都是以安全与健康为前提的。近年来企业安全生产问题之所以变得非常突出，实际上是越来越复杂的现代企业内外环境和企业间竞争的加剧所致，并非只是简单的麻痹大意和违章操作方面的原因。人们往往习惯于从特定方面来看待安全生产问题，于是产生了各种认识上的误区。从现代企业管理理论和实践出发，只有全面理解安全生产管理的基本原理，并与生产实际相结合，才能有效地解决生产与经营的安全性问题。首先，要端正方向，走出认识和理念上的误区，才能做到安全文明生产。

（1）走出大检查的误区，实施安全管理体系　在计划经济下，我国的企业只是作为生产单位而存在，企业的生产经营由领导决定，人们习惯用大运动和大检查的方式来管理企业。尽管市场经济建设已经运行多年，但职业安全健康管理体系还不完善，大检查的思维方式还在影响一些主管领导和企业管理人员，还有一些地方和企业运用大检查方式从事安全生产管理。

大检查式的安全生产管理模式也有其优点。集中检查可以突出重点，产生强烈地视觉冲击，具有新闻价值；集中检查、重点处理往往也可以产生"热炉效应"。因此，无论行政管理者还是企业管理人员采用大检查的安全管理模式都可以很好地应付上级政府的监督，产生较为突出的政绩。但是，大检查的管理模式固有的问题也十分突出，因为企业是按其自身的规律性均匀地运作，周期性的振动不仅会对企业生产效率产生不良的影响，而且本身无助于解决安全生产问题，人们的潜在意识会将大检查当成形式主义。在大检查中，安全问题虽然得到暂时解决，但企业的正常生产经营活动受到了冲击。在大检查过后，企业的安全生产管理又慢慢地恢复了老样子。大检查的时间总是短暂的，企业很多隐患很难在检查时恰好暴露出来，但之后却会随时爆发。例如，2004年鸡西矿务局"6·20"爆炸事故就是刚刚检查完后发生的。事实表明大检查模式成本高、效用低。这种模式的安全生产管理已经处于从出现事故到开始检查再到恢复旧态，再出现事故再开始检查的恶性循环之中。

走出大检查模式的安全生产管理误区就是要将安全生产管理纳入到企业常规的管理之中，采用职业安全健康管理体系的科学方法，通过系统的、全过程的、持续性的改进活动不断地提高辨识危害、评价风险和控制事故的能力，真正地体现出"安全第一、预防为主"的原则。当今职业安全健康标准体系已经出现全球一体化的趋势。OHM-AS（职业卫生标准化管理体系）要求把组织的职业安全健康管理中的各种活动集中、归纳、分析和转化为相应的文件化的目标、程序和作业文件，通过PDCA循环使企业保持持续改进的意识，最终实现预防和控制工伤事故、职业病及其他损失的目标。我国企业的安全管理也应该按照国际惯例进行规范化和标准化运作。

（2）走出经验管理的误区，再造安全管理流程　自20世纪50年代以来，我国的安全生产管理得到政府和企业的重视，初步形成了"国家监察、行业管理、企业负责、群众监督、劳动者遵章守法"的工作体制。企业的职业安全与卫生管理也在实践中摸索出了一套有效的方法。但当今的企业与企业环境都发生了巨大的变化，一些地区和企业仍然抱着经验不放手，无论是在安全责任体系、安全宣传教育还是安全技术和管理方法上都落后于时代，结果必然造成恶性事故接连不断。

再造安全生产管理的流程是因为我们正处于转轨经济阶段，原有的计划经济管理方法不能适应市场经济的要求。首先，从政府监管来看，由于转变职能，实现政企分开，政府的功能在于宏观调控，这必然影响和改变政府在安全生产管理上的权威和效能。从企业负责来看，企业经营方式的多样化特别是在承包、租赁过程中，安全生产的责任主体变得模糊不清。企业中伦理规范的转型和委托代理层次的增加，都使得在安全管理上的道德风险越来越大。其次，随着知识经济时代的来临，新技术、新工艺、新材料、新设备、新产品快速涌现，这对企业安全管理提出了新的更高的要求。从安全技术来看，企业的变化不仅涉及了新工艺、新技术的安全技术规章，而且这些变化也引起了企业整体的变化。因此，需要从整合的角度来分析、辨识和评价危险源与隐患，制定安全技术规章、标准和工种安全操作规程等。从安全教育来看，企业员工也发生了变化，尤其是知识工人的安全教育也是一个全新的课题。再次，经济全球化的影响和我国加入WTO后也要求企业要按照国际的安全管理惯例办事。

走出经验管理的误区就是按照现代业务流程再造的思想进行安全管理。再造安全生产管理的流程就是以未来的理想模式为指导，制定企业安全管理的战略目标，对企业各项运作活动的各项细节进行重构、设定与阐述的系统工程。安全管理的战略目标是来自于企业内外部环境的变化所产生的危机感，来自于企业上下对于传统安全管理流程改进的必要性、方向性和具体措施所达成的共识。在传统的安全管理中，企业将安全生产流程分成了各个职能部门，注意力只是集中于本部门或个别的环节上。系统工程就是借助于工业工程技术、运筹学方法等手段去实现企业整体安全的最优，从根本上消除企业中人的不安全行为、物的不安全状态、环境的不安全条件和管理的缺陷。安全管理流程要求企业以战略的眼光、充分授权及协作的工作模式来提升企业的整体安全性。

（3）走出成本观念的误区，树立安全管理的投资观念　进入市场经济后，不少地区和企业将利润最大化看成是当期收益的最大化，将安全管理的投入看成是成本控制的主要目标。加上在经济转轨过程中出现的政府监管的"调整期"和专业技术指导的缺乏，导致不少企业采取短期化的冒险行为，降低安全要求。即使是在国有煤矿多年来的亏损经营压力下，也出现了安全管理投资不足的现象。这些短期行为在基础设备利用上表现为拼设备、榨残值。特别是国有企业在租赁和承包过程中，由于租赁式的过渡性，部分租赁企业主急功近利，不愿对设备进行全面的维修和养护，不愿在安全保障上做必要的投入，有些企业设备严重锈蚀、腐蚀。目前，国有煤矿对灾害预防措施的投入不足，而地方乡镇煤矿的投入就更不足，使用非防爆电器设备、供电

第一章　概述

33

系统不合理等问题严重威胁井下作业人员的生命安全。近年来，煤矿事故不断都是与井下安全设备缺乏维护有关。

短期行为表现为忽视安全教育，职工缺乏必要的安全意识。有相当一部分企业，特别是在小企业中有不少的职工没有经过岗前培训或严格的专业培训就仓促上岗，而且这部分职工流动性较大、安全素质差，甚至根本不懂原料、产品的特性和危害性。在生产过程中不按安全规程操作，图省事、抢工效、多挣钱，对事故隐患视而不见。因而，这些员工往往既是事故的受害者又是事故的直接责任者。

短期行为企业的安全生产管理系统严重不健全。有些企业片面地强调减员增效，企业的安全技术人员被裁减，甚至撤销了安全管理机构，使原本就不健全的安全生产管理系统形同虚设。如果再缺乏外部的制约机制，就会造成事故隐患无人抓、无人管的局面。

走出安全管理成本观念的误区，其出路就是建立安全管理的投资观念，加强外部监管。《安全生产法》的出台可以改变目前企业安全生产管理缺乏明确的法律规范的局面，为企业的安全生产条件和对安全生产违法行为的处罚提供了相应的法律依据。但是外部监管对于企业的安全生产管理所起的作用总是被动的，企业只有认识到片面追求利润最大化对于企业价值的危害，认识到人力资本的价值，才有可能自觉地进行安全管理的投资。

走出安全管理成本观念的误区，其根本出路就是建立安全管理的投资观念，加强外部监管。《安全生产法》的出台可以改变目前企业安全生产管理缺乏明确的法律规范的局面，为企业的安全生产条件和对安全生产违法行为的处罚提供了相应的法律依据。但是外部监管对于企业的安全生产管理所起的作用总是被动的，企业只有认识到片面追求利润最大化对于企业价值的危害，认识到人力资本的价值，才有可能自觉地进行安全管理的投资。

安全管理的投资观念根本不同于现在流行的安全管理成本观念，它是将安全管理投入看作投资行为。如同企业的货币资本一样，企业安全管理的水平和能力也是企业的资本，它同样能够为企业创造价值。安全管理的投资回报可从三个方面来计算：首先，安全运作减少了人、财、物、信息的损失，可带来财务价值。其次，安全管理状况直接关系到企业能否吸引人才、留住人才和避免人才的损失，因此，它能够带来保障企业智力资本的基础价值。在 2002 年 6 月 20 日发生的鸡西矿难中，遇难的 115 人中既有厅级也有处级干部，领导干部占 20% 左右。这种损失已经不是财务价值问题，而是企业的人力资本价值问题。特别是在知识经济时代，人才已经成为企业的稀缺资源，人力资本的状况将决定企业的竞争能力。再次，企业安全管理的投入具有战略性价值。因为企业的战略资源往往具有不可再生性，是企业长期积累的结果，一旦战略资源损失，企业将难以重新获取，即使资源可以重置也难以获得原有的战略地位。如有些企业的学习曲线陡峭，依靠领先一步获取的战略优势地位就可能在资源重置过程中丧失。企业的价值＝企业安全管理资产的价值＋企业其他资产的价值。企业安全管理的成本观念实质上带来的安全管理资产的负债，尽管在这类企业中账面的资产有可能增加，但它的企业的价值却是负值。

（4）走出制度万能的误区，树立企业安全文化是安全管理的核心的观点　有一种过分地强调制度功能的倾向。有不少人只是强调安全管理中规章制度不健全，似乎是只要有了健全的安全生产规章制度，频繁发生的恶性事故就可以根除。应该说，内外安全生产的规章制度对于企业来说是必不可少的，特别是《矿山安全法》、《安全生产法》等法律法规的积极作用是不可低估的。但另一方面，安全管理也要充分重视企业安全文化的作用。作为非正式约束的企业安全文化与正式约束的企业安全制度是相辅相成的，两者结合构成了企业安全管理的有机整体。

安全文化概念是国际核安全咨询组（INSAG）首先提出的。IN-SAG 认为"安全文化是存在于单位和个人中的种种素质和态度的总和"。英国健康安全委员会核设施安全咨询委员会进一步发展了 IN-SAG 的思想，将安全文化定义为"个人和集体的价值观、态度、能力和行为方式的综合产物，它决定于健康安全管理上的承诺、工作作风和精通程度。"

企业安全文化对于安全管理的重要性根植于安全规章制度本质上，即建立在企业"共有信念上的自我维系系统"上。只有当安全规章制度建立在人们的共同人生价值观基础上，规章制度才会被人们接

受，成为人们行为的准则。如果成文法和政府的规章制度与集体的价值观相冲突，没有人把它当回事，它也就构不成制度。因此，任何安全规章制度都代表了一种企业安全文化的价值观念，任何规章制度的实施也都需要一种企业安全文化来支撑。可以说，企业的安全文化是企业安全规章制度的基础，是安全管理的核心。

目前，我国企业安全意识淡薄，"三违"现象还比较普遍，有些地方和企业出现了集体价值观的扭曲，甚至达到了目中无法的地步。塑造企业安全文化应成为当前安全管理中的紧迫任务。只有如此，《安全生产法》才能有效地发挥其作用。否则，只能流于形式，无法落到实处。

安全规章制度本身还有其不完善性和对实践反应的滞后性。按照制度经济学观点，安全管理规章制度作为对于安全管理实践的反映，制度的安排总是处于信息不完全状态之下，因此，理想与现实的差距不可避免。例如，老的《行政处罚法》的处罚标准过低，地方乡镇煤矿的工人都是农民协议工或临时工，对他们行政处罚只能罚款，而对有关事故责任者除追究刑事责任外，也无法达到教育的目的。即使新出台的《安全生产法》对事故调查组的责任、权力、义务也没有明确的可操作规定。现实中不同的调查部门往往按照各自的要求进行处理。树立安全文化可以弥补安全规章制度、安全管理手段的不足。塑造安全文化就是充分注重人的价值观念、伦理道德和人的态度、情感、意志等深层次的人文因素，通过教育、宣传、奖惩、创建群体氛围等手段，不断提高职工的安全修养，改进其安全意识和行为，从而使职工从被动执行管理制度转变成自觉地采取行动达到安全要求，从"要我遵章守纪"转变成"我要遵章守纪"。企业安全文化是安全管理的核心，是安全规章制度的基础。企业只有树立科学的安全文化，安全规章制度才能形神合一，才能实现安全生产，保证企业持续稳定的发展。

四、安全健康管理所采用的方法以及作用效果

安全生产管理科学首先涉及的是常规安全管理，有时也称为传统安全管理，例如在宏观管理方面有安全生产方针、安全生产工作体制、安全行政管理、安全监督检查、安全设备设施管理、劳动环境及

卫生条件管理、事故管理等；在微观的综合管理方法方面有安全生产"五大原则"、"全面安全管理"、"三负责制"、"安全检查制"、"四查工程"、安全检查表、"0123 管理法"、"01467 安全管理法"等，还有专门性的管理技术，如"5S"活动、"五不动火"管理、审批火票的"五信五不信"、"四查五整顿"、"巡检挂牌制"、防电气误操作"五步操作管理法"、人流物流定置管理、"三点控制"、"八查八提高"活动、班组安全活动、安全班组建设等。

随着现代企业制度的建立和安全科学技术的发展，现代企业更需要发展科学、合理、有效的现代安全管理方法和技术。现代安全管理是现代社会和现代企业实现安全生产和安全生活的必由之路。一个具有现代技术的生产企业必然需要相适应的现代安全生产管理科学。目前，现代安全生产管理是安全生产管理工程中最活跃、最前沿的研究和发展领域。现代安全生产管理的理论和方法有：安全管理哲学、安全系统论、安全控制论、安全信息论、安全经济学、安全协调学、安全思维模式、事故预测与预防理论、事故突变理论、事故致因理论、事故模型学、安全法制管理、安全目标管理法、无隐患管理法、安全行为抽样技术、安全经济技术与方法、安全评价、安全行为科学、安全管理的微机应用、安全决策、事故判定技术、本质安全技术、危险分析方法、风险分析方法、系统安全分析方法、系统危险分析、故障树分析、"PDCA"循环法、危险控制技术、安全文化建设等。安全管理充分运用这些管理理论和方法，形成自身的管理特点，即要变传统的纵向单因素安全管理为现代的横向综合安全管理；变传统的事故管理为事件分析与隐患管理（变事后型为预防型）；变传统的被动的安全管理对象为安全管理动力；变传统的静态安全管理为安全动态管理；变过去企业只顾生产经济效益的安全辅助管理为效益、环境、安全与卫生的综合效果的管理；变传统的被动、辅助、滞后的安全管理程式为主动、本质、超前的安全管理程式；变传统的外迫型安全指标管理为内激型的安全目标管理（变次要因素为核心事业）。具体如下。

❶ 形式多样，注重效果，全面宣讲安全的重要性

安全管理要求的基础就是合理认识安全管理，首先要提高对安全教育的认识，真正把安全教育摆到重点位置；在教育途径上要多管齐

下。既要通过安全培训、安全日进行常规性的安全教育，又要充分发挥安全会议、厂报、有线电视、黑板报等多种途径的作用，强化宣传效果；在安全教育的形式和内容上要丰富多彩，推陈出新，使安全教育具有知识性、趣味性，寓教于乐，广大职工在参与活动中受到教育和熏陶，在潜移默化中强化安全意识。要通过多种形式的宣传教育逐步形成"人人讲安全，事事讲安全，时时讲安全"的氛围，使广大职工逐步实现从"要我安全"到"我要安全"的思想跨越，进一步升华到"我会安全"的境界。预防为主，先期治理，确保防范措施到位。

❷ 安全管理要以人为本

在现代管理哲学中，人是管理之本。管理的主体是人，客体也是人，管理的动力和最终目标还是人。在安全生产系统中，人的素质（心理与生理、安全能力、文化素质）是占主导地位的，人的行为贯穿施工过程的每一个环节。因此，在安全管理过程中，必须尊重人，关心人，以人为本，采取必要措施，保障个人的利益，使大家找到归属感，最终形成安全管理"命运共同体"，推动安全管理的改善和提高。

推行科学民主化的管理方式，人是最根本的，需要重视人、激励人，就要在管理方式上实行民主化。虽然一般的管理侧重点不同，但在管理中必须兼顾所有人的利益，一项决策做出之前，应把方案拿出来，由企业法人组织项目经理，项目经理组织一线施工人员逐层进行讨论，做出反馈意见，必要时可以跨级进行，这样才能保证决策正确和实施的顺利。

❸ 重视激励作用

伟大的马克思曾经说过：人们追求的一切，都同他们利益有关。职工工作积极性的调动，要求管理者深入理解职工的内在需求，并予以满足，从而刺激工作热情、激发创造力。因此，在企业安全管理中引入多种激励机制，成为安全管理文化现代化所要求的重要方向。

目前，多数企业安全管理采取的是负激励即违章罚款，虽然有激励效用，但不免单一，且容易使人感觉安全生产很"冷"。因此，企业要注意多运用正激励，一方面可以在各层次安全生产责任制的基础上，对完成情况好的集体和个人进行物质奖励，数额必须大；另一方面，可以评选安全标兵，从管理层到基层都要有代表，满足个人的荣誉感。我国的企业管理研究中，很多人也对激励手段的作用和做法作了探讨，并提出了"形象激励"、"内在激励"、"荣誉激励"等方式和方法，各企业及管理者可以根据实际，酌情选择。

④ 把情感融入安全管理，实现真正的安全

在人的社会实践活动中，精神力量起着极大的作用。其中，人的感情因素深深地渗透到行为中，影响着行为目标、行为方式等多方面。在企业内部，每一名职工都拥有自己的情感世界，安全管理者只有深入了解、沟通和激发职工的内心情感，才能在管理工作中起到事半功倍的效果。日本企业在这方面很注重，常常采取"感情投资"的方法，解决职工的住房、子女入托以及汽车问题。我们也可以在节日和员工的生日时致以祝贺，亲自送礼品等，要"于细微处见真情"，这样才能感化人心，以便和谐一致，团结协作，促进安全管理，消除管理中的抵触情绪。

搞安全管理，不能图一时之快，逞一时之强，必须从根本出发，根据实际特点，循序渐进，逐步形成自己的安全管理文化，增强全体职工的凝聚力，使其劲往一处使，在和睦的氛围中实现安全生产，杜绝各类事故的发生。同时系统化的安全管理需要从某一组织的整体出发，把管理重点放在整体效应上，实行全员、全过程、全方位的安全管理，实行全员安全宣传教育，使组织达到最佳安全状态。

⑤ 把全员纳入安全管理

要保障安全必须坚持群众路线，形成"安全工作，人人有责"的共识，切实做到专业管理与群众管理相结合，在充分发挥专业安全管理人员骨干作用的同时，吸引全体员工参加安全管理，充分调动和发挥广大员工的安全工作积极性。安全工作责任制为全员参加安全管理提供了制度上的保证。还应当实行动员和组织广大员工参加安全管理的新形式，如安全目标管理等。

⑥ 把安全管理贯穿到始终

系统安全的基本原则是，从一个新系统的规划、设计阶段起，就要开始安全工作，并且要一直贯穿于整个系统寿命期间内，直到报废为止。在特定组织实施管理活动的全过程中都要进行安全管理，检查、监测、识别、评价并控制可能出现的安全隐患。应用科学管理方式提高安全管理水平。

❼ 实行全方位安全管理

任何有人的活动的地方，都会存在不安全因素，都有发生伤亡事故的危险性。因此，人们在生产生活的同时，都要考虑其安全问题，进行安全管理。安全管理不仅是专业安全管理部门的事情，必须党、政、工、团等各部门齐抓共管。一丝不苟，严格要求，从而确保安全规章制度真正落到实处。

随着电子技术的广泛应用，加速了安全管理信息的处理，使安全管理由定性逐渐走向定量，先进管理经验和方法得以迅速推广。各种安全监控，安全防范技术设备的使用成为安全管理的重要特征之一。

❽ 实行安全目标管理

目标管理可以应用于安全管理方面，称之为安全目标管理。它是特定组织确定在一定时期内应该达到的安全总目标，分解展开、落实措施、严格考核，通过组织内部自我控制达到安全目的的一种安全管理方法。它以特定组织总的安全管理目标为基础，逐级向下分解，使各级安全目标明确、具体，各方面关系协调、融洽，把全体成员都科学地组织在目标体系之内，使每个人都明确自己在目标体系中所处的地位和作用，通过每个人的积极努力来实现特定组织的安全目标。

制定安全管理目标要有广大员工参与，领导与群众共同商定切实可行的工作目标。安全目标要具体，根据实际情况可以设置若干个，例如事故发生率指标，伤害严重度指标，事故损失指标或安全技术措施项目完成率等。但是，目标不宜太多，以免力量过于分散。应将重点工作首先列入目标，并将各项目标按其重要性分成等级或序列。各项目标应能数量化，以便考核和衡量。

安全目标管理可以发挥每个人的力量，提高整个组织的安全工作管理绩效；可以增强管理组织的应变能力；可以提高各级管理人员的领导能力；可以促进组织内成员素质的提高；可以促进组织自身的长远发展。

❾ 安全管理需要有完整的管理体系，因此要形成从厂、分厂到班组的三级安全网络

运用好管理信息系统。管理信息系统主要包括对信息的收集、录入，信息的存储，信息的传输，信息的加工和信息的输出（含信息的反馈）5种功能。它把现代化信息工具——电子计算机、数据通信设备及技术引进管理部门，通过通信网络把不同地域的信息处理中心联结起来，共享网络中的硬件、软件、数据和通信设备等资源，加速信息的周转，为管理者的决策及时提供准确、可靠的依据。在实际生产中，每天获取的事故信息量非常大，这些信息都是需要及时处理和综合分析、判断，靠人是很难在短时间内完成这些工作的，这就需要应用计算机建立管理系统。因此，我们认为管理信息系统在企业管理中的应用具有现实意义，应用前景广阔。

总之，通过建立以安技部门为信息处理中心（中央处理机），各危险岗位和各专业部门为终端的安全管理信息系统网络，从而由安全信息反馈来推进对隐患的不断检查、整改和监控，形成闭环管理。此系统解决了目前企业安全管理中普遍存在的关键问题——安全信息缺乏，信息传递渠道不畅通，反馈不及时，危险信息不能及时得到处理。因而，对企业向本质安全管理方面发展，具有十分重要的现实意义。当然，企业安全管理是一项非常复杂的工作，单凭科学的安全管理方式一方面发展是不够的。还需要采取各种措施，提高作业人员的安全素质（安全技能和安全意识），增强职工执行安全规章的自觉性和自我保护能力。只有这两方面都做到，才有可能真正使安全管理水平上一个新台阶。安全管理就是要针对我国目前安全管理中存在的问题，找到切实可行的办法，实现真正的安全。

第二章 安全生产法律法规与责任

第一节　安全生产法律法规体系基本框架

安全法规是法的组成部分。法，是统治阶级整体意志和根本利益的集中表现，是通过一定的国家机关认可、制定的，具有一定文字形式，以国家强制力保证实施的行为规则（或规范）的总和。它建立在一定的经济基础之上，为一定的经济基础服务，是促进社会生产力发展、维护社会秩序和社会关系的行动准则。

一、法的基本概念

法是调整人们行为的规范。它由国家制定或认可并具有普遍约束力，规定人们的权利和义务，由国家强制力保证其实施。

（一）法的作用

法的作用包括其规范作用和社会作用两个方面。

1. 法的规范作用

法是一种社会规范，是调整人们行为的规范。法由法律概念、法律原则、法律技术性规定及法律规范四个要素组成，其中法律规范是法的主体。每一法律规范包括行为模式和法律后果两部分。行为模式是由大量实际行为中概括得到的行为的理论抽象、基本框架或标准。行为模式不同，法律规范的性质也不同。一般地，行为模式可以分为三类，相应地有三类法律规范与之对应。

- 可以这样行为——授权性规范。
- 应该这样行为——命令性规范。
- 不应该这样行为——禁止性规范。

其中，命令性规范和禁止性规范合称义务性规范，即我们常说的"令行禁止"。"令行"为人们设定了积极的、行为的义务；"禁止"为人们设定了消极的、不行为的义务。

法律后果可以分成两类。

• 肯定性法律后果。法律承认这种行为合法、有效并加以保护甚至奖励。

• 否定性法律后果。法律不承认这种行为，加以撤销甚至制裁。

根据行为的不同主体，法的规范作用可以分为指引、评价、教育、预测和强制作用。

（1）指引作用　对人的行为的指引有个别指引和规范性指引之分。法的指引作用属于规范性指引。义务性规范明确规定人们必须根据法律规范的指引而行为，是明确指引，旨在防止人们做出违反法律指引的行为。授权性规范代表一种有选择的指引，旨在鼓励人们进行法律所允许的行为。

（2）评价作用　法作为一种社会规范，是重要的、普遍的评价准则，具有判断、衡量他人行为是否合法或有无效力的评价作用。

（3）教育作用　法的教育作用体现在通过法的实施对一般人今后行为发生的影响。有人违法受到制裁对一般人有教育作用；人们的合法行为及其法律后果对其他一般人的行为具有示范作用。

（4）预测作用　人们依据作为社会规范的法律可以预先估计到他们之间将如何行为。法的预测作用可以促进社会秩序的建立。

（5）强制作用　法的强制作用在于制裁、惩罚和预防违法犯罪行为，增进社会成员的安全感，是建立法律秩序的重要条件。

❷ 法的社会作用

法的社会作用是指维护有利于一定阶级的社会关系和社会秩序，体现在维护统治阶级统治和执行社会公共事务。执行社会公共事务的法律主要有 4 种。

① 维护人类社会基本生活条件的法律。如关于自然资源、医疗卫生、环境保护、交通通信及基本社会秩序的法律。

② 关于生产力和科学技术组织的法律。

③ 关于技术规范的法律。

④ 关于一般文化事务的法律。

（二）法的渊源和分类

法的渊源主要是指法的效力渊源，即由什么国家机关制定或认可，因而具有什么法律效力或法律地位的法律类别。有时把法的渊源称作法的形式。

一般地，法的分类有以下一些分类。

（1）国内法和国际法　国内法是由特定国家制定并适用于本国主权所及范围内的法律，法律关系主体一般是个人或组织。国际法是由参与国际关系的国家通过协议制定或公认的，适用于国家间的法律，法律关系主体主要是国家。

（2）根本法和普通法　根本法是指宪法，它在一个国家的法律中具有最高法律效力和地位，其内容包括国家的基本制度、公民的基本权利和义务、主要国家机关的组成和职权等根本问题。普通法是指宪法之外的其他法律，法律效力和地位低于宪法，其内容一般是某一方面或某些方面的社会关系。普通法必须符合宪法。

（3）一般法和特别法　一般法是对一般人、一般事在全国均有效的法律；特别法是对特定部分人、特定事、特定地域、特定时间有效的法律。

（4）实体法和程序法　实体法指规定主要权利和义务的法律；程序法指保证权利和义务得以实施的程序的法律。

（5）成文法和不成文法　成文法是指由国家机关制定和颁布，以成文形式出现的法律，又称制定法；不成文法是指由国家认可有法律效力的法律，又称习惯法。成文法的形式有规范性文件和准规范性文件两类。规范性文件通常称为"法规"，其要件包括：

- 由依法有权制定规范性文件的国家机关制定；
- 制定过程符合法定立法程序；
- 具备法律规范的各项构成要素并表现为条文形式；
- 其空间效力在一定范围内具有普遍性；
- 其时间效力在一定时期内具有反复适用性。

二、法律法规的形式

《立法法》规定了法律法规的各种形式、制定发布部门以及其效力、适用范围等。

① 宪法

宪法是国家的最高法律，其他任何法律法规均在宪法规定的框架之内，不得与宪法冲突。正是由于是最高法律，所以宪法不可能太具体，其条款往往是原则性的。

② 一般法律

由全国人民代表大会及其常务委员会行使立法权。全国人民代表大会制定、修改刑事、民事、国家机构和其他基本法律。全国人大常委会制定和修改应当由全国人民代表大会制定和修改以外的法律。法律通过后，由国家主席签署后予以公布。法律签署公布后，应及时在全国人大常务委员会公报及全国发行的报纸上刊登。

③ 行政法规

国务院根据宪法和法律，制定行政法规。

行政法规由国务院组织起草，国务院有关部门认为需要制定行政法规的，应当向国务院报请立项。行政法规在起草过程中，应当广泛听取有关机关、组织和公民的意见。听取意见可以采取座谈会、论证会、听证会等多种形式。

行政法规起草工作完成后，送国务院法制机构进行审查，并按照国务院组织法程序进行表决通过，最后由国家总理签署国务院令予以公布，并及时在全国发行的报纸上刊登。

④ 地方性法规、自治条例和单行条例

（1）地方性法规　省、自治区、直辖市的人民代表大会及其常务委员会根据本行政区域的具体情况和实际需要，在不同宪法、法律、行政法规相抵触的前提下，可以制定地方性法规。

较大的市的人民代表大会及其常务委员会根据本市的具体情况和实际需要，在不同宪法、法律、行政法规和本省、自治区的地方性法规相抵触的前提下，可以制定地方性法规，报省、自治区的人民代表大会常务委员会批准后施行。所谓较大的市是指省、自治区的人民政府所在地的市，经济特区所在地的市和经国务院批准的较大的市。

（2）自治条例和单行条例　民族自治的地方的人民代表大会有权依照当地民族的政治、经济和文化特点，制定自治条例和单行条例。

自治区的自治条例和单行条例报全国人民代表大会常务委员会批准后生效；自治州、自治县的自治条例和单行条例报省、自治区、直辖市的人民代表大会常委会批准后生效。

⑤ 规章

国务院各部委、审计署和具有行政管理职能的直属机构，可以根据法律和国务院的行政法规、决定、命令，在本部门权限范围内制定规章。省、自治区、直辖市和较大的市的人民政府，可根据法律、行政法规和本省、自治区、直辖市的地方性法规制定规章。

部门规章由部门首长签署后公布，并及时在国务院公报或者部门公告和全国性发行的报纸上刊登。地方规章签署公布后，及时在本级人民政府公报和在本行政区域内发行的报纸上刊登。

三、我国安全法律体系的形成

新中国成立以来最早的有关劳动保护和安全生产的法律是 1965 年国务院颁布的《工厂安全卫生规程》、《建筑安装工程安全技术规程》和《工人职员伤亡事故报告规程》，即"三大规程"。随后又出台了《关于进一步加强安全技术教育的决定》、《关于编制安全技术安全生产措施计划的通知》、《工业企业设计暂行卫生标准》等法律法规。这些法律法规对安全生产中的一些基本问题作出了明确的规定，对安全生产的一些问题的处理开始了法律依据。这些法律法规在新中国成立初期对我国的安全生产和对劳动者的安全与健康的保护起到了重要作用。

从 1958 年开始，我国进入"大跃进"时期，由于政治因素的影响，人们开始忽略安全科学规律，盲目冒进，只讲生产，不讲安全，冒险蛮干反受到嘉奖，随之而来的是伤亡事故的明显上升，造成新中国成立以来第一次事故高峰。从 1961 年起开始调整，安全工作从一般性的检查发展为专业性和季节性的检查，安全生产状况有了明显改善。安全生产工作逐步走向经常化和制度化。1963 年，我国进入国民经济三年恢复调整时期，期间我国先后发布了《工业企业设计卫生标准》、《关于加强企业生产中安全工作的几项规定》、《国营企业职工个人防护用品发放标准》等一系列安全生产法规。

随着 1966 年文化大革命的开始，整个国家进入全面动荡时期，安全生产工作也随之变动混乱和倒退，伤亡事故随着上升，出现了新中国成立以来第二个事故高峰。

从 1978 年开始，我国进入改革开放阶段，党中央国务院对安全工作给予了高度重视，先后颁发了《中共中央关于认证做好劳动保护工作的通知》和《国务院批准国家劳动总局、卫生部关于加强厂矿企业防尘防毒工作的报告》，要求各地区、各部门、各企业必须加强劳动保护工作，保护职工的健康和安全。

1982 年，国务院颁布了《矿上安全条例》、《矿山安全监察条例》和《锅炉压力容器安全检查条例》等规范性文件，要求加强矿山、锅炉、压力容器的安全生产工作。1983 年 5 月，国务院又转批了原劳动人事部、原国家经贸委、全国总工会《关于加强安全生产和劳动安全监察工作报告》，对劳动安全监察提出了具体要求。1984 年，国务院发布了《关于加强防尘防毒工作的决定》；1987 年，卫生部、原劳动人事部、财政部、全国总工会联合发布了《职业病和职业病患者处理办法的规定》，规范了职业病的管理。

进入 20 世纪 90 年代以来，我国的安全工作逐步走向法制化的轨道，各种安全生产与职业卫生以正式法律条文的形式确定下来，加强的安全生产工作的监察力度，安全生产法律法规体系逐步完善。这一时期国家有大量的具有重要意义的法律法规出台。

1991 年国务院发布了《企业职工伤亡事故报告和处理规程》，对各类事故的报告、调查以及处理作了程序性的规定。1992 年 4 月颁布实施的《工会法》、《妇女权益保障法》为更好地维护职工安全健康权益，对女职工的劳动保护提供了法律依据。

1994 年 7 月，《劳动法》颁布与实施，标志着我国的劳动保护工作进入了一个新的发展时期。在《劳动法》中，劳动者的劳动保护与职业安全健康权益以法律的形式明确加以规定，然而，劳动者安全健康权益相关具体保障法亟待出台。鉴于这一情况以及经济发展对各种安全法律法规的迫切要求，我国随后出台了大量有关安全生产和劳动卫生的法律法规。如《矿山法》、《危险化学品管理条例》、《消防法》、《安全生产法》、《职业病防治法》、《工伤保险条例》、《安全生产许可证条例》。

目前，我国已基本建成了有关安全生产和职业卫生的法律法规体系，随着时间的推移，这些法律将会逐步变得更加完善，其可操作性也越来越强。

四、安全生产法律法规体系基本框架

根据我国立法体系的特点以及安全生产法律法规调整范围的不同，安全生产法律体系由若干层次构成，安全生产法律法规体系如图2-1。安全生产法律法规按照层次由高到低依次如下。

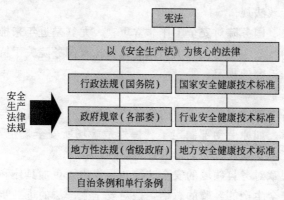

图 2-1 安全生产法律法规体系

（1）国家根本法

国家的根本法是《宪法》，它是其他所有法律的基础和根本，其他任何法律必须在《宪法》确立的基本原则框架内制定并发挥效力，任何其他法律不得与国家《宪法》发生冲突。

（2）国家基本法

国家的基本法律是《刑法》与《民法通则》。国家法律调整的两个基本对象一个是刑事责任，另一个则是民事责任。《刑法》为了惩罚犯罪，保护人民而设立；而民法则是为了保障公民、法人的合法的民事权益，正确调整民事关系而设立。

（3）劳动综合法

《劳动法》是一部有关劳动关系的综合法律，明确规定了劳动者和用人单位的权利与义务。其中，包括劳动者和用人单位在安全生产

和职业卫生方面的权利与义务。它是各类安全生产法的基础。

（4）安全生产与职业健康基本法

在生产过程中，对人的危害一是来自事故伤害，另一个方面则是由工作引起的各种职业病。而《安全生产法》和《职业病防治法》正是针对这两个方面而制定法律，因此它们是安全生产与健康的基本法。

（5）专门安全法

国家针对某些特殊的领域与行业制定的专门安全法，如《矿山安全法》、《消防法》。

（6）行政法规

党中央、国务院对安全工作非常重视，尤其是近年来推出了很多有关安全的行政法规，如《工伤保险条例》、《国务院关于特大安全事故行政责任追究的规定》等。

（7）安全规章

国家各个部委在其所管辖的领域内，各自对安全生产与职业卫生制定了规章。如原劳动部制定了《爆炸危险场所安全规定》；卫生部颁发了《工业企业设计卫生标准》等。

这些规章对各自领域的安全法律法规作出了更加具体和明确的规定，是对安全生产的经验的总结，是对安全生产法的进一步补充。

（8）标准

一般而言，法律法规所规定的内容是定性的、原则性的。在实际操作中，必须辅以具体的甚至是定量的指标，才能使法律法规的实施更具有可操作性。如《工伤保险条例》规定了各工伤伤残等级所享受的赔偿及待遇。然而如果没有《职工工伤与职业病致残程度鉴定标准》这一标准作为依据，就无法对伤残等级作出公正、科学的而又无争议的鉴定，因而也就无法实施工伤赔偿工作。安全检查、安全评估必须建立在安全标准之上，否则，安全检查与评估就会缺乏统一、科学的依据。

（9）国际公约

经我国批准的有关安全与卫生国际公约，也是我国安全生产法规的重要组成部分。国际公约经其会员国权力机关批准后，批准国应采取措施使公约发生效力，对批准的公约负有国际法的义务。因此，国际公约一旦经政府批准，就具有与本国法律同等的效力。

第二节 安全生产标准体系

标准虽然没有纳入我国法的范畴，但是在安全生产工作中起着十分重要的作用。法定的安全标准是我国安全生产法律法规重要的组成部分。根据《标准化法》的规定，标准有国家标准、行业标准、地方标准和企业标准。国家标准、行业标准又分为强制性标准和推荐性标准。安全标准主要是指国家标准和合用标准，大部分是强制性标准。

一、安全生产标准的定义与作用

（一）安全生产标准的定义

标准化是人类在长期生产实践过程中逐渐摸索和创立起来的一门科学，也是一门重要的应用技术。标准和标准化从一开始就来源于人们改造自然的社会实践，且一致服务于这种实践，并不断发展和完善。根据《标准化法》条文的解释，"标准"的含义是：对重复事务和概念所做的统一规定，它以科学、技术和实践经验的综合成果为基础，经有关方面协商一致，由主管机构批准，以特定形式发布，作为共同遵守的准则和依据。简单地说，标准是对一定范围内的重复性事物和概念所作的统一规定。事物具有重复出现的特征，才有制定标准的必要。标准对象就是重复性概念和重复性事物。标准的本质反映的是需求的扩大和统一。单一的产品或者单一的需求不需要标准，对同一需求的重复和无限延伸才需要标准。

依据上述解释，安全标准的含义是：在生产工作场所或者领域，为改善劳动条件和设施，规范生产作业行为，保护劳动者免受各种伤害，保障劳动者人身安全健康，实现安全生产和作业的标准和依据。

标准化是指在经济、技术、科学及管理等社会实践中，对重复性事物和概念通过制定、实施标准，以获得最佳秩序和社会效益的过程。简单地说，标准化是为了在一定范围内获得最佳秩序，对现实问

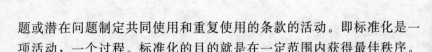
题或潜在问题制定共同使用和重复使用的条款的活动。即标准化是一项活动，一个过程。标准化的目的就是在一定范围内获得最佳秩序。

（二）安全标准的作用

❶ 安全标准是安全生产法律体现的重要组成部分

广义上讲，我国的安全生产法律体现，是由宪法、国家法律、国务院法规、地方性法规，以及标准、规章、规程和规范性文件等所构成的。在这个体系中，标准处于十分重要的位置，具有技术性法律规定的作用。标准是法律的延伸。与安全生产相关的技术性规定通常体现为国家标准和行业标准。根据世界贸易组织协议，我国的强制性标准与国外的技术法规具有同样的法律效力。现行法律法规也就此作出了明确规定。《安全生产法》第十六条规定"生产经营单位应当具备本法和有关法律、行政法规和国家标准或者行业标准规定的安全生产条件"。《安全生产许可证条例》第六条，把厂房、作业场所和安全设施、设备、工艺符合安全生产法律、法规、标准和规定的要求，作为企业取得安全生产许可证应当具备的基本条件。标准所具有的法律地位及其法律效力，决定了安全标准一旦制定和发布，就必须得到尊重，必须认真贯彻实施。任何忽视安全标准、违背安全生产标准的现象，都是对安全生产法律的破坏和违反，都必须立即纠正，情节严重的要依法予以追究。

❷ 安全标准是保障企业安全生产的重要技术规范

安全生产标准化是社会化大生产的要求，是社会生产力发展水平的反映。优秀企业要出名牌，出人才，出效益，就必须严格执行国家标准、行业标准，产品进入国际市场就要执行国际标准。有条件、有实力的优秀企业自订的企业标准，甚至高于国家标准、行业标准。而不执行法定标准的企业，不仅市场竞争力无从谈起，而且违法生产经营，丧失诚信准则，甚至导致重特大事故发生。一些企业安全管理滑坡，伤亡事故多发，重要原因之一就是不遵守相应的安全生产标准。有的企业标准意识淡薄，执行标准不严；有的企业有标不循，不按标准办事；有的企业根本没有安全标准，不知道有标准。因此，迫切需要通过加强安全生产标准化工作，规范企业及其经营管理者、从业人员的安全生产行为，实现安全生产。

③ 安全标准是安全监管监察和依法行政的重要依据

安全标准是保护从业人员生命和健康的准则，凝聚了血的教训。安全监管监察部门在行政执法中，对违法违规行为的认定评判，除了要依据法律、法规，还需要依据国家标准和行业标准。如重大危险源的识别、重大隐患的排查、安全生产条件的认定、事故原因的分析判断等，都需要以标准为依据。党中央、国务院领导多次要求把安全生产工作抓细、抓实、抓好。细节反映真实，细节决定成效。相对于法律法规，标准更细致、更周密。安全监管监察部门依据标准实施行政执法，安全生产监管工作才能真正落实到位。

④ 安全标准是规范市场准入的必要条件

党的十六届五中全会提出要坚持节约发展、清洁发展、安全发展，实现可持续发展。党的十七大报告指出："坚持安全发展，强化安全生产管理和监督，有效遏制重特大安全事故。完善突发事故应急管理制度。保障人民生命财产安全。"发展不能以破坏资源、污染环境为代价，更不能以牺牲人的生命和健康为代价。与资源、环保一样，安全是市场准入的必要条件。标准是严格市场准入的尺度和手段。国家标准、行业标准所规定的安全生产条件，就是市场准入必须具备的资格，是必须严格把住的关口，是不可降低的门槛。降低安全生产标准，难免要付出血的代价。安全标准是规范安全中介服务的依据。

二、安全生产标准的范围

根据安全标准的定义，安全标准是指为实现安全生产和作业，保障劳动者安全和健康而制定颁布的一切有关安全方面的技术、管理等要求，包括设备、装备、器材等。这类标准的范围包括煤矿安全、非煤矿安全、粉尘防爆、电气及防爆、带电作业、危险化学品安全、民爆物品安全、烟花爆竹安全、涂装作业安全、交通运输安全、机械安全、消防安全、建筑安全、职业安全、个体防护装备、特种设备安全等各个方面设计安全生产标准、产品质量安全标准、公共安全标准等。标准的类型包括国家标准（GB）和行业标准（如 AQ、MT、LD、JB 等）。安全生产行业标准（AQ）的范围包括矿山、危险化学品、烟花爆竹、个体防护、粉尘防爆、涂装作业等领域有关安全生产方面的标准，这类标准主要由国家安全生产监督管理总局负责，具体包括以下几个方面。

（1）劳动防护用品和矿山安全仪器仪表的品种、规格、质量、等级及劳动防护用品的设计、生产、检验、包装、储存、运输、使用的安全要求。

（2）为实施矿山、危险化学品、烟花爆竹安全管理而规定的有关技术术语、符号、代号、代码、文件格式、制图方法等通用技术语言和安全技术要求。

（3）生产、经营、储存、运输、使用、检测、检验、废弃等方面的安全技术要求。

（4）工矿商贸安全生产规程。

（5）生产经营单位的安全生产条件。

（6）应急救援的规则、规程、标准等技术规范。

（7）安全评价、评估、培训考核的标准、通则、导则、规则等技术规范。

（8）安全中介机构的服务规范与规则、标准。

（9）规范安全生产监管监察和行政执法的技术管理要求。

（10）规范安全生产行政许可和市场准入的技术管理要求。

三、安全生产标准的种类

安全系统工程有关事故形成的理论认为：事故是由人、物、环境、管理四要素引起的，事故预防应从影响系统的四个因素，即人、物、环境、管理出发进行综合治理，劳动安全卫生应用标准都用来防止事故和职业病的发生，因此它必须包含针对人的不安全行为、物的不安全状态、环境因素、管理因素等方面的标准。根据这个原理，安全生产标准分为：基础标准、管理标准、技术标准、方法标准和产品标准五类。

❶ 基础标准

基础标准主要是指在安全生产领域的不同范围内，对普遍的、广泛通用的共性认识所作的统一规定，是在一定范围内作为制定其他安全标准的依据和共同遵守的准则。其内容包括制定安全标准所必须遵循的基本原则、要求、术语、符号；各项应用标准、综合标准赖以制定的技术规定；物质的危险性和有害性的基本规定；材料的安全基本性质以及基本检测方法等。

❷ 管理标准

管理类标准是指通过计划、组织、控制、监督、检查、评价与考核等管理活动的内容、程序、方式，使生产过程中人、物、环境各个因素处于安全受控状态，直接服务于生产经营科学管理的准则和规定。安全生产方面的管理标准主要包括安全教育、培训和考核等标准，重大事故隐患评价方法及分级等标准，事故统计、分析等标准，安全系统工程标准，人机工程标准以及有关激励与惩处标准等。

❸ 技术标准

技术类标准是指对于生产过程中的设计、施工、操作、安装等具体技术要求及实施程序中设立的必须符合一定安全要求以及能达到此要求的实施技术和规范的总称。这类标准有《金属非金属矿山安全规程》、《石油化工企业设计防火规范》、《烟花爆竹工厂设计安全规范》、《烟花爆竹劳动安全技术规程》、《民用爆破器材工厂设计安全规范》、《建筑设计防火规范》等。

❹ 方法标准

方法类标准是对各项生产过程中技术活动的方法所作出规定。安全生产方面的方法标准主要包括两类，一类以试验、检查、分析、抽样、统计、计算、测定、作业等方法为对象制定标准。例如：试验方法、检查方法、分析计法、测定方法、抽样方法、设计规范、计算方法、工艺规程、作业指导书、生产方法、操作方法等。另一类是为合理生产优质产品，并在生产、作业、试验、业务处理等方面为提高效率而制定的标准。

这类标准有《安全帽测试方法》、《防护服装机械性能材料抗刺穿性及动态撕裂性的试验方法》、《安全评价通则》、《安全预评价导则》、《安全现状评价导则》等。

⑤ 产品标准

产品标准是对某一具体安全设备、装置和防护用品及其试验方法、检测检验规则、标志、包装、运输、储存等方面所作的技术规定。它是在一定时期和一定范围内具有约束力的技术准则，是产品生产、检验、验收、使用、维护和洽谈贸易的重要技术依据，对于保障安全、提高生产和使用效益具有重要意义。产品标准的主要内容包括：①产品的适用范围；②产品的品种、规格和结构形式；③产品的主要性能；④产品的试验、检验方法和验收规则；⑤产品的包装、储存和运输等方面的要求。

这类标志主要是对某类产品及其安全要求作出的规定，如煤矿安全监控系统、煤矿用隔离式自救器等。

四、安全生产标准体系

安全生产标准体系是指为维持生产经营活动，保障安全生产而制定颁布的一切有关安全生产方面的技术、管理、方法、产品等标准的有机组合，既包括现行的安全生产标准，也包括正在制定修订和计划制定修订的安全生产标准。从大的概念来讲，安全生产标准体系由煤矿安全、非煤矿安全、电气安全、危险化学品安全、石油化工安全、民爆物品安全、烟花保障安全、涂装作业安全、交通运输安全、机械安全、消防安全、建筑安全、个体防护装备、特种设备安全、通用生产安全等多个子体系组成。每个子体系又由若干部分组成，如非煤矿山安全标准子体系又由冶金安全、有色金属安全等下一层级标准组成。因此，安全生产标准体系是一个多层级的组合。以下对主要的安全生产标准子体系进行介绍。

❶ 煤矿安全生产标准体系

包括：综合管理安全标准系统、井工开采安全标准系统、露天开采安全标准系统和职业危害安全标准系统 4 个部分。

（1）综合管理安全标准系统　煤矿安全综合管理标准包含煤矿企业必须遵守国家和煤矿主管部门有关安全生产的法律、法规、条例、规程和标准等，它是规范煤矿安全技术与管理行为的法规文献。

（2）井工开采安全标准系统　由于安全生产涉及煤炭开发生产全过程，且在井下的采、掘、机、运、通等各个环节都涉及安全问题。井工开采煤矿安全生产标准系统包括：建井安全、开采安全、瓦斯防治、粉尘防治、矿井通风、火灾防治、水害防治、机械安全、电气安全、爆破安全、矿山救援 11 个领域安全标准。其中，每一专业领域的标准仍分为管理标准、技术标准和产品标准。

（3）露天开采安全标准系统　露天开采的安全问题主要存在于采剥工程、运输工程、排土工程和机电设备等生产环节，但是主要发生的危害是边坡稳定和安全，即采掘场边坡与排土场边坡发生的滑坡、塌陷、泥石流等可能危及人身安全与设备安全的地质灾害。露天开采安全标准系统包括：露天开采安全标准、边坡稳定安全标准、露天机电安全标准 3 个领域安全标准。其中，每一专业领域的标准仍分为管理标准、技术标准和产品标准。

（4）职业危害安全标准系统　煤矿职业危害安全标准系统包括：作业环境安全标准、个体防护标准、职业病鉴定标准 3 个领域。在作业环境方面，可以进一步划分为粉尘（总粉尘和呼吸性粉尘）、噪声、振动、放射性辐射、高低温等。在职业危害和卫生方面有关的国家标准有：工业卫生设计标准，体力劳动强度分级，作业场所呼吸性粉尘卫生标准，职业性接触病毒危害程度分级等。

❷ 非煤矿山安全生产标准体系

包括固定矿山、石油天然气、冶金、建材、有色等多个领域，是一个多层次、多组合的标准体系。从标准内容上讲，标准体系包括非煤矿山安全生产方面的基础标准、管理标准、技术标准、方法标准和产品标准等。

❸ 危险化学品安全生产标准体系

包括通用基础安全生产标准、安全技术标准和安全管理标准。

通用基础安全生产标准主要包括危险化学品分类、标识等。安全技术标准主要包括安全设计和建设标准、生产企业安全距离标准、生产安全标准、运输安全标准、储存和包装安全标准、作业和检修标准等。安全管理标准主要包括生产企业安全管理、应急救援预案管理、重大危险源安全监控、职业危害防护配备管理等。

④ 烟花爆竹安全生产标准体系

包括基础标准、管理标准、原辅材料使用标准、生产作业场所标准、生产技术工艺标准和生产设备设施标准等。基础标准主要包括烟花爆竹工程设计安全规范、烟花爆竹安全生产术语等。管理标准主要包括烟花爆竹企业安全评价导则、烟花爆竹储存条件、烟花爆竹装卸作业规范等。原辅材料使用标准主要包括烟花爆竹烟火药安全性能检测要求、烟花爆竹烟火药相容性要求等。生产作业场所标准主要包括烟花爆竹工程设计安全审查规范、烟花爆竹工程竣工验收规范等。生产技术工艺标准主要包括烟花爆竹烟火药使用安全规范等。生产设备设施标准主要包括烟花爆竹机械设备通用技术要求等。

⑤ 个体防护装备安全生产标准体系

主要包括头部防护装备、听力防护装备、眼面防护装备、呼吸防护装备、服装防护装备、手部防护装备、足部防护装备、皮肤防护装备和坠落防护装备9个部分，与国际接轨。每个部分由基础标准、通用技术标准、方法标准、产品标准和管理标准组成。

 第三节　安全生产常用法律法规简介

一、《宪法》

《宪法》是国家的根本法、具有最高的法律效力。一切法律、行政法规和地方法规都不得同《宪法》相抵触。可以说《宪法》是各种法律的总法律或总准则。

1982年12月4日全国人民代表大会公告公布施行，2004年3月14日第十届全国人民代表大会第二次会议予以修正的《宪法》规定如下。

《宪法》总纲中的第一条明确指出："中华人民共和国是工人阶级领导的，以工农联盟为基础的人民民主专政的社会主义国家。"这一规定就决定了我国的社会主义制度是保护以工人、农民为主体的劳动者的。在《宪法》中又规定了相应的权利和义务。

《宪法》中第四十二条规定："中华人民共和国公民有劳动的权利和义务。"

国家通过各种途径，创造劳动就业条件，加强劳动保护，改善劳动条件，并在发展生产的基础上，提高劳动报酬和福利待遇。

国家对就业前的公民进行必要的劳动就业训练。

《宪法》第四十三条规定："中华人民共和国劳动者有休息的权利。"

国家发展劳动者休息和休养的设施，规定职工的工作时间和休假制度。

《宪法》第四十八条规定："中华人民共和国妇女在政治的、经济的、文化的、社会的、家庭的生活等各方面享有同男子平等的权利。国家保护妇女的权利和利益……"

《宪法》的这些条款是我国安全生产方面工作的原则性规定。

二、《刑法》

《刑法》于1979年7月1日第五届全国人民代表大会第二次会议通过，后经多次修订，其对安全生产的规定有以下方面。

❶ 危害公共安全罪

第一百三十一条　航空人员违反规章制度，致使发生重大飞行事故，造成严重后果的，处三年以下有期徒刑或者拘役；造成飞机坠毁或者人员死亡的，处三年以上七年以下有期徒刑。

第一百三十二条　铁路职工违反规章制度，致使发生铁路运营安全事故，造成严重后果的，处三年以下有期徒刑或者拘役；造成特别严重后果的，处三年以上七年以下有期徒刑。

第一百三十三条　违反交通运输管理法规，因而发生重大事故，致人重伤、死亡或者使公私财产遭受重大损失的，处三年以下有期徒刑或者拘役；交通运输肇事后逃逸或者有其他特别恶劣情节的，处三年以上七年以下有期徒刑；因逃逸致人死亡的，处七年以上有期徒刑。

第一百三十四条　在生产、作业中违反有关安全管理的规定，因而发生重大伤亡事故或者造成其他严重后果的，处三年以下有期徒刑或者拘役；情节特别恶劣的，处三年以上七年以下有期徒刑。

强令他人违章冒险作业，因而发生重大伤亡事故或者造成其他严重后果的，处五年以下有期徒刑或者拘役；情节特别恶劣的，处五年以上有期徒刑。

第一百三十五条　安全生产设施或者安全生产条件不符合国家规定，因而发生重大伤亡事故或者造成其他严重后果的，对直接负责的主管人员和其他直接责任人员，处三年以下有期徒刑或者拘役；情节特别恶劣的，处三年以上七年以下有期徒刑。

举办大型群众性活动违反安全管理规定，因而发生重大伤亡事故或者造成其他严重后果的，对直接负责的主管人员和其他直接责任人员，处三年以下有期徒刑或者拘役；情节特别恶劣的，处三年以上七年以下有期徒刑。

第一百三十六条　违反爆炸性、易燃性、放射性、毒害性、腐蚀性物品的管理规定，在生产、储存、运输、使用中发生重大事故，造成严重后果的，处三年以下有期徒刑或者拘役；后果特别严重的，处三年以上七年以下有期徒刑。

第一百三十七条　建设单位、设计单位、施工单位、工程监理单位违反国家规定，降低工程质量标准，造成重大安全事故的，对直接责任人员，处五年以下有期徒刑或者拘役，并处罚金；后果特别严重的，处五年以上十年以下有期徒刑，并处罚金。

第一百三十八条　明知校舍或者教育教学设施有危险，而不采取措施或者不及时报告，致使发生重大伤亡事故的，对直接责任人员，处三年以下有期徒刑或者拘役；后果特别严重的，处三年以上七年以下有期徒刑。

第一百三十九条　违反消防管理法规，经消防监督机构通知采取改正措施而拒绝执行，造成严重后果的，对直接责任人员，处三年以下有期徒刑或者拘役；后果特别严重的，处三年以上七年以下有期徒刑。

在安全事故发生后，负有报告职责的人员不报或者谎报事故情况，贻误事故抢救，情节严重的，处三年以下有期徒刑或者拘役；情节特别严重的，处三年以上七年以下有期徒刑。

❷ 渎职罪

第三百九十七条　国家机关工作人员滥用职权或者玩忽职守，致使公共财产、国家和人民利益遭受重大损失的，处三年以下有期徒刑或者拘役；情节特别严重的，处三年以上七年以下有期徒刑。本法另有规定的，依照规定。

国家机关工作人员徇私舞弊，犯前款罪的，处五年以下有期徒刑或者拘役；情节特别严重的，处五年以上十年以下有期徒刑。本法另有规定的，依照规定。

三、安全生产法

《安全生产法》于 2002 年 6 月 29 日第 9 届全国人民代表大会第 28 次常务委员会通过，同年 11 月 1 日颁布实施。共七章，九十七条，主要内容有：总则、生产经营单位的安全生产保障、从业人员的权利和义务、安全生产的监督管理、生产安全事故的应急救援与调查处理、法律责任、附则。其中涉及生产经营单位安全管理的法律条款如下。

❶ 安全警示标志的管理

在有危险因素的生产经营场所和有关设施、设备上，设置安全警示标志，及时提醒从业人员注意危险，防止从业人员发生事故。这是一项在生产过程中，保障生产经营单位安全生产的重要措施。为此《安全生产法》第二十八条规定，生产经营单位应当在较大危险因素的生产经营场所和有关设施、设备上，设置明显的安全警示标志。

❷ 设备的安全管理

（1）安全设备的管理

安全设备是用于保证生产经营活动正常进行，防止事故发生，保障职工人身安全与健康的设备总称。由于安全设备关系人身安全和健康，因此，《安全生产法》第十九条规定：安全设备的设计、制造、安装、使用、检测、维修、改造和报废，应当符合国家标准或者行业标准。另外，安全设备也是生产经营单位搞好安全生产的硬件，保证安全设备的安全、可靠，要从源头抓好生产经营单位的安全生产。安全设备的正常运转是生产经营单位安全生产的重要保障。《安全生产法》第二十九条又规定，生产经营单位必须对安全设备进行经常性维护、保养，并定期检测，保证正常运转。维护、保养、检测应当做好记录，并由有关人员签字。

(2) 特种设备、危险物品容器及运输工具的管理

生产经营单位使用的涉及生命安全、危险性较大的特种设备以及危险物品的容器、运输工具本身应该是安全产品，否则很容易造成事故，为此，《安全生产法》第三十条规定，生产经营单位使用的涉及生命安全、危险性较大的特种设备，以及危险物品的容器、运输工具，必须按照国家有关规定，由专业生产单位生产，并经取得专业资质的检测、检验机构检测、检验合格，取得安全使用证或者安全标志，方可投入使用。检测、检验机构对检测、检验结果负责。

(3) 淘汰严重危及生产安全的工艺和设备

《安全生产法》第三十一条规定，国家对严重危及生产安全的工艺、设备实行淘汰制度。生产经营单位不得使用国家明令淘汰、禁止使用的危及生产安全的工艺、设备。

❸ 危险物品的安全管理

危险物品是指易燃易爆物品、危险化学品、放射性物品等能够危及人身安全和财产安全的物品。作为保障生产经营单位安全生产的一项重要措施，《安全生产法》第三十条作出规定，生产、经营、运输、储存、使用危险物品或者处置废弃危险物品的，由有关主管部门依照有关法律、法规的规定和国家标准或者行业标准审批并实施监督管理。生产经营单位生产、经营、运输、储存、使用危险物品或者处置危险物品的，必须执行有关法律、法规和国家标准或者行业标准，建立专门的安全管理制度，采取可靠的安全措施，接受有关主管部门依

法实施的监督管理。

另外，为了切实保障从业人员的人身安全与健康，防止和减少事故发生，《安全生产法》第三十四条规定，生产、经营、储存危险物品的车间、商店、仓库不得与员工宿舍在同一座建筑物内，并应与员工宿舍保持安全距离。这里需要说明的是，员工宿舍不仅包括集体宿舍，也包括家属宿舍。

❹ 重大危险源的安全管理

为了预防重大、特大事故的发生，事故造成的损失，必须建立有效的重大危险源控制系统，加强重大危险源的安全管理。为此，《安全生产法》规定，生产经营单位经对重大危险源应当登记建档，进行定期检测、评估、监控，制定应急预案，告知从业人员和相关人员在紧急情况下应当采取的应急措施。生产经营单位应当按照国家有关规定将本单位重大危险源及有关措施、应急措施报有关地方人民政府负责安全生产监督管理的部门和有关部门备案。

❺ 安全出口的管理

保障疏散通道和安全出口畅通、标志明显，是生产经营单位安全管理的重中之重。《安全生产法》第三十四条规定，生产经营场所和员工宿舍应当设有符合紧急疏散要求、标志明显、保持畅通的出口。禁止封闭、堵塞生产经营场所或者员工宿舍出口。

❻ 爆破吊装作业的安全管理

吊装、爆破均属于危险作业，在使用中必须注意安全技术问题，遵守规章制度，落实安全措施。只有这样，才能达到保证安全生产的目的。《安全生产法》第三十五条规定，生产经营单位进行爆破、吊装等危险作业，应当安排专门人员进行现场安全管理，确保操作规程的遵守和安全措施的落实。

❼ 交叉作业的安全管理

目前，两个以上生产经营单位在同一区域进行生产经营活动的情况很多，往往一个施工工地，有多个不同的生产经营单位同时施工。当可能危及对方安全生产情况时，生产经营单位与生产经营单位之间必须签订安全生产管理协议。《安全生产法》第四十条对此作了详细规定。

⑧ 租赁承包的安全管理

近年来，以包代管、层层转包、包而不管的现象比较普遍，发生的事故也很多。为此，《安全生产法》第四十一条对承包、租赁作出相应的规定。

（1）生产经营单位不得将生产经营单位项目、场所、设备发包或者出租不具备安全生产条件或者相应资质的单位或者个人。

（2）生产经营单位与承包单位、承租单位必须明确各自的安全生产管理责任。

（3）生产经营单位对承包单位、承租单位的安全生产必须统一协调、管理。

⑨ 现场安全检查

《安全生产法》第三十八条规定，生产经营单位的安全生产管理人员应当根据本单位的生产经营特点，对安全生产状况进行经常性检查；对检查中发现的安全问题，应当立即处理；不能处理的，应当及时报告本单位有关负责人。检查及处理情况应当记录在案。

四、职业病防治法

《职业病防治法》于 2001 年 10 月 27 日闭会的第九届全国人大常委会第 24 次会议上获得表决通过，国家主席江泽民签署第 60 号主席令予以公布。这部法律的立法目的是为了预防、控制和消除职业病危害，防治职业病，保护劳动者健康及其相关权益，促进经济发展。

《职业病防治法》分总则、前期预防、劳动过程中的防护与管理、职业病诊断与职业病病人保障、监督检查、法律责任、附则 7 章，共79 条，于 2002 年 5 月 1 日起实施。

该法规定，职业病防治工作采取"预防为主、防治结合"的方针，实行分类管理、综合治理。劳动者享有的七项职业卫生保护权利是：获得职业卫生教育、培训；获得职业健康检查、职业病诊疗、康复等职业病防治服务；了解作业场所产生或者可能产生的职业病危害因素、危害后果和应当采取的职业病防护措施；要求用人单位提供符合防治职业病要求的职业病防治设施和个人使用的职业病防护用品，改善工作条件；对违反职业病防治法律、法规以及危及生命健康行为提出批评、检举和控告；拒绝违章指挥和强令没有职业病防护措施的作业；参与用人单位职业卫生工作的民主管理，对职业病防治工作提出意见和建议。

五、劳动法

《劳动法》1994 年 7 月 5 日由第八届全国人民代表大会第八次会议通过，1995 年 5 月 1 日起实施。劳动法是调整劳动关系以及与劳动关系密切联系的其他关系的法律规范。

❶ 劳动者享有的权利

平等就业和选择职业的权利；取得劳动报酬的权利；休息休假的权利；获得职业安全卫生保护的权利；接受职业技能培训的权利；享有社会保险和福利的权利；提请劳动争议处理的权利。

劳动者必须履行的义务有以下几种：完成劳动任务；提高职业技能；执行职业安全卫生规程；遵守劳动纪律和职业道德。

❷ 用人单位在安全生产方面的职责

《劳动法》第五十二条规定："用人单位必须建立、健全劳动安全卫生制度，严格执行国家劳动安全卫生规程和标准，对劳动者进行劳动安全卫生教育，防止劳动过程中的事故，减少职业危害。"

《劳动法》第五十三条规定："劳动安全卫生设施必须符合国家规定的标准。新建、改建、扩建工程的劳动安全卫生设施必须与主体工程同时设计、同时施工、同时投入生产和使用。"

"劳动安全卫生设施"是指安全技术方面的设施、劳动卫生方面的设施、生产性辅助设施（如女工卫生室、更衣室、饮水设施等）。

"国家规定的标准"是指行政主管部门（经贸委）和各行业主管部门制定的一系列技术标准。

❸ 职业安全卫生条件及劳动防护用品要求

《劳动法》第五十四条规定："用人单位必须为劳动者提供符合国家规定的劳动安全卫生条件和必要的劳动防护用品。对从事有职业危害作业的劳动者应当定期进行健康检查。"本条中"国家规定"指：

《工厂安全卫生规程》、《建筑安装工程安全技术规程》、《工业企业设计卫生标准》等。

④ 建立伤亡事故和职业病统计报告和处理制度

在劳动生产过程中，由于各种原因发生伤亡事故，产生职业病是不可避免的，为了真实地掌握情况，有效地采取对策，预防或防止事故隐患和职业病的发生。在《劳动法》第五十七条中特别提出了"建立伤亡事故和职业病统计报告的处理制度。"

⑤ 对劳动者的职业培训

《劳动法》第五十五条规定："从事特种作业的劳动者必须经过专门培训并取得特种作业资格。"

在本条款中的"特种作业"是指对操作者本人及其他人和周围设施的安全有重大危害因素的作业。特种作业的范围有：电工作业，锅炉，压力容器操作，起重机械作业，爆破作业，金属焊接与气割作业，煤矿井下瓦斯检验，机动车辆驾驶，机动船舶驾驶与轮机操作，建筑登高架设作业等。

"特种作业资格"是指特种作业人员在独立上岗之前，必须进行安全技术培训，取得认可的作业资格。

⑥ 劳动者在劳动安全卫生方面的权利和义务

《劳动法》第五十六条规定："劳动者在劳动过程中必须严格遵守安全操作规程。劳动者对用人单位管理人员违章指挥、强令冒险作业，有权拒绝执行；对危害生命安全和身体健康的行为，有权提出批评、检举和控告。"根据本条款的规定，劳动者在劳动生产过程中对劳动安全卫生方面有以下的权利和责任。劳动者在劳动安全卫生方面的职责：根据本条规定，劳动者在劳动过程中，必须严格遵守安全操作规程。若是由于不服从管理，违反规章制度，或违章冒险作业，因而发生重大事故；造成严重后果的，就必须承担相应的法律责任。

劳动者在劳动安全卫生方面的权利如下。

根据本条规定，劳动者对用人单位管理人员违章指挥、强令冒险作业，有权利拒绝执行。这是《劳动法》赋予劳动者的权利。根据这项权利劳动者可以合法地维护自己的人身安全，有效地维持正常的生产秩序，确实防止事故隐患发生。

根据本条规定，劳动者对用人单位的管理人员作出了"对危害生命安全和身体健康的行为，有权利提出批评、检举和控告。"根据这项法律赋予的权利，劳动者对管理人员做出的违章指挥、强令冒险作业的行为，不仅可以拒绝执行，而且可以提出批评。

六、消防法

《消防法》于1998年4月29日经第九届全国人民代表大会常务委员会第二次会议通过，1998年9月1日起实施。修订后的《消防法》，已于2008年10月28日第十一届全国人大常委会第五次会议审议通过，2009年5月1日起施行。《消防法》是预防火灾和减少火灾危害，加强应急救援工作，维护公共安全的重要法律。《消防法》的修订和颁布实施，对加强我国消防法治建设，推进消防事业科学发展，维护公共安全，促进社会和谐，具有十分重要的意义。

修订后的《消防法》共7章74条，其主要修订变化内容如下。

（1）确定了新的消防工作原则　即"政府统一领导、部门依法监管、单位全面负责、公民积极参与"。

（2）进一步明确了消防安全责任　一是明确和完善了各级人民政府在消防规划及公共消防设施、消防装备建设，消防宣传教育，消除重大火灾隐患，发展多种形式的消防力量，建立火灾应急救援体系等方面的法定职责。二是明确了政府有关部门在各自的职责范围内，及时督促整改火灾隐患、做好消防工作的职责。三是明确和完善了机关、团体、企业、事业等单位消防安全的具体职责，明确了单位的主要负责人是本单位的消防安全责任人。四是明确了建设、设计、施工、工程监理等单位依法对建设工程的消防设计、施工质量负责。五是明确了产品质量监督部门、工商行政管理部门和公安机关消防机构对消防产品的质量监管职责。

（3）改革消防监督管理制度　根据转变政府职能的要求和市场经济条件下消防工作的规律、特点，修订后的《消防法》对消防监督管理制度进行了改革。一是改革了建设工程消防监督管理制度，规定对国务院公安部门规定的大型人员密集场所和特殊建设工程，由公安机

第二章　安全生产法律法规与责任

关消防机构实行消防设计审核和消防验收制度，对其他建设工程的消防设计和消防验收实行备案、抽查制度。二是加强了消防监督检查制度，规定公安机关消防机构对机关、团体、企业、事业等单位遵守消防法律、法规的情况依法进行监督检查；明确了公安派出所日常消防监督检查和消防宣传教育的职责。三是明确了消防产品监督管理制度，规定国家对消防产品实行强制性产品认证制度，对新研制的尚未制定国家标准、行业标准的消防产品，按照规定进行技术鉴定；产品质量监督部门、工商行政管理部门、公安机关消防机构依法加强对消防产品质量的监督检查。四是在明确规定举办大型群众性活动的消防安全要求的同时，取消了举办大型群众性活动的消防行政许可。

（4）加强农村消防工作　根据建设社会主义新农村的要求，修订后的《消防法》规定，地方各级人民政府应当加强对农村消防工作的领导，采取措施加强公共消防设施建设，组织建立和督促落实消防安全责任制。同时，对乡镇消防规划、消防力量建设、农村消防宣传教育等工作提出了明确要求。

（5）完善社会消防技术服务机制　按照转变政府职能、加强公共服务的要求，为规范和促进消防技术服务工作的健康发展，修订后的《消防法》完善了社会消防技术服务机制，规定消防产品质量认证、消防设施检测、消防安全监测等消防技术服务机构和执业人员，应当依法获得相应的资质、资格，依照法律、行政法规、国家标准、行业标准和执业准则，接受委托提供消防安全技术服务，并对服务质量负责；明确了消防技术服务机构出具虚假、失实文件，给他人造成损失的，依法承担赔偿责任，保障社会化消防安全管理和技术服务工作依法、规范开展。

（6）加强应急救援工作　根据经济社会发展对保障和改善民生、完善应急救援机制的需要，修订后的《消防法》在总则中明确消防法立法目的之一是"加强应急救援工作"，并进一步强化了公安消防队和专职消防队应急救援建设和保障措施，明确了地方人民政府应当针对本行政区域内的特点制定应急预案，建立应急反应和处置机制，并为火灾扑救和应急救援工作提供人员、装备等保障；规定了公安消防队、专职消防队依照国家规定组织实施专业技能训练，配备并维护保养装备器材，提高火灾扑救和应急救援的能力，承担重大灾害事故和其他以抢救人员生命为主的应急救援工作。

（7）加大对危害公共消防安全行为的查处力度　为切实保障《消防法》的顺利实施，《消防法》取消了一些行政处罚限期改正的前置条件，完善了应予行政处罚的违反消防法规行为，调整了处罚种类，明确了罚款数额，对一些严重违反消防法规的行为特别是危害公共安全的行为设定了拘留处罚，增强了法律威慑力；并规定对消防产品质量认证、消防设施检测等消防技术服务机构，出具虚假、失实文件，情节严重的，由原许可机关依法责令停止执业或者吊销相应资质、资格。

（8）加强对消防执法工作的监督　按照有权必有责、用权受监督、侵权需赔偿、违法要追究的要求，修订后的《消防法》专门增加了"监督检查"一章，规定县级以上地方人民政府应当对本级人民政府有关部门履行消防安全职责的情况进行监督检查；公安机关消防机构及其工作人员应当按照法定的职权和程序进行消防设计审核、消防验收、消防安全检查，不得收取费用，不得利用职务谋取利益，不得为用户、建设单位指定或者变相指定消防产品的销售单位、品牌或者消防技术服务机构、消防设施施工单位，切实做到公正、严格、文明、高效；规定公安机关消防机构及其工作人员执行职务，应当自觉接受社会和公民的监督。

七、矿山安全法

《矿山安全法》于 1992 年第 7 届全国人大常委会第二十八次会议通过，1993 年 5 月 1 日实施，相关的《矿山安全法实施条例》于 1996 年 10 月 30 日由原劳动部发布实施。

《矿山安全法》是保障矿山生产安全，防止矿山事故，保护矿山职工人身安全，促进采矿业的发展的重要专业安全生产法律。《矿山安全法》也是我国在矿业生产领域最高层次的安全生产专业法律。

八、道路交通安全法

《道路交通安全法》于 2003 年 10 月 28 日第十届全国人大常委会第五次会议审议通过，自 2004 年 5 月 1 日起实施。其主要内容有：

总则；车辆和驾驶人；道路通行条件；道路通行规定；交通事故处理；执法监督；法律责任；附则。

该法总则指出，其立法宗旨是为了维护道路交通秩序，预防和减少交通事故，保护人身安全，保护公民，法人和其他组织的财产安全及其他合法权益，提高交通效率。

新《道路交通安全法》共分八章，对车辆和驾驶人、道路通行条件和规定、罚款处罚标准、严重的道路交通安全违法行为规定了拘留的处罚、规定第三者责任强制保险制度和道路交通事故社会助基金、交通事故处理、机动车与行人、非机动车驾驶人发生交通事故的民事赔偿责任、电动自行车、机动车辆登记和检验、执法监督等作出了规定。

九、安全生产许可证条例

《安全生产许可证条例》于 2004 年 1 月 7 日国务院第 34 次常务会议通过，共 24 条，并自公布之日起实施。

它的核心是依法建立安全生产行政许可制度，从基本安全生产条件入手，对矿山企业、建筑施工企业和危险化学品、烟花爆竹、民爆器材生产企业等危险性较大的企业实施安全准入制度，从源头上杜绝不具备基本安全生产条件的企业进入生产领域，并对企业日常的生产活动实施动态监管。

该条例规定，国家对矿山企业、建筑施工企业和危险化学品、烟花爆竹、民用爆破器材生产企业（以下统称企业）实行安全生产许可制度。企业未取得安全生产许可证的，不得从事生产活动。企业取得安全生产许可证，应当具备下列安全生产条件：建立、健全安全生产责任制，制定完备的安全生产规章制度和操作规程；安全投入符合安全生产要求；设置安全生产管理机构，配备专职安全生产管理人员；主要负责人和安全生产管理人员经考核合格；特种作业人员经有关业务主管部门考核合格，取得特种作业操作资格证书；从业人员经安全生产教育和培训合格；依法参加工伤保险，为从业人员缴纳保险费；厂房、作业场所和安全设施、设备、工艺符合有关安全生产法律、法规、标准和规程的要求；有职业危害防治措施，并为从业人员配备符合国家标准或者行业标准的劳动防护用品；依法进行安全评价；有重大危险源检测、评估、监控措施和应急预案；有生产安全事故应急救援预案、应急救援组织或者应急救援人员，配备必要的应急救援器材、设备；法律、法规规定的其他条件。违反本条例规定，未取得安全生产许可证擅自进行生产的，责令停止生产，没收违法所得，并处10万元以上50万元以下的罚款；造成重大事故或者其他严重后果，构成犯罪的，依法追究刑事责任。

十、特种设备安全监察条例

2009年1月14日国务院第46次常务会议通过《国务院关于修改〈特种设备安全监察条例〉的决定》，自2009年5月1日起实施。修改后的《条例》共八章，分别为总则、特种设备的生产、特种设备的使用、检验检测、监督检查、事故预防和调查处理、法律责任、附则，共计103条。2009年1月14日国务院第46次常务会议通过《国务院关于修改〈特种设备安全监察条例〉的决定》，自2009年5月1日起施行。修改后的条例共八章，分别为总则、特种设备的生产、特种设备的使用、检验检测、监督检查、事故预防和调查处理、法律责任、附则，共计103条。

修改后的特种设备安全监察条例严格界定特种设备的定义："指涉及生命安全、危险性较大的锅炉、压力容器（含气瓶，下同）、压力管道、电梯、起重机械、客运索道、大型游乐设施和场（厂）内专用机动车辆。"重新界定特种设备事故类别，并对生产经营单位特种设备管理、特种事故调查报告、特种设备责任追究内容进行了更为细致、系统的规定。

十一、工伤保险条例

《工伤保险条例》自2004年1月1日实施以来，对于及时救治和补偿受伤职工，保障工伤职工的合法权益，分散用人单位的工伤风险，发挥了重要作用。截至2009年6月，全国参加工伤保险职工已达1.4亿人。随着我国经济社会的发展，条例在实施过程中出现了一些新情况、新问题：第一，各地对工伤认定范围问题，特别是上下班

途中受到机动车事故伤害，以及因违反治安管理和道路交通安全管理受到伤害是否认定为工伤问题争议较大，需对工伤认定范围进一步加以界定；第二，工伤认定、劳动能力鉴定和争议处理程序复杂，落实待遇时间过长，严重影响工伤职工的合法权益；第三，对不参保用人单位的处罚力度不够，影响了用人单位的参保积极性；第四，未参保工伤职工的伤亡待遇难以落实；第五，工伤保险的适用范围、基金支出项目、缴费方式、待遇标准等也需修改完善。

为了解决上述问题，人力资源和社会保障部在认真总结条例实施经验的基础上，起草了《工伤保险条例修正案（送审稿）》，报请国务院审议。国务院法制办公室在充分听取有关部门和地方人民政府意见的基础上，与人力资源和社会保障部等有关部门反复研究修改，于2009年7月24日全文公布《国务院关于修改〈工伤保险条例〉的决定（征求意见稿）》，并拟于2010年在全国范围内实施。征求意见稿主要调整了工伤认定范围；简化了工伤认定、鉴定以及争议处理程序；加大了对不参保用人单位的处罚力度；加强了对未参保职工的权益保障；提高了工亡待遇标准。此外，征求意见稿还对工伤保险适用范围、缴费方式、基金支出项目进行了修改完善。

十二、生产安全事故报告和调查处理条例

2007年4月9日，国务院总理温家宝签署公布了《生产安全事故报告和调查处理条例》，该条例将于2007年6月1日起实施。该条例在总体思路上把握了以下几个方面。

一是贯彻落实"四不放过"原则。"四不放过"，即事故原因未查明不放过，责任人未处理不放过，整改措施未落实不放过，有关人员未受到教育不放过。这是事故调查处理工作的根本要求，条例规定的主要制度和措施都体现了这一原则。

二是坚持"政府统一领导、分级负责"的原则。各级人民政府都负有加强对安全生产工作领导的职责，特别是地方各级人民政府对于本行政区域内的安全生产负总责。因此，生产安全事故报告和调查处理必须坚持政府统一领导、分级负责的原则。同时，也要充分考虑和兼顾民航、铁路、交通等行业或者领域的特殊性及其事故报告与调查

处理的现行体制和做法。

三是重在完善程序，明确责任。规范生产安全事故的报告和调查处理，首先需要完善有关程序，为事故报告和调查处理工作提供明确的"操作规程"。同时，还必须明确政府及其有关部门、事故发生单位及其主要负责人以及其他单位和个人在事故报告和调查处理中所负的责任。

条例对事故发生单位及其主要负责人和其他有关人员、中介机构及其有关人员，有关地方人民政府、安全生产监督管理部门和负有安全生产监督管理职责的有关部门及其有关人员，在事故报告和调查处理中的违法行为以及未履行安全生产职责导致事故发生等行为，都规定了力度较大的惩处措施，包括行政处罚、处分以及刑事责任等。其中的行政处罚既有财产罚，又有资格罚，目的就在于进一步加大处罚力度，有效地预防事故发生。

十三、建设工程安全生产管理条例

《建设工程安全生产管理条例》于 2003 年 11 月 12 日国务院第 28 次常务会议通过，自 2004 年 2 月 1 日起实施。

该条例分总则，建设单位的安全责任，勘察、设计、工程监理及其他有关单位的安全责任，施工单位的安全责任，监督管理，生产安全事故的应急求援和调查处理，法律责任，附则，共 8 章 71 条。

该条例规定，建设工程安全生产管理，坚持"安全第一、预防为主"的方针；建设单位、勘察单位、设计单位、施工单位、工程监理单位及其他与建设工程安全生产有关的单位，必须遵守安全生产法律、法规的规定，保证建设工程安全生产，依法承担建设工程安全生产责任；国家鼓励建设工程安全生产的科学技术研究和先进技术的推广应用，推进建设工程安全生产的科学管理。

十四、民用爆炸物品管理条例

《民用爆炸物品管理条例》于 1984 年 01 月 06 日，1984 年 01 月 06 日起正式实施。

该条例分为总则、爆破器材的生产、爆破器材的储存、爆破器材的销售和购买、爆破器材的运输、爆破器材的使用、黑火药、烟火剂、民用信号弹和烟花爆竹、惩处，共 9 章 45 条。

条例所称民用爆炸物品，是指非军用的下列爆炸物品：爆破器材，包括各类炸药、雷管、导火索、导爆索、非电导爆系统、起爆药和爆破剂；黑火药、烟火剂、民用信号弹和烟花爆竹；公安部认为需要管理的其他爆炸物品。

十五、危险化学品安全管理条例

《危险化学品安全管理条例》于 2002 年 1 月 26 日颁布，2002 年 3 月 15 日正式实施。

该条例分为总则、危险化学品的生产、储存和使用、危险化学品的经营、危险化学品的运输、危险化学品的登记与事故应急救援、法律责任、附则，共 7 章 74 条。

根据条例，生产、经营、储存、运输、使用危险化学品和处置废弃危险化学品的单位，其主要负责人必须保证本单位危险化学品的安全管理符合有关法律、法规、规章的规定和国家标准的要求，并对本单位危险化学品的安全负责。

危险化学品单位从事生产、经营、储存、运输、使用危险化学品或者处置废弃危险化学品活动的人员，必须接受有关法律、法规、规章和安全知识、专业技术、职业卫生防护和应急救援知识的培训，并经考核合格，方可上岗作业。

危险化学品单位应当接受有关部门依法实施的监督检查，不得拒绝、阻挠。有关部门派出的工作人员依法进行监督检查时，应当出示证件。

十六、煤矿安全监察条例

《煤矿安全监察条例》于 2000 年 11 月 1 日经国务院常务会议审议通过，于 2000 年 12 月 1 日实施。

该条例共 5 章 50 条，主要包括四项内容：即煤矿安全生产的监督检查条例、煤矿安全监察行政处罚条例、煤矿事故报告和调查处理制度及煤矿安全监察监督的约束制度。

该条例的颁布，填补了我国煤矿安全监察立法的空白，标志着煤矿安全监察工作进入法制轨道；不仅为规范煤矿生产行为，健全安全管理制度，保护职工人身安全和健康，依法强化煤矿安全管理和安全监察提供了法律依据；同时，也为关井压产，遏制煤矿事故发生，提供了法律保证。该条例是各级煤矿安全监察机构和安全监察人员实施安全监察的法律依据和武器，是煤矿安全监察工作的主体法规。

十七、安全生产违法行为行政处罚办法

《安全生产违法行为行政处罚办法》自 2003 年 7 月 1 日起施行。2007 年 11 月 30 日，国家安全生产监督管理总局公布新的《安全生产违法行为行政处罚办法》，2008 年 1 月 1 日实施。它的公布实施，是健全安全生产法律法规规章体系，加快形成规范的安全生产法治秩序的重要环节，对于进一步惩治安全生产违法行为，规范安全生产行政处罚，促进安全生产状况稳定好转具有重要意义。

新修订的《安全生产违法行为行政处罚办法》共 6 章 68 条。从执法需要出发，本着量化处罚、细化程序、强化执法、增强可操作性的原则，对原办法作出了较大幅度的修订。特别是对行政处罚的程序、适用和执行方面作了进一步补充和完善。对法律、行政法规已有明确规定不需要进一步量化、细化的条文进行了删减。对法律、行政法规已经作出的处罚规定（如对事故责任者的处罚）作出了衔接性规定：一是补充了行政处罚的种类；二是统一了暂扣有关许可证、暂停有关执业资格、岗位证书的期限；三是允许行政处罚委托乡镇、街办安监机构实施；四是完善了与行政处罚相关的一些程序；五是规范了行政处罚的具体适用；六是明确了安全生产违法所得的计算方法；七是关于煤矿安全生产违法行为的处罚及其程序。

十八、国务院关于进一步加强安全生产工作的决定

2004 年 1 月 5 日，国务院下发了《国务院关于进一步加强安全生产工作的决定》。决定共分五部分：①提高认识，明确指导思想和奋斗目标；②完善政策，大力推进安全生产各项工作；③强化管理，落实生产经营单位安全生产主体责任；④完善制度，加强安全生产监督管理；⑤加强领导，形成齐抓共管的合力。

该决定指出：安全生产关系人民群众的生命财产安全，关系改革

发展和社会稳定大局。党中央、国务院高度重视安全生产工作，新中国成立以来特别是改革开放以来，采取了一系列重大举措加强安全生产工作。颁布实施了《安全生产法》等法律法规，明确了安全生产责任；初步建立了安全生产监管体系，安全生产监督管理得到加强；对重点行业和领域集中开展了安全生产专项整治，生产经营秩序和安全生产条件有所改善，安全生产状况总体上趋于稳定好转。但是，目前全国的安全生产形势依然严峻，煤矿、道路交通运输、建筑等领域伤亡事故多发的状况尚未根本扭转；安全生产基础比较薄弱，保障体系和机制不健全；部分地方和生产经营单位安全意识不强，责任不落实，投入不足；安全生产监督管理机构、队伍建设以及监管工作亟待加强。

该决定强调，各地区、各部门和各单位要加强调查研究，注意发现安全生产工作中出现的新情况，研究新问题，推进安全生产理论、监管体制和机制、监管方式和手段、安全科技、安全文化等方面的创新，不断增强安全生产工作的针对性和实效性，努力开创我国安全生产工作的新局面，为完善社会主义市场经济体制，实现党的十六大提出的全面建设小康社会的宏伟目标创造安全稳定的环境。该决定是党和政府加强安全生产工作的又一重大举措，是指导安全生产工作的纲领性文件。

第四节　安全生产违法行为法律责任

安全生产违法行为的法律责任方式有三种，即行政责任、民事责任和刑事责任。在现行有关安全生产的法律、行政法规中，《安全生产法》对安全生产的违法行为的法律责任作出了最全面的规定。

一、行政责任

行政责任是指责任主体违反安全生产法律规定，由有关人民政府和安全生产监督管理部门、公安机关依法对其实施行政处罚的法律责任。

《安全生产法》第九十四条规定："本法规定的行政处罚，由负责安全生产监督管理的部门决定；予以关闭的行政处罚由负责安全生产监督管理的部门报请县级以上人民政府按照国务院规定的权限决定；给予拘留的行政处罚由公安机关依照治安管理处罚条例的规定决定。有关法律、行政法规对行政处罚的决定机关另有规定的，依照其规定。"行政责任在追究安全生产违法行为的法律责任方式中运用最多。《安全生产法》针对安全生产违法行为设定的行政处罚，共有行政处分、责令限期改正、责令改正、责令停止建设或者停产停业整顿、责令停止违法行为、罚款、没收违法所得、吊销证照、行政拘留、关闭10种，这在我国有关安全生产的法律、行政法规设定行政处罚的种类中是最多的。

二、民事责任

民事责任是指责任主体违反安全生产法律规定造成民事损害，由人民法院依照民事法律强制其进行民事赔偿的法律责任。民事责任的追究是为了最大限度地维护当事人受到民事损害时享有获得民事赔偿的权利。

《安全生产法》对违法安全生产有关法律法规所承担的民事责任作出了明确规定。《安全生产法》第八十六条规定："生产经营单位将其生产经营项目、场所、设备发包或者出租给不具备安全生产条件或者相应资质的单位或者个人，导致发生生产安全事故给他人造成损害的，与承包方、出租方承担连带赔偿责任。"第九十五条规定："生产经营单位发生生产安全事故造成人员伤亡、他人财产损失的，应当依法承担赔偿责任。"

三、刑事责任

刑事责任是指责任主体违反安全生产法律规定构成犯罪，由司法机关依照刑事法律给予刑罚的法律责任。依法处以剥夺犯罪分子人身自由的刑罚，是三种法律责任中最严厉的。

为了制裁那些严重的安全生产违法犯罪分子，《安全生产法》中关于追究刑事责任的规定共有11条。例如第九十一条规定：生产经营单位主要负责人在本单位发生重大生产安全事故时，不立即组织抢

救或者在事故调查处理期间擅离职守或者逃匿，构成犯罪的，依照刑法有关规定追究刑事责任。

《劳动法》也对安全生产的刑事责任作出了规定。《劳动法》第九十三条规定："用人单位强令劳动者违章冒险作业，发生重大伤亡事故，造成严重后果的，对责任人员依法追究刑事责任。"第九十二条规定：用人单位对事故隐患不采取措施，致使发生重大事故，造成劳动者生命和财产损失的，对责任人员比照《刑法》第一百八十七条的规定追究刑事责任。

《刑法》有关安全生产违法行为的罪名，主要是重大责任事故罪、重大劳动安全事故罪。其第一百三十四条规定：在生产、作业中违反有关安全管理的规定，因而发生重大伤亡事故或者造成其他严重后果的，处三年以下有期徒刑或者拘役；情节特别恶劣的，处三年以上七年以下有期徒刑。强令他人违章冒险作业，因而发生重大伤亡事故或者造成其他严重后果的，处五年以下有期徒刑或者拘役；情节特别恶劣的，处五年以上有期徒刑。第一百三十五条规定：安全生产设施或者安全生产条件不符合国家规定，因而发生重大伤亡事故或者造成其他严重后果的，对直接负责的主管人员和其他直接责任人员，处三年以下有期徒刑或者拘役；情节特别恶劣的，处三年以上七年以下有期徒刑。

第三章 生产经营单位的安全生产管理

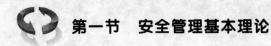

第一节　安全管理基本理论

一、安全管理的基本原理与原则

原理之"原"有"源"、原本起初、根本的含义，原理之"理"即道理、准则、规律。原理是对客观事物实质内容及其基本运动规律的表述。原则是根据对客观事物基本规律的认识引发出来的，需要人们共同遵循的行为规范和准则。原理与原则实质内容之间存在内在的、逻辑对应关系。原理与原则的本质与内涵是一致的。一般来说，原理更基本，更具普遍意义。原则更具体，对行动更有指导性。

（一）系统原理

❶ 系统原理的含义

所谓系统是由相互作用和相互依赖的若干部分组成的有机整体。任何管理对象都可以作为一个系统，系统可以分为若干个子系统，子系统可以分为若干个要素，即系统是由要素组成的。按照系统的观点，管理系统具有六个特征，即集合性、相关性、目的性、整体性、层次性和适应性。

系统原理是现代管理学的一个最基本原理。它是指人们在从事管理工作时，运用系统观点、理论和方法，对管理活动进行充分的系统分析，以达到管理的优化目标，即用系统论的观点、理论和方法来认识和处理管理中出现的问题。

安全生产管理系统是生产管理的一个子系统，它包括各级安全管理人员、安全防护设备与设施、安全管理规章制度、安全生产操作规范和规程以及安全生产管理信息等。安全贯穿生产活动的方方面面，安全生产管理是全方位、全天候和涉及全体人员的管理。

❷ 运用系统原理的原则

（1）整分合原则　高效的现代安全生产管理必须在整体规划下明确分工，在分工基础上有效综合，这就是整分合原则。在企业安全管理系统中，整，就是企业领导在制定整体目标，进行决策时，必须把安全纳入，作为一项重要内容加以考虑；分，就是安全管理必须做到明确分工，层层落实，建立健全安全生产组织体系和安全生产责任制度；合，就是要强化安全管理部门的职能，保证强有力的协调控制，实现有效综合。

（2）反馈原则　反馈是控制过程中对控制机构的反作用。反馈大量存在各种系统之中，也是管理中的一种普遍现象，是管理系统达到预期目标的主要条件。反馈原则是指成功的高效管理，离不开灵活、准确、快速的反馈。企业生产的内部条件和外部环境在不断变化，所以必须及时捕获、反馈各种安全生产信息，及时采取各种方法和手段来有效控制、预防事故发生。

（3）封闭原则　在任何一个管理系统内部，管理手段、管理过程等必须构成一个连续封闭的回路，才能形成有效的管理活动，这就是封闭原则。封闭原则告诉我们，在企业安全生产中，各管理机构之间、各种管理制度和方法之间，必须具有紧密的联系，形成相互制约的回路，才能有效。同时，必须根据事物发展的客观需要，不断以新的封闭代替旧的封闭，求得动态的发展，在变化中不断前进。

（4）动态相关性原则　构成系统的各个要素是运动和发展的，而且是相互关联的，它们之间相互联系又相互制约，这就是动态相关性原则。任何管理系统正常运转，不仅要受到本系统本身条件的限制和制约，还要受到其他有关系统的影响和制约，并随着时间、地点以及人们的不同努力程度而发生变化。如果管理系统的各要素都处于静止状态，事故就不会发生。

（二）人本原理

❶ 人本原理含义

人本原理就是在管理活动中必须把人的因素放在首位，体现以人为本的指导思想。以人为本有两层含义，其一是一切管理活动都是以人为本展开的，人既是管理的主体（管理者），又是管理的客体（被管理者），每个人都处在一定的管理层面上，离开人就无所谓管理。因此，人是管理活动的主要对象和重要资源。其二是管理活动中，作为管理对象的要素和管理系统各环节（组织机构、规章制度），都是需要人掌管、运作、推动和实施。因此，应该根据人的思想和行为规律，运用各种激励手段，充分发挥人的积极性和创造性，挖掘人的内在潜力。本书安全管理就是基于此种管理原理。

❷ 运用人本原理的原则

（1）动力原则　推动管理活动的基本力量是人，管理必须有能够激发人的工作能力的动力，这就是动力原则。管理必须有强大的动力，而且要正确地运用动力，才能使管理运动持续而有效地进行下去，即管理必须有能够激发人的工作能力的动力。

基本动力有三类，物质动力，以适当的物质利益刺激人的行为动机；精神动力，运用理想、信念、鼓励等精神力量刺激人的行为动机；信息动力则通过信息的获取与交流产生奋起直追或领先他人的动机。

动力原则的运用首先要注意综合协调地运用三种动力，其次要认识和处理个体动力与集体动力的辩证关系，第三要处理好暂时动力与持久动力之间的关系，最后则应掌握好各种刺激量的阈值。只有这样，管理才能产生良好的效果。

（2）能级原则　现代管理认为，单位和个人都具有一定的能量，并且可按照能量的大小顺序排列，形成管理的能级，就像原子中电子的能级一样。在管理系统中，建立一套合理能级，根据单位和个人能量的大小安排其工作，才能发挥不同能级的能量，保证结构的稳定性和管理的有效性。

一个稳定而高效的管理系统必须是由若干分别具有不同能级的不同层次有规律地组合而成的，能级原则确定了系统建立组织结构和安排使用人才的原则。稳定的管理能级结构如图 3-1 所示。该管理三角形一般分为四个层次，即经营决策层、管理层、执行层、操作层。四个层次能级不同，使命各异，必须划分清楚，不可混淆。

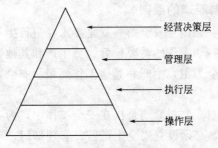

图 3-1　管理能级结构

在运用能级原则时应该做到三点：①能级的确定必须保证管理结构具有最大的稳定性，即管理三角形的顶角大小必须适当；②人才的配备必须能级对应，使人尽其才，各尽所能；③责、权、利应做到能级对等，在赋予责任的同时授予权力和给予利益，才能使其能量得到相应能级的发挥。

（3）激励原则　管理中的激励就是利用某种外部诱因的刺激调动人的积极性和创造性。以科学的手段，激发人的内在潜力，使其充分发挥积极性、主动性和创造性，这就是激励原则。人工作动力来源于：①内在动力，指人本身具有的奋斗精神；②外在压力，指外部施加于人的某种力量；③吸引力，指那些能够使人产生兴趣和爱好的某种力量。因而运用激励原则，要采用符合人的心理活动和行为活动规律的各种有效的激励措施和手段，并且要因人而异，科学合理地采取各种激励方法和激励强度，从而最大程度地发挥出人的内在潜力。

（三）强制原理

❶ 强制原理的含义

采取强制管理的手段控制人的意愿和行为，使个人和团体的活动、行为等受到安全生产管理要求的约束，从而保证安全生产管理有效到位，这就是强制原理。所谓强制就是绝对服从，要求被管理者的行动完全受控。运用强制原理必须做到安全第一和强制受监督。

❷ 运用强制原理的原则

（1）安全第一原则　安全第一就是要求在进行生产和其他活动时把安全工作放在一切工作的首要位置。当生产和其他工作与安全发生矛盾时，要以安全为主，生产和其他工作要服从安全，这就是安全第一原则。

（2）监督原则　监督原则是指在安全工作中，为了使安全生产法律规律得到落实，必须设立安全生产监督管理部门，对企业生产中的守法和执法情况进行监督。

（四）预防原理

❶ 预防原理的含义

安全生产管理工作应该做到预防为主，通过有效的管理和技术手段，减少和防止人的不安全行为和物的不安全状态，这就是预防原理。在可能发生人身伤害、设备或设施损坏和环境破坏的场合，事先采取措施，防止事故发生。

❷ 运用预防原理的原则

（1）偶然损失原则　事故后果以及后果的严重程度，都是随机的、难以预测的。反复发生的同类事故，并不一定产生完全相同的后果，这就是事故损失的偶然性。偶然损失原则告诉我们，无论事故损失的大小，都必须做好预防工作。

（2）因果关系原则　事故的发生是许多因素互为因果连续发生的最终结果，只要事故的因素存在，发生事故是必然的，只是时间或迟或早而已，这就是因果关系原则。

（3）3E原则　造成人的不安全行为和物的不安全状态的原因可归结为四个方面，技术原因、教育原因、身体和态度原因以及管理原因。针对这四方面的原因，可以采取三种防止对策，即工程技术（Engineering）对策、教育（Education）对策和法制（Enforcement）对策，即所谓3E原则。

（4）本质安全化原则　本质安全化原则是指从一开始和从本质上实现安全化，从根本上消除事故发生的可能性，从而达到预防事故发生的目的。本质安全化原则不仅可以应用于设备、设施，还可以应用于建设项目。

二、安全管理的原理及应用

安全原理是人类安全活动的基本理论和策略，是安全科学以及安全管理科学发展的基石，是人类预防事故的重要理论核心。在现代企业制度下，随着安全生产管理科学的发展以及职业安全管理体系标准的推行，形成了现代安全生产管理的基本原理。主要有系统原理、人本原理、预防原理、强制原理等，需要运用这些原理从以下几个方面入手实施现代安全生产管理。

1. 以预防事故为中心，进行预先安全分析与评价

预测和预防事故是现代安全管理的重要课题。预防事故的根本在于认识危险，进行危险性预测，运用科学知识和手段，对工程项目、生产系统和作业中实际存在的危险及可能发生的事故及其严重程度，进行分析和推断，并进一步做出估计和评价，以便查明系统的薄弱环节和危险所在并加以改进，同时也可对各种设计方案能否满足系统安全性的要求进行评价，作为制定措施的依据。

危险性预测的基本内容包括系统中有哪些危险，可能会发生什么样的事故，事故是怎样发生的，发生的可能性有多大（用事故发生的概率或既定的危险性量度表示），以及危害和后果是什么。

为保障安全，对于特殊危险性生产，即对有足够的潜在能量，足以形成毁坏大量设备装置或泄放大量有害物质以及造成多人伤亡的条件，而且有引起火灾爆炸等灾害的实际可能性情况，必须预先建立完善的、可靠的安全防护系统。对各项安全设施与装置的选择和设置的数量，应通过安全评价来确定。目前一些国家和企业所采用的评价方法，虽然各有不同，但基本上可概括为两大体系：一种是分析和预测系统可能发生的故障、事故及潜在危险的分析体系；另一种是对工艺过程或生产装置固有危险程度的评价体系。通过有组织的评价活动，确定危险系数或危险度等级，并据此制定相应的合理的安全措施。

② 从总体出发,实行系统安全管理

由于生产规模的扩大、生产过程的连续化和生产系统的日趋复杂,各个环节和工序之间形成相互联系、相互制约的体系。从纵向来看,包括计划、设计、制造、试生产、运行、维修等方面。从横向来看,包括原料储存、供应、工艺过程和单元操作、中间体和成品的储存运输、装卸等方面。

在生产过程中,导致发生灾害性事故的原因是很多的,包括人、设备和环境等因素,如人的误判断、误操作、违章指挥及违章作业、设备缺陷、安全装置失效、防护器具的缺陷、作业方法及作业环境的缺陷等。所有这些因素又涉及设计、施工、操作、维修、储存、运输及经营管理等许多方面。因此,安全是同生产过程中的许多环节和条件发生联系并受其制约的,不考虑这些联系和制约关系,只是孤立地从个别环节或在某一局部范围内分析和研究安全保障,是难以奏效的。

系统安全生产管理应当从工程计划可行性研究中的安全论证开始,继而渗透到系统的纵向和横向管理中去,包括安全设计、安全审核、安全评价,安全制度、安全教育、安全操作,安全检修、安全检查及事故管理等各项安全工作。

③ 对安全进行定量分析,为安全管理、事故预测和选择最优方案提供科学的依据

现代安全工程对安全中的一些非定量的问题用定量的方法进行研究,把安全抽象为概念化的数量指标,从而为安全管理、事故预测和选择最优方案提供了科学的依据,也就可以使用电脑上机计算。安全工程研究的问题,说到底是一个划界的问题,也就是划定安全与危险的界限,可行与不可行的界限。现代安全工程通过定量化处理来划定系统的危险度并确定相应的安全对策。

对安全进行定量分析,就是运用数学方法和计算技术研究故障和事故同其影响因素的数量关系,揭示其规律,就可以对危险性等级及可能导致损失的严重程度进行客观的评价,从而为选择最优的安全措施方案提供依据。

安全的定量化分析包括事故发生频率、事故，严重率、安全系数、安全极限和以预先给定数值作为尺度进行分析比较的相对方法，以及用事件的概率作为安全量度的概率方法。

❹ 从提高设备的可靠性入手，把安全同生产的稳定发展统一起来

可靠性是指产品或系统在规定的条件和时间内，完成规定功能的能力，也就是装置或部件等的无故障能力。安全性是指没有人员伤亡和设备装置等资财的损失。现代工业生产由于广泛实行自动化和连续化、设备和部件如发生故障或失效，不仅会使功能降低，影响生产的稳定，而且还可能危及人身安全甚至导致灾害事故的发生。所以当装置的故障影响到安全时，可靠性也就是安全性。所以，把可靠性、安全性和生产稳定性三者结合起来，是企业进行管理与经营决策中不容忽视的重要原则，把三者结合起来进行投资，比单纯地为提高安全性进行投资，能获得更高的经济效益，也是企业的经营管理者能够理解和乐意接受的。通过综合考虑设备和部件的强度设计、功能设计和材质的性能；设置防止误操作设施的安全装置以及采取预防性维修等措施来提高设备和部件的可靠性，实现设备、装置的本质安全化。

 第二节　生产经营单位主要负责人的职责

《安全生产法》第五条规定，生产经营单位的主要负责人对本单位的安全生产工作全面负责，并在第十七条中进一步规定了主要负责人的 6 条具体职责。这是第一次对生产经营单位主要负责人的安全职责在法律中予以明确。

一、建立、健全安全生产责任制

这里所指的安全生产责任制，是指全员安全生产责任制。安全生产责任制是"安全第一、预防为主"方针的具体体现，是生产经营单位最基本的安全管理制度。安全生产责任制是指将不同的安全生产责

任分解落实到生产经营单位的主要负责人或者正职，负责人或者副职，职能管理机构负责人，班组长以及每个岗位工人身上。只有明确安全责任，分工负责，才能形成比较完整有效的安全管理体系，激发职工的安全责任感，严格执行安全生产法律、法规和标准，防患于未然，防止和减少事故，为安全生产创造良好的安全环境。安全生产责任制的主要内容如下。

（1）生产经营单位主要负责人的安全生产责任制　生产经营单位的主要负责人或者正职是安全生产第一责任者，对本单位的安全生产工作全面负责。

（2）生产经营单位负责人或者副职的安全生产责任制　生产经营单位负责人或者副职在各自职责范围内，协助主要负责人或者正职搞好安全生产工作。

（3）生产经营单位职能管理机构负责人及其工作人员的安全生产责任制　职能管理机构负责人按照本机构的职责，组织有关工作人员做好安全生产工作，对本机构职责范围的安全生产工作负责。职能机构工作人员在本职责范围内做好有关安全生产工作。

（4）班组长安全生产责任制　班组长是搞好安全生产工作的关键，是法律、法规的直接执行者。安全生产工作搞得好不好，关键在班组长。班组长督促本班组的工人遵守有关安全生产规章制度和安全操作规程，不违章指挥、不违章作业、不强令工作冒险作业，遵守劳动纪律，对本班组的安全生产负责。

（5）岗位工人的安全生产责任制　每个岗位的工人要接受安全生产教育和培训，遵守有关安全生产规章和安全操作规程，不违章作业，遵守劳动纪律，对本岗位的安全生产负责。特种作业人员必须接受专门的培训，经考试合格取得操作资格证书的，方可上岗作业。

二、组织制定本单位安全生产规章制度和操作规程

安全生产规章制度是生产经营单位搞好安全生产，保证其正常运转的重要手段。一个生产经营单位发展得如何，经济实力如何，在市场上有没有竞争力，很重要的一点取决于其各项规章制度制定的严格程度，包括安全生产规章制度。安全生产规章制度

不健全，事故频繁发生，经济损失巨大，社会影响不好，生产经营单位的效益就不好，在市场上也就不能生存。因此，从某种意义上讲，安全生产规章制度关系到生产经营单位的生存和发展。安全生产规章制度也是党和国家安全生产方针、政策、法律、法规在生产经营单位的具体化。党和国家关于安全生产的方针、政策、法律、法规及政府部门有关安全生产的规定，只有通过各项安全生产规章制度才能真正落到实处，落实到基层，落实到每个职工。操作规程是生产经营单位针对某一具体工艺、工种、岗位所制定的具体规章制度。制定安全生产规章制度和操作规程本身是一项安全生产的基础工作，是搞好生产经营单位安全生产的重要保证，生产经营单位只有建立健全各项安全生产规章制度和操作规程，才能建立和规范安全管理程序，有效地搞好安全生产。

三、保证本单位安全生产投入的有效实施

安全生产投入是保障生产经营单位安全生产的重要基础。作为生产经营单位的主要负责人有责任保证安全生产投入的有效实施，发挥安全生产投入资金的作用。要根据本单位的安全生产状况，组织制定本单位安全生产投入的长远规划和年度计划。要设立专门的账户或者科目，专款专用，不得随意挪用安全生产投入资金。要定期召开会议，听取安全生产投入资金的使用情况。安全技术措施工程、安全设备更新等安全投入项目完成后，主要负责人要组织进行验收，检查安全生产投入资金的使用情况，保证安全生产投入资金的有效使用。安全生产投入主要包括以下方面：一是建设安全技措工程，如防灭火工程、通风工程等；二是更新安全设备、器材、装备、仪器、仪表等以及这些安全设备的日常维护；三是重大安全生产课题的研究；四是职工的安全生产教育和培训；五是其他有关预防事故发生的安全技术措施费用。

四、督促、检查本单位的安全生产工作，及时消除生产安全事故隐患

定期召开有关安全生产的会议，听取有关职能部门安全生产工作

的汇报，对反映的安全问题或者存在的事故隐患，认真组织研究，制定切实可行的安全措施，并督促有关部门限期解决。经常组织安全检查，对检查中发现的安全问题或者事故隐患，立即处理解决；难以处理的，组织有关职能部门研究，采取有效措施，限期整改，并在人、财、物上予以保证，及时消除事故隐患。加强事故隐患整改和安全措施落实情况的监督检查，发现问题及时解决，把事故消灭在萌芽状态。

五、组织制定并实施本单位的生产安全事故应急救援预案

事故应急救援预案是一种在事故发生之前就已经预先制订好的事故救援方案，对生产经营单位来说，非常重要，必不可少。它的作用是，一旦事故发生，生产经营单位就能够立即按照事故应急救援预案中确定的救援方案开展工作，避免事故救援的盲目性。主要负责人要根据本单位安全生产的状况，组织有关部门、专家和专业技术人员认真研究本单位可能出现的生产安全事故，采取切实可行的安全措施，明确从业人员各自的责任，制定出符合实际、操作性强的生产安全事故应急救援预案。事故应急救援预案要发到每个职能部门、每个班组，并组织大家认真学习，使广大从业人员都知道和了解。生产经营单位的安全生产条件如发生变化，要重新制定事故应急救援预案。一旦事故发生，主要负责人要按照事故应急救援预案中确定的救援方案开展工作，不要随意改变救援方案。

六、及时、如实报告生产安全事故

生产经营单位发生事故，现场人员应当立即报告有关负责人，有关负责人应当立即向生产经营单位主要负责人报告。主要负责人接到事故报告后，应当迅速采取有效措施，组织抢救，防止事故扩大，减少人员伤亡和财产损失，同时按照国家有关法律法规的规定，及时、如实地报告有关人民政府及其安全生产监督管理部门和有关部门。不得隐瞒不报、谎报或者拖延不报，不得故意破坏事故现场、毁灭有关证据。

第三节　生产经营单位安全规章制度的建设

生产经营单位安全规章制度是指生产经营单位依据国家有关法律法规、国家和行业标准，结合生产、经营的安全生产实际，以生产经营单位名义起草颁发的有关安全生产的规范性文件。一般包括：规程、标准、规定、措施、办法、制度、指导意见等。

一、安全规章制度建设的目的和意义

建立健全安全规章制度是生产经营单位的法定责任。《安全生产法》第四条明确规定："生产经营单位必须遵守本法和其他有关安全生产的法律、法规，加强安全生产管理，建立、健全本单位安全生产责任制度，完善安全生产条件，确保安全生产"；《劳动法》第五十二条规定"用人单位必须建立、健全劳动安全卫生制度，严格执行国家劳动安全卫生规程和标准，对劳动者进行劳动安全卫生教育，防止劳动过程中的事故，减少职业危害"；《突发事件应对法》第二十二条"所有单位应当建立健全安全管理制度、定期检查本单位各项安全防范措施的落实情况，及时消除事故隐患……"所以，建立、健全安全规章制度是国家有关安全生产法律法规明确的生产经营单位的法定责任。

建立、健全安全规章制度是生产经营单位安全生产的重要保障。生产经营单位在开展生产经营活动过程中，客观上需要对生产工艺过程、机械设备、人员操作进行系统分析、评价，制定出一系列的操作规程和安全控制措施，以保障生产、经营工作合法、有序、安全的进行，将安全风险降到最低。在长期的生产经营活动中，生产经营单位积累了大量的安全风险防范措施，这些措施只有形成安全规章制度，才能有效地得到继承和发扬。

建立、健全安全规章制度是生产经营单位保护从业人员安全与健康的重要手段。只有通过安全规章制度的约束，才能防止生产经营单位安全管理的随意性，才能使从业人员进一步明确自己的权利和义

务，有效保障从业人员的合法权益。同时，也为从业人员在生产、经营过程中遵章守纪提供明确的标准和依据。

二、生产经营单位安全规章制度的建设

安全规章制度是对安全生产客观规律的反映，国家对安全生产客观规律的认识，对安全生产工作的宏观控制，是通过法律法规、国家和行业标准的形式体现出来，作为强制执行的防范安全生产风险的对策措施。具体到安全生产责任主体的生产经营单位，就是要通过自身的安全规章制度的建设来贯彻国家要求，准确把握和驾驭生产、经营过程中的安全生产客观规律，规范生产、经营秩序，保障生产安全。

① 安全规章制度建设的依据

以安全生产法律法规、国家和行业标准、地方政府的法规、标准为依据。生产经营单位安全规章制度首先必须符合国家法律法规，国家和行业标准，以及生产经营单位所在地地方政府的相关法规、标准的要求。以生产、经营过程的危险有害因素辨识和事故教训为依据。安全规章制度的建设，其核心就是危险有害因素的辨识和控制，通过危险有害因素的辨识，有效提高规章制度建设的目的性和针对性，保障生产安全。同时，生产经营单位要积极借鉴相关事故教训，及时修订和完善规章制度，防范同类事故的重复发生。以国际、国内先进的安全管理方法为依据。随着安全科学技术的迅猛发展，安全生产风险的防范和控制的理论、方法不断完善。尤其是安全系统工程理论研究的不断深化，为生产经营单位的安全管理提供了丰富的工具。如职业安全健康管理体系、风险评估、安全性评价体系的建立等，都为生产经营单位安全规章制度的建设提供了宝贵的参考材料。

② 安全规章制度建设的原则

主要负责人负责的原则。安全规章制度建设，设计生产经营单位的各个环节和所有人员，只有生产经营单位主要负责人亲自组织，才能有效调动生产经营单位的所有资源，协调各个方面的关系。我国《安全生产法》规定，"建立健全本单位安全生产责任制；组织制定本单位安全生产规章制度和操作规程，是生产经营单位的主要负责人的职

责"。

（1）安全第一的原则　"安全第一，预防为主，综合治理"是我国的安全生产方针，也是安全生产客观规律的具体要求。生产经营单位要实现安全生产，就必须采取综合治理的措施，在事先防范上下工夫。在生产经营中，必须把安全工作放在各项工作的首位，正确处理安全生产和工程进度、经济效益等的关系。

（2）系统性原则　风险来自于生产、经营过程中，只要生产、经营活动在进行，风险就客观存在。因而，要按照安全系统工程的原理，建立涵盖全员、全过程、全方位的安全规章制度。

（3）规范化和标准化的原则　生产经营单位安全规章制度的建设应实现规范化和标准化的管理，以确保安全规章制度建设的严密、完整、有序。

❸ 安全规章制度的编制和管理

生产经营单位应每年编制安全规章制度制订、修订的工作计划。计划主要内容包括：规章制度的名称、编制目的、主要内容、责任部门、进度安排等，确保生产经营单位安全规章制度建设和管理的有序进行。

安全规章制度的制定一般包括起草、会签、审核、签发、发布五个流程。安全规章制度发布后，生产经营单位应组织有关部门和人员进行学习和培训，对安全操作规程类安全规章制度，还应对相关人员进行考试，考试合格后方可上岗作业。安全规章制度日常管理的重点是在执行过程中的动态检查，确保得到贯彻落实。

（1）起草　根据生产经营单位安全生产责任制，由负有安全生产管理职能的部门负责起草。安全规章制度在起草前，应首先收集国家有关安全生产的法律法规、国家行业标准、生产经营单位所在地地方政府的有关法规标准等，作为制度起草依据，同时结合生产经营单位实际情况，进行起草。涉及安全技术标准、安全操作规程等的起草工作，还应查阅设备制造厂的说明书等。安全规章制度的起草，需做到目的明确，条理清楚、结构严谨、用词准确、文字简明。技术规程规范、安全操作规程的编制应按照企业标准的格式进行起草。其他规章制度的起草可根据内容多少，划分章节、条目，使结构表达清晰。规章制度的草案应对起草目的、适用范围、主管部门、具体规范、解释部门和施行日期作出明确的规定。新的规章制度替代原有规章制度应在草案中写明自本规章制度生效之日原规定废止的内容。

（2）会签　责任部门起草的规章制度草案，应在送交相关领导签发前征求有关部门的意见，意见不一致时，一般由生产经营单位主要负责人或分管安全的负责人主持会议，取得一致意见。

（3）审核　安全规章制度在签发前，应进行审核。①由生产经营单位负责法律事务的部门，对规章制度与相关法律法规的符合性即与生产经营单位现行规章制度的一致性进行审查；②提交生产经营单位的职工代表大会或安全生产委员会会议进行讨论，对各方面工作的协调性、各方面利益的统筹性进行审查。

（4）签发　技术规程规范、安全操作规程等一般技术性安全规章制度由生产经营单位分管安全生产的负责人签发，涉及全局性的综合管理类安全规章制度应由生产经营单位主要负责人签发。签发后需进行编号，注明生效时间。

（5）发布　生产经营单位的安全规章制度，应采用固定的发布方式，如以红头文件形式，在生产经营单位内部办公网络发布等。发布的范围应覆盖与制度相关的部门和人员。

（6）培训和考试　新颁布的安全规章制度应组织有关人员进行培训，对安全操作规程制度还应组织考试，考试合格方可上岗作业。

（7）修订　生产经营单位应每年对安全规章制度进行一次修订，并公布现行有效的安全规章制度清单。对安全操作规程类安全规章制度，除每年一次修订外，3～5年应组织一次全面的修订，并重新印刷。

❹ 安全规章制度体系的建立

目前我国尚无明确的安全规章制度体系建设标准。生产经营单位可依照自身的习惯和传统，形成各自特色的安全规章制度体系。按照安全系统工程原理建立的安全规章制度体系，一般由综合安全管理、人员安全管理、设备设施安全管理、环境安全管理四类组成；按照标准化体系建立的安全规章制度体系，一般把安全规章制度分为安全技术标准，安全管理标准和安全工作标准；按职业安全健康管理体系建立的安全规章制度体现，一般分为手册、程序文件、作业指导书三大类。以下根据安全系统工程的原理，按照《安全生产法》的基本要求，对一般性生产经营单位安全规章制度体现建立进行说明，安全生产高危行业的生产经营单位还应根据相关法律法规等进行补充和完善。

（1）综合安全管理制度　综合安全管理制度主要包括以下方面。

① 安全生产管理目标、指标和总体原则　生产经营单位安全生产具体目标、指标，明确安全生产的管理原则、责任，明确安全生产管理的体制、机制、组织机构，安全生产风险防范、控制的主要措施，日常安全生产监督管理的重点工作等内容。

② 安全生产责任制度　包括生产经营单位各级领导、各职能部门、管理人员及生产岗位的安全生产责任权利和义务等内容。

③ 安全管理定期例行工作制度　包括生产经营单位定期安全分析会议，定期安全学习制度，定期安全活动，定期安全检查等内容。

④ 承包与发包工程安全管理制度　包括生产经营单位承包与发包工程的条件、相关资质审查、各方的安全责任、安全生产管理协议、施工安全的组织措施和技术措施、现场安全检查与协调等内容。

⑤ 安全措施和费用管理制度　包括生产经营单位安全措施的日常维护、管理；明确安全生产费用保障；根据国家、行业新的安全生产管理要求和季节特点，以及生产、经营情况等发生变化后，生产经营单位临时采取的安全措施及费用来源等。

⑥ 重大危险源管理制度　包括重大危险源登记建档、定期检测、评估、监控，相应的应急预案管理；上报有关地方人民政府负责安全监督管理部门和有关部门备案内容及管理。

⑦ 危险物品使用管理制度　包括生产经营单位存在的危险物品名称、种类、危险性；使用和管理的程序、手续；安全操作注意事项；存放的条件及日常监督检查；针对各类危险物品的性质，在相应的区域设置人员紧急救护、处置的设施等。

⑧ 隐患排查和治理制度　包括应排查的设备、设施、场所的名称，排查周期、人员、排查标准；发现问题的处置程序、跟踪管理等

内容。

⑨ 事故调查报告处理制度　包括生产经营单位内部事故标准、报告程序、现场应急处置、现场保护、资料收集、相关当事人调查、技术分析、调查报告编制等；还包括向上级主管部门报告事故的流程、内容等。

⑩ 消防安全管理制度　包括生产经营单位消防安全管理的原则、组织机构、日常管理、现场应急处置原则、程序；消防设施、器材的配置、维护保养、定期试验；定期防火检查、防火演练等内容。

⑪应急管理制度　包括生产经营单位的应急管理部门，预案的制定、发布、演练、修订和培训等；明确总体预案、专项预案、现场预案等。

⑫安全奖惩制度　包括生产经营单位安全奖惩的原则，奖励或处分的种类、额度等。

（2）人员安全管理制度　人员安全管理制度主要包括以下方面。

① 安全教育培训制度　包括：生产经营单位各级领导人员安全管理知识培训、新员工三级教育培训、转岗培训；新材料、新工艺、新设备，使用培训；特种作业人员培训；岗位安全操作规程培训；应急培训等。还应明确各项培训的对象、内容、时间及考核标准等。

② 劳动防护用品发放使用和管理制度　包括生产经营单位安全工具的种类、使用前检查标准、定期检验、用品寿命周期等。

③ 安全工器具的使用管理制度　包括生产经营单位安全工器具的种类、使用前检查标准、定期检验、用品寿命周期等。

④ 特种作业及特殊作业管理制度　包括生产经营单位特种作业的岗位、人员，作业的一般安全措施要求等。特殊作业是指危险性较大的作业，包括作业的组织程序，保障安全的组织措施、技术措施的制定及执行。

⑤ 岗位安全规范　包括生产经营单位除特种作业外，其他作业岗位保障人身安全、健康，预防火灾、爆炸等事故的一般安全要求。

⑥ 职业健康检查制度　包括生产经营单位职业禁忌的岗位名称、职业禁忌症，定期健康检查的内容，标准等，女工保护以及按照《职业病防治法》要求的相关内容。

⑦ 现场作业安全管理制度　包括现场作业的组织管理制度，如工作联系单、工作票、操作票制度，以及作业的风险分析与控制制度、反违章管理制度等。

（3）设备设施安全管理制度　设备设施安全管理制度主要包括以下方面。

① "三同时"制度　生产经营单位新建、改建、扩建工程"三同时"的组织、执行程序；上报备案的执行程序。

② 定期巡视检查制度　包括生产经营单位所有设备、设施的种类、名称、数量，以及日常检查的责任人员，检查的周期、标准、线路，发现问题处置等内容。

③ 定期维护检修制度　生产经营单位所有设备设施的维护周期、维护范围、维护标准等内容。

④ 定期检测、检验制度　生产经营单位必须进行定期检测的设备种类、名称、数量；有技能型检测的部门或人员；检测标准及检测结果管理；安全使用证或者安全标志的取得和管理等。

⑤ 安全操作规程　包括生产经营单位涉及的电气、起重设备、锅炉压力容器、内部机动车辆、建筑施工维护、机加工等对人身安全健康、生产工艺流程及周围环境有较大影响的设备、装置的安全操作规程。

（4）环境安全管理制度　环境安全主要包括以下方面。

① 安全标志管理制度　生产经营单位现场安全标志的种类、名称、数量；安全标志的定期检查、维护等。

② 作业环境管理制度　生产经营单位生产经营场所的通道、照明、通风等管理标准以及人员紧急疏散方向、标志的管理。

③ 工业卫生管理制度　生产经营单位尘、毒物、噪声、辐射等涉及职业健康因素的种类、场所；定期检查、检验及控制等管理内容。

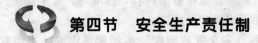 **第四节　安全生产责任制**

一、建立安全生产责任制的必要性

《安全生产法》第四条明确规定："生产经营单位必须遵守本法和其他有关安全生产的法律、法规，加强安全生产管理，建立、健全本单位安全生产责任制度"。安全生产责任制是生产经营单位各项安全生产规章制度的核心，是生产经营单位行政岗位责任制和经济责任制度的重要组成部分，也是最基本的职业安全健康管理制度。安全生产责任制是按照职业安全健康工作方针"安全第一，预防为主"和"管生产的同时必须管安全"的原则，将各级负责人员、各职能部门及其工作人员和各岗位生产工人在职业安全健康方面应做的事情和应负的责任加以明确规定的一种制度。

生产经营单位的安全生产责任制的核心内容大体可分为两个方面：一是纵向方面各级人员的安全生产责任制，即各类人员（从最高管理者、管理者代表到一般职工）的安全生产责任制；二是横向方面各职能部门（如安全、设备、技术、生产、基建、人事、财务、设计、档案、培训、宣传等部门）的安全生产责任制。安全生产是关系到生产经营单位全员、全层次、全过程的大事，因此，生产经营单位必须建立安全生产责任制。把"安全生产，人人有责"从制度上固定下来。从而增强各级管理人员的责任心，使安全管理纵向到底、横向到边，责任明确、协调配合，共同努力把安全工作真正落到实处。

二、建立安全生产责任制的要求

要建立起一个完善的生产经营单位安全生产责任制，需要达到以下要求。

（1）建立的安全生产责任制必须符合国家安全生产法律法规和政策、方针的要求，并应适时修订。

（2）建立的安全生产责任制体系要与生产经营单位管理体制协调一致。

（3）制定安全生产责任制要根据本单位、部门、班组、岗位的实际情况，明确、具体，具有可操作性，防止形式主义。

（4）制定、落实安全生产责任制要有专门的人员与机构来保障。

（5）在建立安全生产责任制的同时建立安全生产责任制的监督、检查等制度，特别要注意发挥职工群众的监督作用，以保证安全生产责任制得到真正落实。

三、生产经营单位的安全生产责任

安全生产责任制是对各级领导、各个部门、各类人员所规定的在他们各自职责范围对安全生产应负责任的制度。

安全生产责任制的内容应根据各部门和人员职责来确定。要充分体现责权利相统一的原则，而且要"横向到边、纵向到底"，形成一个完整的制度体系。同时要落实措施，建立完善的制约机制和激励机制，奖罚分明，防止只奖不罚的现象。

❶ 经理（厂长）安全生产职责

经理（厂长）对企业的安全生产全面负责。其内容有：

（1）认真贯彻执行国家安全生产方针、政策、法律、法规，把安全工作列入企业管理的重要议事日程，主持重要的安全生产工作会议，批阅上级有关安全方面的文件，签发有关安全工作的重大决定。

（2）负责落实各级安全生产责任制，督促检查副经理和下属行政部门正职抓好安全生产。

（3）健全安全管理机构，充实专职安全生产管理人员，定期听取安全生产管理部门的工作汇报，及时研究解决或审批有关安全生产中的重大问题。

（4）组织审定并批准企业安全规章制度，安全技术规程和重大的安全技术措施，解决安全技术措施经费。

（5）按规定和事故处理的"三不放过"原则，组织对事故的调查处理。

（6）加强对各项安全活动的领导，决定安全生产方面的重要

奖惩。

❷ 副经理安全生产职责

（1）贯彻"五同时"的原则，在计划、布置、检查、总结、评比生产的同时，计划、布置、检查、总结、评比安全工作；监督检查分管部门对安全生产各项规章制度执行情况，及时纠正失职和违章行为。

（2）组织制定修订分管部门的安全生产规章制度、安全技术规程和编制安全技术措施计划，并认真组织实施。

（3）组织分管业务范围内的安全检查，落实重大事故隐患的整改。

（4）组织安全生产竞赛活动，总结推广安全生产工作的先进经验，奖励先进单位和个人。

（5）负责分管部门的安全生产教育与考核工作。

（6）定期召开分管部门的安全生产工作会议，分析安全生产动态，及时解决安全生产中存在的问题。

❸ 总工程师安全生产职责

总工程师对企业生产中的安全技术问题全面负责，其职责如下。

（1）组织开展技术研究工作，积极采用先进技术和安全防护装置，组织研究落实重大事故隐患的整改方案。

（2）组织新工程、新装置、新设备以及技术改造项目的设计、施工和投产时，做到安全卫生设施与主体工程同时设计、同时施工、同时投产。

（3）审查企业安全技术规程和安全技术措施项目，保证技术上切实可行。

（4）负责组织制订生产岗位尘毒等有害有毒物质的治理方案，使之达到国家标准。

（5）参加事故的调查处理，采取有效措施，防止事故重复发生。

❹ 车间主任安全生产职责 (注:建设工程施工为项目经理,下同)

车间主任对本车间（建设工程施工为项目部，下同）安全生产负责，其职责如下。

（1）保证国家安全生产法规和企业规章制度在本车间贯彻执行，把安全生产列入议事日程。

（2）组织制定并实施车间的安全生产管理规定，安全技术操作规程和安全技术措施计划。

（3）组织对新工人（包括实习、代培人员、临时用工）进行项目安全教育和班组安全教育，对职工进行经常性的安全思想、安全知识和安全技术教育；并定期组织安全技术考核；组织并参加每周一次的班组安全活动日。

（4）组织车间安全检查，落实隐患整改，保证生产设备、安全装备、消防装备、防护器材和爆破物品等处于完好状态，教育职工加强维护，正确使用。

（5）建立本车间安全管理网，配备合格的安全技术人员，充分发挥安全人员的作用。

❺ 班组长安全生产职责

（1）贯彻执行公司和车间主任对安全生产的规定和要求，全面负责本班组的安全生产。

（2）组织职工学习并贯彻执行企业、项目工程的安全生产规章制度和安全技术操作规程，教育职工遵纪守法，制止违章行为。

（3）组织并参加安全活动，坚持班前讲安全，班中检查安全，班后总结安全。

（4）负责对新工人（包括实习、代培、临时用工）进行岗位安全教育。

（5）负责班组安全检查，发现不安全因素及时组织力量消除，并报告上级；发生事故立即报告，并组织抢救，保护现场，做好详细记录。

（6）搞好生产设备、安全装备、消防设施和爆破物品等检查维护工作，使其经常保持完好和正常运行。

（7）及时发放职工劳动防护用品，并教育职工正确使用劳动保护用品。

❻ 车间安全员安全生产职责

（1）在车间主任的领导下，负责车间的安全生产工作，协助车间主任贯彻执行上级安全生产的指示和规定，并检查督促执行。

（2）负责或参与工程有关安全生产管理制度和安全技术操作规程，并检查执行情况。

（3）负责编制车间安全技术措施计划和隐患整改方案，并负责及时上报和检查落实。

（4）做好职工的安全思想，安全技术教育与考核工作，负责新工人的二级安全教育，督促检查班组的岗位安全教育。

（5）负责车间安全设备、防护器材管理，掌握尘毒情况，提出改进意见。

（6）每天要深入工地检查，及时发现隐患，制止违章作业，做好安全日记。

⑦ 工人安全职责

（1）认真学习和严格遵守各项规章制度，不违反劳动纪律，不违章作业，对本岗位的安全生产负直接责任。

（2）精心作业施工，严格执行安全操作规程和劳动纪律，做好各项记录。交接班必须交接安全情况。

（3）正确分析、判断和处理各种事故隐患，把事故消灭在萌芽状态，如发生事故，要正确处理，及时、如实向上级报告，并保护现场。

（4）正确操作，精心维护设备，做好文明生产。

（5）上岗前必须按规定着装，戴好安全帽等个人劳动防护用品。

（6）积极参加安全活动。

（7）有权拒绝违章作业的指令，对他人违章作业加以劝阻和制止。

⑧ 安全技术部门职责

（1）认真贯彻执行国家及上级安全生产方针、政策、法令、法规、指示，在经理的领导下负责企业的安全生产工作。

（2）负责对职工进行安全思想和安全技术知识教育，对新工人进行公司安全教育，组织对特种作业人员的安全技术培训和考核，组织开展各种安全活动。

（3）组织制定修订本公司安全生产管理制度和安全技术规程，编制安全技术措施计划，提出安全技术措施方案，并检查执行情况。

（4）组织参加安全大检查，贯彻事故隐患整改制度，协助和督促有关部门对查出的隐患制定防范措施，检查隐患整改工作。

（5）深入现场检查，解决有关安全问题，纠正违章指挥、违章作业，遇到危及安全生产的紧急情况，有权令其停止作业，并立即报告有关领导处理。

（6）监督检查爆破物品，安全用火管理制度的执行情况。

（7）负责各类事故的汇总统计上报工作，并建立事故档案，按规定参加事故的调查、处理工作。

（8）检查督促搞好安全装备的维护保养和管理工作。

（9）负责对公司的安全考核评比工作，总结安全生产先进经验，积极推广安全生产科研成果，先进技术及现代安全管理方法。

（10）指导车间安全员、班组安全员，定期召开安全人员的会议，加强安全生产的基础建设。

❾ **机动部门安全生产职责**

（1）贯彻国家、上级部门关于设备制造、检修、维护保养及施工方面的安全规程和规定，做好业务范围内的安全工作，负责制定和修改各类机械设备的操作规程和管理制度。

（2）负责机械设备、电气、动力、仪表、管道、通风排风装置及工业建筑物的管理，使其符合安全技术要求。

（3）负责组织对工业建筑设备安装、起重机械、施工机具、炉具、压力容器、各种气瓶、防毒、防静电装置、机械和电气联锁装置、高压管道等安全设施进行定期检查、校验工作，以及特种设备的登记工作。

（4）在制定或审订有关设备制造、改造方案和编制设备检修计划时，应有相应的安全卫生措施内容，并确保实施。

❿ **技术部门安全生产职责**

（1）编制或修订技术操作规程，工艺技术指标必须符合安全生产的要求，并经常督促检查。

（2）制定长远发展规划，编制全厂技术措施计划。

（3）严格执行安全卫生设施与主体工程同时设计、同时施工、同时投产和使用的原则。

（4）组织并督促各生产工艺纪律管理规定，检查工艺纪律执行情况，及时纠正存在问题。

（5）负责组织工艺技术方面的安全检查，及时改进技术上存在的问题。积极采用先进技术和安全装备。

⑪ 生产部门安全生产职责

（1）及时传达、贯彻执行有关安全生产的指标。

（2）在保证安全的前提下组织指挥生产，发现违反安全生产制度和安全技术规程，及时制止，严禁违章指挥。

（3）在生产中出现不安全因素、险情及事故时，果断正确处理，防止事态扩大，并通知有关主管部门共同处理，认真做好记录。

（4）参加安全生产大检查，随时掌握安全生产动态。

⑫ 劳动人事部门安全生产职责

（1）对新入厂人员（包括实习、代培人员）组织安全教育，经考核合格后方可分配到车间。会同安全部门组织对职工的安全技术教育及特种作业人员的培训、考核工作。

（2）把安全工作列入对职工晋级、奖惩考核的内容。

（3）按国家规定，保证安全管理机构和人员的配备。

（4）对临时工、民工的合同书或协议书中应有安全方面的条款，双方的责任和义务。

⑬ 保卫部门安全生产职责

（1）健全安全保卫制度，认真做好要害部门安全生产的保卫工作。

（2）负责企业内炸药、雷管、剧毒物品的管理和审批。

（3）掌握企业主要生产过程的火灾特点，深入基层监督检查火源，火险及灭火设施的管理，督促落实火险隐患的整改，确保消防设施完备和消防道路的通畅。

⑭ 计划、财务部门安全生产职责

（1）在编制生产计划和总结生产完成情况时，必须同时计划和总结安全生产工作。

（2）在编制、检查基本建设和工程计划的同时，编制检查安全技术措施计划，认真贯彻国务院关于企业安全技术措施经费在固定资产、改造资金中提取 10%～15% 的规定，专款专用，定期核算。

（3）保证劳动保护用品、保健食品和清凉饮料的开支，保证安全生产实际需要的经费。

⑮ 供应、储运、销售部门安全生产职责

（1）对所管辖范围的安全生产负责，建立健全安全规章制度和操作规程。

（2）管理易燃、易爆剧毒化学品，严格发放制度。

（3）按计划及时供应安全技术措施项目所需的设备、材料。

（4）负责各类劳动防护用品的采购、保管并按标准发放；并保证劳动保护用品符合国家规范要求。

（5）加强对购入的设备、配件及有关原材料的质量管理，使其安全可靠，性能符合企业要求。

（6）认真执行有关交通安全的规定，做好机动车辆的年检和驾驶员的年审、安全教育和考核工作，做好车辆维修保养工作，确保安全行驶。

⑯ 设计部门安全生产职责

（1）在新建、扩建、改建和技术改造项目设计时，严格执行"三同时"规定和国家安全技术规范。

（2）负责安全技术措施项目的设计工作。

（3）组织设计审查时，应有安全技术、消防、工业卫生等部门参加。

（4）在编制设计规划方案时，应有安全卫生专篇。

⑰ 工程建设管理部门安全生产职责

（1）参加建设项目的设计审查时，保证落实"三同时"。

（2）严格贯彻执行国家颁发的《建筑安装工程安全技术规程》及

其他有关安全规定，制定或审查建筑安装施工的安全措施，并检查监督执行的情况。

（3）做好基建与生产的联系、配合、交接工作，防止事故发生。

（4）负责组织对外包工和外来基建队伍的安全教育，发生事故后按规定进行处理。

（5）保证工程项目的施工质量，使新建项目不留隐患。

（6）在规定权限内负责施工质量事故的调查、处理、统计、上报。

⑱ 工会安全生产职责

（1）贯彻国家与总工会有关安全生产方针、政策，并监督认真执行，对忽视安全生产和违反劳动保护的现象及时提出批评和建议，督促和配合有关部门及时改进。

（2）监督劳动保护费用的使用情况，对有碍安全生产、危害职工安全健康和违反安全操作规程的行为有权抵制、纠正和控告。

（3）做好安全生产宣传教育工作，教育职工自觉遵纪守法，执行安全生产各项制度、规程，支持厂长对安全生产做出贡献的部门和个人给予表彰和奖励，对违反安全生产规定的部门和个人给予批评和惩罚。

（4）参加企业有关安全生产规章制度的制定。

（5）协助行政搞好班组安全建设。

（6）会同有关部门认真开展安全生产合理化建议活动。

（7）参加安全大检查和对新装置、新工程的"三同时"监督，参加事故调查处理。

（8）把安全生产列入职工代表大会的议题。

 ## 第五节　生产经营单位安全生产管理组织保障

为了减少事故的发生，保障职工的安全健康，企业必须设置相应的安全管理机构，企业的管理人员必须具备相应水平的安全知识。

一、安全管理机构

安全生产管理机构是指企业专门负责安全生产监督管理的内设机构，其工作人员为专职安全管理人员。安全管理机构的职责是落实国家有关安全生产的法律法规，组织企业内部各种安全检查活动，主动发现事故隐患，监督安全责任制的落实等。它是企业安全生产的重要保障组织。

《安全生产法》第十九条规定："矿山、建筑施工单位和危险物品的生产、经营、储存单位，应当设置安全生产管理机构或者配备专职安全生产管理人员。"对于上述危险行业以外的企业，企业是否设置安全机构和专职安全人员，要根据企业的规模而定。当企业从业人员超过 300 人时，应当设置安全生产管理机构或者配备专职安全生产管理人员；从业人员在 300 以下时，应当配备专职或者兼职的安全生产管理人员，或者委托具有国家规定的相关专业技术资格的工程技术人员提供安全生产管理服务。

二、主要负责人及专职安全管理人员安全知识和管理能力要求

《安全生产法》第二十条规定："生产经营单位的主要负责人和安全生产管理人员必须具备与本单位所从事的生产经营活动相应的安全生产知识和管理能力。危险物品的生产、经营、储存单位以及矿山、建筑施工单位的主要负责人和安全生产管理人员，应当由有关主管部门对其安全生产知识和管理能力考核合格后方可任职。"

生产经营单位的主要负责人对本单位的安全生产工作负责。根据这一规定，生产经营单位的主要负责人，要组织、领导本单位的安全生产管理工作，并承担保证安全生产的责任。这就要求生产经营单位的主要负责人必须具备与本单位所从事的生产经营活动相应的安全生产知识，同时具有领导安全生产管理工作和处理生产安全事故的能力。通过对当前一些生产安全事故的原因分析可以看出，不少事故都是由于生产经营单位的负责人缺乏基本的安全知识，管理不善、现场指挥不当造成的。因此，提高生产经营单位的主要负责人的安全生产知识

水平和管理能力，对于加强单位的生产安全管理、改善劳动条件、保障职工的安全和健康、促进单位安全生产、防止和减少生产安全事故的发生，都具有重要的意义。要求生产经营单位的主要负责人具备必要的安全生产知识和管理能力，是我国安全生产工作实践中一项行之有效的制度。《矿山安全法》第二十七条规定，矿长必须经过考核，具备安全专业知识，具有领导安全生产和处理矿山事故的能力。

一般来说，生产经营单位的主要负责人在安全生产管理方面应当具备以下条件：熟悉并能认真贯彻国家的安全生产方针、政策、法律、法规以及与本单位有关的安全标准；基本掌握安全分析、安全决策及事故预测和防护知识，具有审查生产建设规划、计划、大中修施工方案的安全决策知识；具有一定的文化程度，受过一定的安全技术培训，具有一定的从事本行业工作的经验，较熟练地掌握与本单位有关的安全技术知识；熟悉安全管理知识，具有一定的组织管理能力。

生产经营单位的安全生产管理人员是企业直接负责安全生产工作的人员。这些人员对生产经营单位生产经营过程中的安全技术措施的制定、实施和检查直接发生作用，他们的安全素质的高低将直接影响生产经营单位的安全生产工作的好坏。因此，生产经营单位的安全生产管理人员必须具备与本单位所从事的生产经营活动相应的安全生产知识和管理能力。

 第六节　安全投入与安全生产风险抵押金

一、安全投入的基本要求

《安全生产法》第十八条规定：生产经营单位应当具备安全生产条件所必需的资金投入。生产经营单位必须安排适当的资金，用于改善安全设施，更新安全技术装备、器材、仪器、仪表以及其他安全生产投入，以保证生产经营单位达到法律、法规、标准规定的安全生产条件，并对由于安全生产所必需的资金投入不足导致的后果承担责任。

安全投入资金具体由谁来保证，依据该单位的性质而定。一般说来，股份制企业、合资企业等安全生产投入资金由董事会予以保证；一般国有企业由厂长或者经理予以保证；个体工商户等个体经济组织由投资人予以保证。上述保证人承担由于安全生产所必需的资金投入不足，而导致事故后果的法律责任。

二、安全投入的来源

一个国家的安全投入的来源与分类，是由该国的经济体制、管理体制、财政税收和分配体制等多种因素决定的。各国的情况不同，其安全投入的来源和类别也不同。对于我国的生产经营单位，安全投入的来源主要有以下几方面。

（1）在工程项目中预算安排。包括安全设备、设施等内容的预算费用。如我国一直执行的"三同时"基建费。

（2）国家相关部门根据各行业或部门的需要，给企业按项目管理的办法下拨安全技术专项措施费。

（3）企业按年度提取的安措经费。目前根据不同的行业有不同的做法。

① 按企业的生产（产品）规模总量比例提取，如煤矿按吨煤量提取。

② 按企业的产值提取，如根据产值总量的 3‰～5‰ 比例提取。

③ 按固定资产总量比例提取，如石化行业按企业固定资产的 1‰～3‰。

④ 按更新改造费的比例提取，我国在计划经济时代，曾经规定按更改费的 10%～20% 用于安全措施。

（4）作为企业生产性费用的投入，支付从事安全或劳动保护活动的需要。如劳动保护防护用品的费用，必需的事故破坏维修、防火防汛等费用。

（5）企业从利润留成或福利费中提取的保健、职业工伤保险费用。

随着安全经济研究和科学管理工作的进一步开展，利用价值规律和市场调节的手段来支配安全投入来源的模型，已在某些行业和企业

得到了有益的尝试。如下面的安全投入方式。

（1）对现有安全设备或设施，按固定资产每年用折旧的方式筹措当年安全技术措施费。

（2）根据产量（或产值）按比例提取安全投入。如某煤炭矿务局，每年按原煤产量，每吨原煤提取 8～15 元安全技术措施费用。

（3）职工个人交纳安全保证金。

（4）征收事故或危害隐患源罚金。

三、安全投入的使用范围

安全生产投入主要用于以下方面。

（1）建设安全技术措施工程，如防火工程、通风工程等。

（2）增设新安全设备、器材、装备、仪器、仪表等以及这些安全设备的日常维护。

（3）重大安全生产课题的研究。

（4）按国家标准为职工配备劳动保护用品。

（5）职工的安全生产教育和培训。

（6）其他有关预防事故发生的安全技术措施费，如用于制定及落实生产事故应急救援预案等。

四、高危行业安全生产费用提取

为了建立高危行业企业安全生产投入长效机制，加强企业安全生产费用财务管理，根据《国务院关于进一步加强安全生产工作的决定》（国发［2004］2 号），财政部、国家安全生产监督管理总局联合制定了《高危行业企业安全生产费用财务管理暂行办法》（财企［2006］478 号），规定在中华人民共和国境内从事矿山开采、建筑施工、危险品生产以及道路交通运输的企业以及其他经济组织，全面建立安全生产费用提取使用管理制度。安全费用按照"企业提取、政府监管、确保需要、规范使用"的原则进行财务管理。安全费用的提取标准如下。

（1）矿山企业安全费用依据开采的原矿产量按月提取。各类矿山原矿单位产量安全费用提取标准如下。

① 石油，每吨原油 17 元。

② 天然气，每千立方米原气 5 元。

③ 金属矿山，其中露天矿山每吨 4 元，井下矿山每吨 8 元。

④ 核工业矿山，每吨 22 元。

⑤ 非金属矿山，其中露天矿山每吨（立方米）1 元，井下矿山每吨（立方米）2 元。

⑥ 小型露天采石场，即年采剥总量 50 万吨以下，且最大开采高度不超过 50m，产品用于建筑、铺路的山坡型露天采石场，每吨 0.5 元。原矿产量不含金属、非金属矿山尾矿库和废石场中用于综合利用的尾砂和低品位矿石。

（2）建筑施工企业以建筑安装工程造价为计提依据。各工程类别安全费用提取标准如下。

① 房屋建筑工程、矿山工程为 2.0%。

② 电力工程、水利水电工程、铁路工程为 1.5%。

③ 市政公用工程、冶炼工程、机电安装工程、化工石油工程、港口与航道工程、公路工程、通信工程为 1.0%。

建筑施工企业提取的安全费用列入工程造价，在竞标时，不得删减。国家对基本建设投资概算另有规定的，从其规定。

总包单位应当将安全费用按比例直接支付分包单位，分包单位不再重复提取。

（3）危险品生产企业以本年度实际销售收入为计算提取依据，采取超额累退方式按照以下标准逐月提取。

① 全年实际销售收入在 1000 万元（含）以下的，按照 4% 提取。

② 全年实际销售收入在 1000 万元至 10000 万元（含）的部分，按照 2% 提取。

③ 全年实际销售收入在 10000 万元至 100000 万元（含）的部分，按照 0.5% 提取。

④ 全年实际销售收入在 100000 万元以上的部分，按照 0.2% 提取。

（4）道路交通运输企业以营业收入为计算提取依据，按照以下标准逐月提取。

① 客运业务按照 0.5％提取。

② 普通货运业务按照 1％提取。

③ 危险品等特殊货运业务按照 1.5％提取。

备注：煤炭行业企业安全生产费用的提取比例参考国家财政部、国家发改委和国家煤矿安全监察局联合发布的《煤炭生产费用提取和使用管理办法》；烟花爆竹企业安全生产费用提取比例参考国家财政部、国家安监总局联合发布的《烟花爆竹生产企业安全生产费用提取和使用管理办法》。

五、安全生产风险抵押金

❶ 企业安全生产风险抵押金管理暂行办法

为了强化企业安全生产意识，落实安全生产责任，保证生产安全事故抢险、救灾工作的顺利进行，根据《国务院关于进一步加强安全生产工作的决定》（国发〔2004〕2 号），财政部、国家安监总局、人民银行联合制定了《企业安全生产风险抵押金管理暂行办法》（财企〔2006〕369 号），规定了矿山（煤矿除外）、交通运输、建筑施工、危险化学品、烟花爆竹等行业或领域从事生产经营活动的企业风险抵押标准。

① 小型企业存储金额不低于人民币 30 万元（不含 30 万元）。

② 中型企业存储金额不低于人民币 100 万元（不含 100 万元）。

③ 大型企业存储金额不低于人民币 150 万元（不含 150 万元）。

④ 特大型企业存储金额不低于人民币 200 万元（不含 200 万元）。

风险抵押金存储原则上不超过 500 万元。

其使用范围是：

① 为处理本企业生产安全事故而直接发生的抢险、救灾费用支出；

② 为处理本企业生产安全事故善后事宜而直接发生的费用支出。

使用范围扩大：发生下列情形之一的，省、市、县级安全生产监督管理部门及同级财政部门可以根据企业生产安全事故抢险、救灾及善后处理工作需要，将风险抵押金部分或者全部转作事故抢险、救灾和善后处理所需资金。

① 企业负责人在生产安全事故发生后逃逸的；

② 企业在生产安全事故发生后，未在规定时间内主动承担责任，支付抢险、救灾及善后处理费用的。

❷ 煤矿企业安全生产风险抵押金管理暂行办法

财政部、国家安全生产监督管理总局在 2005 年 12 月印发了《煤矿企业安全生产风险抵押金管理暂行办法》财企［2005］918 号。按照煤矿企业核定（设计）或者采矿许可证确定的生产能力，风险抵押金的存储标准如下。

① 3 万吨以下（含 3 万吨）存储 60 万～100 万元。

② 3 万吨以上至 9 万吨（含 9 万吨）存储 150 万～200 万元。

③ 9 万吨以上至 15 万吨（含 15 万吨）存储 250 万～300 万元。

④ 15 万吨以上，以 300 万元为基数，每增加 10 万吨增加 50 万元。

风险抵押金累计达到 600 万元时不再存储。

煤矿的风险抵押金按以下规定存储。

① 风险抵押金由煤矿企业按时足额存储。煤矿企业不得因变更企业法定代表人、停产整顿等情况迟（缓）存、少存或不存风险抵押金，也不得以任何形式向职工摊派风险抵押金。

② 风险抵押金存储数额由省、市、县级安全生产监督管理部门及同级财政部门核定下达。

③ 风险抵押金实行专户管理。煤矿企业到经省级安全生产监督管理部门及同级财政部门指定的风险抵押金代理银行（以下简称代理银行）开设风险抵押金专户，并于核定通知送达后 1 个月内，将风险抵押金一次性存入代理银行风险抵押金专户。

④ 风险抵押金专户资金的具体监管办法，由省级安全生产监督管理部门及同级财政部门指定的代理银行制定。

煤矿风险抵押金的使用范围为：

① 煤矿企业为处理本企业生产安全事故而直接发生的抢险、救灾费用支出。

② 煤矿企业为处理本企业生产安全事故善后事宜而直接发生的费用支出。

煤矿企业发生生产安全事故后产生的抢险、救灾及善后处理费用，原则上应由煤矿企业先行支付。确需动用风险抵押金专户资金的，经安全生产监督管理部门及同级财政部门批准，由煤矿企业到代理银行具体办理有关手续。

发生下列情形之一的，省、市、县级安全生产监督管理部门及同级财政部门可以根据煤矿企业生产安全事故抢险、救灾及善后处理工作需要，将风险抵押金部分或者全部转作事故抢险、救灾和善后处理所需资金：

① 煤矿企业负责人在生产安全事故发生后逃逸的；

② 煤矿企业生产安全事故发生后，在规定时间内未主动承担责任，支付抢险、救灾及善后处理费用的。

目前，对建筑、石油、化工等高危行业的风险抵押和安全保障金的政策和规定还在不断完善中。

 ## 第七节　安全生产教育和培训

安全教育是事故预防与控制的重要手段之一。从事故致因理论我们可以看出，要想控制事故，首先是通过技术手段，如报警装置等，通过某种信息交流方式告知人们危险的存在或发生；其次则是要求人在感知到有关信息后，正确理解信息的意义，即何种危险发生或存在，该危险对人会有何种伤害，以及有无必要采取措施和应采取何种应对措施等。而上述过程中有关人对信息的理解认识和反应的部分均是通过安全教育的手段实现的。

用安全技术手段消除或控制事故是解决安全问题的最佳选择。但在科学技术较为发达的今天，即使人们已经采取了较好的技术措施对事故进行预防和控制，人的行为仍要受到某种程度的制约。相对于用制度和法规对人的制约，安全教育是采用一种和缓的说服、诱导的方式，授人以改造、改善和控制危险之手段和指明通往安全稳定境界之途径，因而更容易为大多数人所接受，更能从根本上起到消除和控制事故的作用；而且通过接受安全教育，人们会逐渐提高其安全素质，使得其在面对新环境、新条件时，仍有一定的保证安全的能力和手段。

一、安全生产教育的要求

生产经营单位的安全教育工作是贯彻经营单位方针、目标，实现安全生产、文明生产、提高员工安全意识和安全素质、防止产生不安全行为、减少人为失误的重要途径，安全生产教育制度作为加强安全生产管理，进行事故预防的重要而且有效的手段，其重要性首先在于提高经营单位管理者及员工做好安全生产管理的责任感和自觉性，帮助其正确认识和学习职业安全健康法律、法规、基本知识。其次是能够普及和提高员工的安全技术知识，增强安全操作技能，从而保护自己和他人的安全与健康。

《安全生产法》对安全生产教育培训作出明确规定。

第二十条：生产经营单位的主要负责人和安全生产管理人员必须具备与本单位所从事的生产经营活动相应的安全生产知识和管理能力。危险物品的生产、经营、储存单位以及矿山、建筑施工单位的主要负责人和安全生产管理人员，应当由有关主管部门对其安全生产知识和管理能力考核合格后方可任职。

第二十一条：生产经营单位应当对从业人员进行安全生产教育和培训，保证从业人员具备必要的安全生产知识，熟悉有关的安全生产规章制度和安全操作规程，掌握本岗位的安全操作技能。未经安全生产教育和培训合格的从业人员，不得上岗作业。

第二十二条：生产经营单位采用新工艺、新技术、新材料或者使用新设备，必须了解、掌握其安全技术特性，采取有效的安全防护措施，并对从业人员进行专门的安全教育和培训。

第二十三条：生产经营单位的特种作业人员必须按照国家有关规定经专门的安全作业培训，取得特种作业操作资格证书，方可上岗作业。特种作业人员的范围由国务院负责安全生产监督管理部门会同国务院有关部门确定。

第三十六条：生产经营单位应当教育和督促从业人员严格执行本单位的安全生产规章制度和安全操作规程；并向从业人员如实告知作业场所和工作岗位存在的危险因素、防范措施以及事故应急措施。

第五十条：从业人员应当接受安全生产教育和培训，掌握本职工作所需的安全生产知识，提高安全生产技能，增强事故预防和应急处理能力。

为此，原国家安全生产监督管理局（国家煤矿安全监察局）发出安监管人字〔2002〕123号文件《关于生产经营单位主要负责人、安全生产管理人员及其他从业人员安全生产培训考核工作的意见》和〔2002〕124号文件《关于特种作业人员安全技术培训考核工作的意见》，对各类人员的安全培训考核作出了具体规定。

二、安全生产教育的对象和内容

❶ 生产经营单位主要负责人的安全生产教育

（1）基本要求

① 危险品单位、矿山、建筑施工单位主要负责人必须进行安全资格培训，经安全生产监督管理部门或法律法规规定的有关主管部门考核合格并取得安全资格证书后方可任职。

② 其他单位主要负责人必须按照国家有关规定进行安全生产培训。

③ 所有单位主要负责人每年应进行安全生产再培训。

（2）培训主要内容

① 国家有关安全生产的方针、政策、法律和法规及有关行业的规章、规程、规范和标准。

② 安全生产管理的基本知识、方法与安全生产技术，有关行业安全生产管理专业知识。

③ 重大事故防范、应急救援措施及调查处理方法，重大危险源管理与应急救援预案编制原则。

④ 国内外先进的安全生产管理经验。

⑤ 典型事故案例分析。

（3）对培训时间的要求　危险物品的生产、经营、储存单位以及矿山、烟花爆竹、建筑施工单位主要负责人安全资格培训时间不得少于48学时；每年再培训时间不得少于16学时。

其他单位主要负责人安全生产管理培训时间不得少于 32 学时；每年再培训时间不得少于 12 学时。

❷ 对安全生产管理人员的要求

（1）基本要求　危险品单位、矿山、建筑施工单位安全生产管理人员必须进行安全资格培训，经安全生产监督管理部门或法律法规规定的有关主管部门考核合格后并取得安全资格证书后方可任职。

其他单位安全生产管理人员必须按照国家有关规定进行安全生产培训。

所有单位安全生产管理人员每年应进行安全生产再培训。

（2）培训主要内容

① 国家有关安全生产的方针、政策、法律和法规及有关行业的规章、规程、规范和标准。

② 安全生产管理知识、安全生产技术，劳动卫生知识和安全文化知识，有关行业安全生产管理专业知识。

③ 工伤保险的政策、法律、法规。

④ 伤亡事故和职业病统计、报告及调查处理方法。

⑤ 事故现场勘验技术以及应急处理措施。

⑥ 重大危险源管理与应急救援预案编制。

⑦ 国内外先进的安全生产管理经验。

⑧ 典型事故案例分析。

（3）对培训时间的要求　煤矿、非煤矿、危险化学品、烟花爆竹等生产经营单位安全生产管理人员安全资格培训时间不得少于 48 学时；每年再培训时间不得少于 16 学时。

其他单位安全生产管理人员安全生产管理培训时间不得少于 32 学时；每年再培训时间不得少于 12 学时。

（4）再培训的主要内容　再培训的主要内容是新知识、新技术和新本领，包括：

① 有关安全生产的法律、法规、规章、规程、标准和政策；

② 安全生产的新技术、新知识；

③ 安全生产管理经验；

④ 典型事故案例。

❸ 对生产经营单位其他从业人员安全生产的教育培训

（1）生产经营单位其他从业人员　生产经营单位其他从业人员（简称"从业人员"）是指除主要负责人和安全生产管理人员以外，该单位从事生产经营活动的所有人员，包括其他负责人、管理人员、技术人员和各岗位的工人以及临时聘用的人员。

（2）新从业人员　单位对新从业人员，应进行厂（矿）、车间（工段、区、队）、班组三级安全生产教育培训。

① 厂（矿）级安全生产教育培训内容主要是：安全生产基本知识；本单位安全生产规章制度；劳动纪律；作业场所和工作岗位存在的危险因素、防范措施及事故应急措施；有关事故案例等。

② 车间（工段、区、队）级安全生产教育培训内容主要是：本车间（工段、区、队）安全生产状况和规章制度；作业场所和工作岗位存在的危险因素、防范措施及事故应急措施；事故案例等。

③ 班组级安全生产教育培训内容主要是：岗位安全操作规程；生产设备、安全装置、劳动防护用品（用具）的正确使用方法；事故案例等。

新从业人员安全生产教育培训时间不得少于 24 学时。其中，农民工每年必须接受再培训，培训时间不得少于 8 学时。煤矿、非煤矿山、危险化学品、烟花爆竹等生产经营单位新上岗的从业人员安全培训时间不得少于 72 学时，每年接受再培训时间不得少于 20 学时。

（3）调整工作岗位或离岗一年以上重新上岗的从业人员　从业人员调整工作岗位或离岗一年以上重新上岗时，应进行相应的车间（工段、区、队）级安全生产教育培训。

单位实施新工艺、新技术或使用新设备、新材料时应对从业人员进行有针对性的安全生产教育培训。

（4）其他　单位要确立终身教育的观念和全员培训的目标，对在岗的从业人员应进行经常性的安全生产教育培训。

其内容主要是：安全生产新知识、新技术；安全生产法律法规；作业场所和工作岗位存在的危险因素、防范措施及事故应急措施；事故案例等。

④ 特种作业人员的安全生产教育

特种作业是指在劳动过程中容易发生伤亡事故，对操作者本人，尤其对他人和周围设施的安全有重大危害的作业，从事特种作业的人员称为特种作业人员。

特种作业的范围包括：电工作业，金属焊接、切割作业，起重机械（含电梯）作业，企业内机动车辆驾驶作业，登高架设作业，锅炉作业（含水质化验），压力容器作业，制冷作业，爆破作业，矿山通风作业，矿山排水作业，矿山安全检查作业，矿山提升运输作业，采掘（剥）作业，矿山救护作业，危险物品作业，经国家局批准的其他作业。

特种作业人员上岗作业前，必须进行专门的安全技术和操作技能的培训教育，增强其安全生产意识，并获得证书后方可上岗。特种作业人员的培训推行全国统一培训大纲、统一考核教材、统一证件的制度。2002 年 10 月原国家安全生产监督管理局颁布了《特种作业人员安全技术培训大纲及考核标准：通用部分》。该大纲与标准内容涉及了《电工作业人员》、《金属焊接与切割作业人员》、《电梯驾驶员》、《企业内机动车辆驾驶人员》、《起重机司机》、《起重司索指挥作业人员》、《制冷与空调作业人员》、《登高架设作业人员》8 个工种，作为特种作业人员安全技术培训、考核工作的指导性文件。

特种作业人员安全技术考核包括安全技术理论考试与实际操作技能考核两部分，以实际操作技能考核为主。《特种作业人员操作证》由国家统一印制，地、市级以上行政主管部门负责签发，全国通用。离开特种作业岗位达 6 个月以上的特种作业人员，应当重新进行实际操作考核，经确认合格后方可上岗作业。取得《特种作业人员操作证》者，每两年进行一次复审。连续从事本工种 10 年以上的，经用人单位进行知识更新教育后，每 4 年复审 1 次。复审的内容包括：健康检查、违章记录、安全新知识和事故案例教育、本工种安全知识考试。未按期复审或复审不合格者，其操作证自行失效。

三、安全生产教育的形式和方法

安全教育方法和一般教学方法一样，多种多样，各有特点。在应用中要针对教育内容和教育对象，灵活选择。安全教育可采用讲授法、实际操作演练法、案例研讨法、读书指导法、宣传娱乐法等。

经常性安全培训教育的形式有：每天的班前班后会上说明安全注意事项；安全活动日；安全生产会议；各类安全生产业务培训班；事故现场会；张贴安全生产贴画、宣传标语及标志；安全文化知识竞赛等。

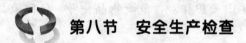

第八节　安全生产检查

安全检查是指对生产过程及安全管理中可能存在的隐患、有害与危险因素、缺陷等进行查证，以确定隐患或有害与危险因素、缺陷的存在状态，以及它们转化为事故的条件，以便制定整改措施，消除隐患和有害与危险因素，确保生产的安全。安全检查是安全管理工作的重要内容，是消除隐患、防止事故发生、改善劳动条件的重要手段。通过安全检查可以发现生产经营单位生产过程中的危险因素，以便有计划地制定纠正措施，保证生产的安全。

一、安全生产检查的类型

（1）定期安全检查　定期检查一般是通过有计划、有组织、有目的的形式来实现的。如次/年、次/季、次/月、次/周等。检查周期根据各单位实际情况确定。定期检查的面广，有深度，能及时发现并解决问题。

（2）经常性安全检查　经常性检查则是采取个别的、日常的巡视方式来实现的。在施工（生产）过程中进行经常性的预防检查，能及时发现隐患，及时消除，保证施工（生产）正常进行。

（3）季节性及节假日前安全检查　由各级生产单位根据季节变化，按事故发生的规律对易发的潜在危险，突出重点进行季节检查。如冬季防冻保温、防火、防煤气中毒；夏季防暑降温、防汛、防雷电等检查。

由于节假日（特别是重大节日，如元旦、春节、劳动节、国庆节）前后容易发生事故，因而应进行有针对性的安全检查。

（4）专业（项）安全检查　专项安全检查是对某个专项问题或在施工（生产）中存在的普遍性安全问题进行的单项定性检查。

对危险较大的在用设备、设施，作业场所环境条件的管理性或监督性定量检测检验则属专业性安全检查。专项检查具有较强的针对性和专业要求，用于检查难度较大的项目。通过检查，发现潜在问题，研究整改对策，及时消除隐患，进行技术改造。

（5）综合性安全检查　一般是由主管部门对下属各企业或生产单位进行的全面综合性检查，必要时可组织进行系统的安全性评价。

（6）不定期的职工代表巡视安全检查　由企业或车间工会负责人负责组织有关专业技术特长的职工代表进行巡视安全检查。重点查国家安全生产方针、法规的贯彻执行情况；查单位领导干部安全生产责任制的执行情况；工人安全生产权利的执行情况；查事故原因、隐患整改情况；并对责任者提出处理意见。此类检查可进一步强化各级领导安全生产责任制的落实，促进职工劳动保护合法权利的维护。

二、安全生产检查的内容

安全检查的内容包括软件系统和硬件系统，具体主要是查思想、查管理、查隐患、查整改、查事故处理。安全检查对象的确定应本着突出重点的原则，对于危险性大、易发事故、事故危害大的生产系统、部位、装置、设备等应加强检查。一般应重点检查：易造成重大损失的易燃易爆危险物品、剧毒品、锅炉、压力容器、起重、运输、冶炼设备、电气设备、冲压机械、高处作业和本企业易发生工伤、火灾、爆炸等事故的设备、工种、场所及其作业人员；造成职业中毒或职业病的尘毒点及其作业人员；直接管理重要危险点和有害点的部门及其负责人。

目前，非矿山企业国家有关规定要求强制性检查的项目有：锅炉、压力容器、压力管道、高压医用氧舱、起重机、电梯、自动扶梯、施工升降机、简易升降机、防爆电器、厂内机动车辆、客运索道、游艺机及游乐设施等，作业场所的粉尘、噪声、振动、辐射、高温、低温、有毒物质的浓度等。矿山企业要求强制性检查的项目有：矿井风量、风质、风速及井下温度、湿度、噪声；瓦斯、粉尘；矿山放射性物质及其他有毒有害物质；露天矿山边坡；尾矿坝；提升、运输、装载、通风、排水、瓦斯抽放、压缩空气和超重设备；各种防爆电器、电器安全保护装置；矿灯、钢丝绳等；瓦斯、粉尘及其他有毒有害物质检测仪器、仪表；自救器；救护设备；安全帽；防尘口罩或面罩；防护服、防护鞋；防噪声耳塞、耳罩。

三、安全生产检查的方法

❶ 常规检查

常规检查是常见的一种检查方法。通常是由安全管理人员作为检查工作的主体，到作业场所的现场，通过感官或辅助一定的简单工具、仪表等，对作业人员的行为、作业场所的环境条件、生产设备设施等进行的定性检查。安全检查人员通过这一手段，及时发现现场存在的不安全隐患并采取措施予以消除，纠正施工人员的不安全行为。

这种方法完全依靠安全检查人员的经验和能力，检查的结果直接受安全检查人员个人素质的影响。因此，对安全检查人员要求较高。

❷ 安全检查表法

为使检查工作更加规范，使个人的行为对检查结果的影响减少到最小，常采用安全检查表法。

安全检查表（SCL）是为了系统地找出系统中的不安全因素，事先把系统加以剖析，列出各层次的不安全因素，确定检查项目。并把检查项目按系统的组成顺序编制成表，以便进行检查或评审，这种表就叫做安全检查表。安全检查表是进行安全检查，发现和查明各种危险和隐患、监督各项安全规章制度的实施，及时发现事故隐患并制止违章行为的一个有力工具。

编制安全检查表主要依据如下。

① 有关标准、规程、规范及规定。

② 国内外事故案例及本单位在安全管理及生产中的有关经验。

③ 通过系统分析，确定的危险部位及防范措施，都是安全检查表的内容。

④ 新知识、新成果、新方法、新技术、新法规和标准。

在我国许多行业都编制并实施了适合行业特点的安全检查标准。如建筑、火电、机械、煤炭等行业都制定了适用于本行业的安全检查表。企业在实施安全检查工作时，根据行业颁布的安全检查标准，可以结合本单位情况制定更具可操作性的检查表。

❸ 仪器检查法

机器、设备内部的缺陷及作业环境条件的真实信息或定量数据，只能通过仪器检查法来进行定量化的检验与测量，才能发现不安全隐患，从而为后续整改提供信息。因此必要时需要实施仪器检查。由于被检查对象不同，检查所用的仪器和手段也不同。

四、安全生产检查的工作程序

安全检查工作一般包括以下几个步骤。

（1）安全检查准备　准备内容包括：

① 确定检查对象、目的、任务；

② 查阅、掌握有关法规、标准、规程的要求；

③ 了解检查对象的工艺流程、生产情况、可能出危险危害的情况；

④ 制订检查计划，安排检查内容、方法、步骤；

⑤ 编写安全检查表或检查提纲；

⑥ 准备必要的检测工具、仪器、书写表格或记录本；

⑦ 挑选和训练检查人员、并进行必要的分工等。

（2）实施安全检查　实施安全检查就是通过访谈、查阅文件和记录、现场检查、仪器测量的方式获取信息。

① **访谈**　与有关人员谈话来了解相关部门、岗位执行规章制度的情况。

② 查阅文件和记录　检查设计文件、作业规程、安全措施、责任制度、操作规程等是否齐全，是否有效；查阅相应记录，判断上述文件是否被执行。

③ 现场观察　到作业现场寻找不安全因素、事故隐患、事故征兆等。

④ 仪器测量　利用一定的检测检验仪器设备，对在用的设施、设备、器材状况及作业环境条件等进行测量，以发现隐患。

（3）通过分析做出判断　掌握情况（获得信息）之后，就要进行分析、判断和检验。可凭经验、技能进行分析、判断，必要时可以通过仪器、检验得出正确结论。

（4）及时做出决定进行处理　做出判断后应针对存在的问题做出采取措施的决定，即通过下达隐患整改意见和要求，包括要求进行信息的反馈。

（5）其他　通过复查整改落实情况，获得整改效果的信息，以实现安全检查工作的闭环。

第四章 危险源辨识与事故隐患排查

第一节　危险有害因素辨识

通常为了区别客体对人体不利作用的特点和效果，分为危险因素（强调突发性和瞬间作用）和有害因素（强调在一定时间范围内的积累作用）。客观存在的危险、有害物质或能量超过临界值的设备、设施和场所，都可能成为危险因素。

危险有害因素辨识是确认危险、危害的存在并确定其特性的过程。即找出可能引发事故导致不良后果的材料、系统、生产过程或工厂的特征。因此，辨识有两个关键任务：识别可能存在的危险因素，辨识可能发生的事故后果。

一、危害因素的辨识主要内容

危害因素的辨识过程中，应对如下主要方面存在的危险、有害因素进行分析与评价。

（1）厂址　从厂址的工程地质、地形、自然灾害、周围环境、气象条件、资源交通、抢险救灾支持条件等方面进行分析。

（2）厂区平面布局

① 总图　功能分区（生产、管理、辅助生产、生活区）布置；高温、危害物质、噪声、辐射、易燃、易爆、危险品设施布置；工艺流程布置；建筑物、构筑物布置；风向、安全距离、卫生防护距离等。

② 运输线路及码头　厂区道路、厂区铁路、危险品装卸区、厂区码头。

（3）建（构）筑物　结构、防火、防爆、朝向、采光、运输、（操作、安全、运输、检修）通道、开门、生产卫生设施。

（4）生产工艺过程　物料（毒性、腐蚀性、燃爆性）温度、压力、速度、作业及控制条件、事故及失控状态。

（5）生产设备、装置

① 化工设备、装置　高温、低温、腐蚀、高压、振动、关键部位的备用设备、控制、操作、检修和故障、失误时的紧急异常情况。

② 机械设备　运动零部件和工件、操作条件、检修作业、误运转和误操作。

③ 电气设备　断电、触电、火灾、爆炸、误运转和误操作，静电、雷电。

④ 危险性较大设备、高处作业设备。

⑤ 特殊单体设备、装置　锅炉房、乙炔站、氧气站、石油库、危险品库等。

⑥ 粉尘、毒物、噪声、振动、辐射、高温、低温等有害作业部位。

⑦ 工时制度、女职工劳动保护、体力劳动强度。

⑧ 管理设施、事故应急抢救设施和辅助生产、生活卫生设施。

二、危险、有害因素的类别

对危险、有害因素进行分类，是为便于进行危险、有害因素分析。危险、有害因素的分类方法有许多种。这里介绍按导致事故、危害的直接原因进行分类的方法和参照事故类别、职业病类别进行分类的方法。

❶ 按导致事故和职业危害的直接原因进行分类

根据《生产过程危险和危害因素分类与代码》（GB/T 13861—2009）的规定，将生产过程中的危险、有害因素分为四类。

1. 人的因素

11 心理生理性危险和有害因素；

1101 负荷超限

1102 健康状况异常；

1103 从事禁忌作业；

1104 心理异常；

1105 辨识功能缺陷；

1119 其他心理、生理性危险和有害因素

12 行为性危险和有害因素

1201 指挥错误

1202 操作错误

1203 监护失误

1299 其他行为性危险和有害因素

2. 物的因素

21 物理性危险和有害因素；

2101 设备、设施、工具、附件缺陷

2102 防护缺陷

2103 电伤害

2104 噪声

2105 振动危害

2106 电离辐射

2107 非电离辐射

2108 运动物伤害

2109 明火

2110 高温物质

2111 低温物质

2112 信号缺陷

2113 标志缺陷

2114 有害光照

2199 其他标志缺限

22 化学性危险和有害因素

2201 爆炸品

2202 压缩气体和液化气体

2203 易燃液体

2204 易燃固体、自然物品体和遇湿易燃物品

2205 氧化剂和有机过氧化物

2206 有毒品

2207 放射性物品

2208 腐蚀品

2209 粉尘与气溶胶

2299 其他化学性危险和有害因素

23 生物性危险和有害因素

2301 致病微生物

2302 传染病媒介物

2303 致害动物

2304 致害植物

2399 其他生物性危险和有害因素

3. 环境因素

31 室内作业场所环境不良

3101 室内地面滑

3102 室内作业场所狭窄

3103 室内作业场所杂乱

3104 室内地面不平

3105 室内梯架缺陷

3106 地面、墙和天花板上的开口缺陷

3107 房屋基础下沉

3108 室内安全通道缺陷

3109 房屋安全出口缺陷

3110 采光照明不良

3111 作业场所空气不良

3112 室内温度、湿度、气压不适

3113 室内给、排水不良

3114 室内涌水

3199 其他室内作业场所环境不良

32 室外作业场地环境不良；

3201 恶劣气候与环境

3202 作业场地和交通设施温滑

3203 作业场地狭窄

3204 作业场地杂乱

3205 作业场地不平

3206 航道狭窄，有暗礁或险滩

3207 脚手架、阶梯和活动架缺陷

3208 地面开口缺陷

3209 建筑物和其他结构缺陷

3210 门和围栏缺陷

3211 作业场地基础下沉

3212 作业场地安全通道缺陷

3213 作业场地安全出口缺陷

3214 作业场地光照不良

3215 作业场地空气不良

3216 作业场地温度、湿度、气压不适

3217 作业场地涌水

3299 其他室外作业场地环境不良

33 地下（含水下）作业环境不良；

3301 隧道/矿井顶面缺陷

3302 隧道/矿井正面或侧壁缺陷

3303 隧道/矿井地面缺陷

3304 地下作业面空气不良

3305 地下火

3306 冲击地压

3307 地下水

3308 水下作业供氧不当

3399 其他地下作业环境不良

39 其他作业环境不良

3901 强迫体位

3902 综合性作业不良

3999 以上未包括的其他作业环境不良

4. 管理因素

41 职业安全卫生组织机构不健全；

42 职业安全卫生责任制未落实

43 职业安全卫生管理规章制度不完善

4301 建设项目"三同时"制度未落实

4302 操作规程不规范

4303 事故应急预案与响应缺陷

4304 培训制度不完善

4399 其他职业安全卫生管理规章制度不完善

44 职业安全卫生投入不足

45 职业健康管理不完善

49 其他管理因素缺陷

❷ 参照《企业职工伤亡事故分类》（GB 6441—86）**进行分类**

参照《企业职工伤亡事故分类》（GB 6441—86），综合考虑起因物、引起事故的诱导性原因、致害物、伤害方式等，将危险因素分为 20 类。此种分类方法所列的危险有害因素与企业职工伤亡事故处理（调查、分析、统计）、职业病处理和职工安全教育的口径基本一致，为劳动部门、行业主管部门劳动安全卫生管理人员和企业广大职工、安全管理人员所熟悉，易于接受和理解，便于实际应用。

（1）物体打击，是指物体在重力或其他外力的作用下产生运动，打击人体造成人身伤亡事故，不包括因机械设备、车辆、起重机械、坍塌等引发的物体打击。

（2）车辆伤害，是指企业机动车辆在行驶中引起的人体坠落和物体倒塌、下落、挤压伤亡事故，不包括起重设备提升、牵引车辆和车辆停驶时发生的事故。

（3）机械伤害，是指机械设备运动（静止）部件、工具、加工件直接与人体接触引起的夹击、碰撞、剪切、卷入、绞、碾、割、刺等伤害，不包括车辆、起重机械引起的机械伤害。

（4）起重伤害，是指各种起重作业（包括起重机安装、检修、试验）中发生的挤压、坠落、（吊具、吊重）物体打击和触电。

（5）触电，包括雷击伤亡事故。

（6）淹溺，包括高处坠落淹溺，不包括矿山、井下透水淹溺。

（7）灼烫，是指火焰烧伤、高温物体烫伤、化学灼伤（酸、碱、盐、有机物引起的体内外灼伤）、物理灼伤（光、放射性物质引起的体内外灼伤），不包括电灼伤和火灾引起的烧伤。

（8）火灾。

（9）高处坠落，是指在高处作业中发生坠落造成的伤亡事故，不包括触电坠落事故。

（10）坍塌，是指物体在外力或重力作用下，超过自身的强度极限或因结构稳定性破坏而造成的事故，如挖沟时的土石塌方、脚手架坍塌堆置物倒塌等，不适用于矿山冒顶片帮和车辆、起重机械、爆破引起的坍塌。

（11）冒顶片帮。

（12）透水。

（13）放炮，是指爆破作业中发生的伤亡事故。

（14）火药爆炸，是指火药、炸药及其制品在生产、加工、运输、储存中发生的爆炸事故。

（15）瓦斯爆炸。

（16）锅炉爆炸。

（17）容器爆炸。

（18）其他爆炸。

（19）中毒和窒息。

（20）其他伤害。

❸ 参照卫生部、原劳动部、总工会等颁发的《职业病范围和职业病患者处理办法的规定》分类

参照卫生部、原劳动部、总工会等颁发的《职业病范围和职业病患者处理办法的规定》，将有害因素分为生产性粉尘、毒物、噪声与振动、高温、低温、辐射（电离辐射、非电离辐射）、其他有害因素七类。

三、有害因素的辨识和分析方法

许多系统安全评价方法，都可用来进行危险有害因素的辨识。常用的辨识方法大致可分为两大类。

❶ 直观经验法

（1）对照、经验法　对照有关标准、法规、检查表或依靠分析人员的观察分析能力，借助于经验和判断能力直观地评价对象危险性和危害性的方法。经验法是辨识中常用的方法，其优点是简便、易行，其缺点是受辨识人员知识、经验和占有资料的限制，可能出现遗漏。

对照事先编制的检查表辨识危险有害因素，可弥补知识、经验不足的缺陷，具有方便、实用、不易遗漏的优点，但必须有事先编制的、适用的检查表。美国职业安全卫生局（OHSA）制定、发行了各种用于辨识危险有害因素的检查表，我国一些行业的安全检查表、事故隐患检查表也可作为借鉴。

（2）类比方法 利用相同或相似系统或作业条件的经验和安全生产事故的统计资料来类推、分析评价对象的危险有害因素。多用于有害因素和作业条件危险因素的辨识过程。

❷ 系统安全分析方法

应用系统安全工程评价方法的部分方法进行危害辨识。系统安全分析方法常用于复杂系统、没有事故经验的新开发系统。常用的系统安全分析方法有预先危险性分析法（PHA）、事件树（ETA）及事故树（FTA）等。

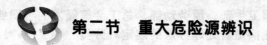

第二节　重大危险源辨识

一、重大危险源的辨识标准

防止重大工业事故发生的第一步是辨识或确认企业的重大危险源。一般由政府主管部门或权威机构在物质毒性、燃烧、爆炸特性基础上，确定危险物质及其临界量标准（即重大危险源辨识标准）。通过危险物质及其临界量标准，就可以确定哪些是可能发生重大事故的潜在危险源。

GB 18218—2009《危险化学品重大危险源辨识》于 2009 年 12 月起实施。我国重大危险源的辨识、申报登记工作按此标准进行，该标准规定了辨识危险化学品重大危险源的依据和方法。适用于危险化学品的生产、使用、储存和经营等各企业或组织。不适用于：

（1）核设施和加工放射性物质的工厂，但这些设施和工厂中处理非放射性物质的部门除外；

（2）军事设施；

（3）采矿业，但涉及危险化学品的加工工艺及储存活动除外；

（4）危险化学品的运输；

（5）海上石油天然气开采活动。

（一）危险化学品重大危险源的辨识依据

对危险化学品重大危险源的辨识依据是危险化学品的危险特性及其数量，在表 4-1 范围内的危险化学品，其临界量按表 4-1 确定；未在表 4-1 范围内的危险化学品，依据其危险性，按表 4-2 确定临界量；若一种危险化学品具有多种危险性，按其中最低的临界量确定。具体见表 4-1 和表 4-2。

表 4-1　危险化学品名称及其临界量

序号	类别	危险化学品名称和说明	临界量/T
1	爆炸品	叠氮化钡	0.5
2		叠氮化铅	0.5
3		雷酸汞	0.5
4		三硝基苯甲醚	5
5		三硝基甲苯	5
6		硝化甘油	1
7		硝化纤维素	10
8		硝酸铵(含可燃物＞0.2%)	5
9	易燃气体	丁二烯	5
10		二甲醚	50
11		甲烷,天然气	50
12		氯乙烯	50
13		氢	5
14		液化石油气(含丙烷、丁烷及其混合物)	50
15		一甲胺	5
16		乙炔	1
17		乙烯	50
18	毒性气体	氨	10
19		二氟化氧	1
20		二氧化氮	1
21		二氧化硫	20
22		氟	1
23		光气	0.3
24		环氧乙烷	10
25		甲醛(含量＞90%)	5
26		磷化氢	1
27		硫化氢	5
28		氰化氢	20

续表

序号	类别	危险化学品名称和说明	临界量/T
29	毒性气体	氯	5
30		煤气（CO，CO 和 H₂、CH₄ 的混合物等）	20
31		砷化三氢（胂）	12
32		锑化氢	1
33		硒化氢	1
34		溴甲烷	10
35	易燃液体	苯	50
36		苯乙烯	500
37		丙酮	500
38		丙烯腈	50
39		二硫化碳	50
40		环己烷	500
41		环氧丙烷	10
42		甲苯	500
43		甲醇	500
44		汽油	200
45		乙醇	500
46		乙醚	10
47		乙酸乙酯	500
48		正己烷	500
49	易于自燃的物质	黄磷	50
50		烷基铝	1
51		戊硼烷	1
52	遇水放出易燃气体的物质	电石	100
53		钾	1
54		钠	10
55	氧化性物质	发烟硫酸	100
56		过氧化钾	20
57		过氧化钠	20
58		氯酸钾	100
59		氯酸钠	100
60		硝酸（发红烟的）	20
61		硝酸（发红烟的除外，含硝酸＞70％）	100
62		硝酸铵（含可燃物≤0.2％）	300
63		硝酸铵基化肥	1000
64	有机过氧化物	过氧乙酸（含量≥60％）	10

序号	类别	危险化学品名称和说明	临界量/T
65		过氧化甲乙酮(含量≥60%)	10
66		丙酮合氰化氢	20
67		丙烯醛	20
68		氟化氢	1
69		环氧氯丙烷(3 氯 1,2 环氧丙烷)	20
70		环氧溴丙烷(表溴醇)	20
71		甲苯二异氰酸酯	100
72	毒性物质	氯化硫	1
73		氰化氢	1
74		三氧化硫	75
75		烯丙胺	20
76		溴	20
77		乙撑亚胺	20
78		异氰酸甲酯	0.75

表 4-2　未在表 4-1 中列举的危险化学品类别及其临界量

类别	危险性分类及说明	临界量/T
爆炸品	1.1A 项爆炸品	1
	除 1.1A 项外的其他 1.1 项爆炸品	10
	除 1.1 项外的其他爆炸品	50
气体	易燃气体:危险性属于 2.1 项的气体	10
	氧化性气体:危险性属于 2.2 项非易燃无毒气体且次要危险性为 5 类的气体	200
	剧毒气体:危险性属于 2.3 项且急性毒性为类别 1 的毒性气体	5
	有毒气体:危险性属于 2.3 项的其他毒性气体	50
易燃液体	极易燃液体:沸点≤35℃且闪点<0℃的液体;或保存温度一直在其沸点以上的易燃液体	10
	高度易燃液体:闪点<23℃的液体(不包括极易燃液体);液态退敏爆炸品	1000
	易燃液体:23℃≤闪点<61℃的液体	5000
易燃固体	危险性属于 4.1 项目包装为Ⅰ类的物质	200
易于自燃的物质	危险性属于 4.2 项目包装为Ⅰ或Ⅱ类的物质	200

续表

类别	危险性分类及说明	临界量/T
遇水放出易燃气体的物质	危险性属于 4.3 项且包装为Ⅰ或Ⅱ的物质	200
氧化性物质	危险性属于 5.1 项且包装为Ⅰ类的物质	50
	危险性属于 5.1 项且包装为Ⅱ或Ⅲ类的物质	200
有机过氧化物	危险性属于 5.2 项的物质	50
毒性物质	危险性属于 6.1 项急性毒性为类别 1 的物质	50
	危险性属于 6.1 项急性毒性为类别 2 的物质	500

注：以上危险化学品危险性类别及包装类别依据 GB 12268 确定，急性毒性类别依据 GB 20592 确定。

（二）重大危险源的辨识指标

单元内存在危险化学品的数量等于或超过表 4-1、表 4-2 规定的临界量，即被定为重大危险源。单元内存在的危险化学品的数量根据处理危险化学品种类的多少区分为以下两种情况：

1. 单元内存在的危险化学品为单一品种，则该危险化学品的数量即为单元内危险化学品的总量，若等于或超过相应的临界量，则定为重大危险源。

2. 单元内存在的危险化学品为多品种时，则按式（1）计算，若满足式（1），则定为重大危险源：

$$q_1/Q_1 + q_2/Q_2 + \cdots q_n/Q_n \geq 1 \quad \cdots\cdots\cdots\cdots\cdots\cdots\cdots\cdots\cdots\cdots \quad (1)$$

式中　q_1，q_2，$\cdots$，q_n——每种危险化学品实际存在量，t；

　　　Q_1，Q_2，$\cdots$，Q_n——与各危险化学品相对应的临界量，t。

二、重大危险源评价方法

目前对重大危险源评价的方法是国家"八五"科技攻关专题《易燃、易爆、有毒重大危险源辨识评价技术研究》提出的评价方法，即易燃、易爆、有毒重大危险源评价法。它在大量重大火灾、爆炸、毒物泄漏中毒事故资料的统计分析基础上，从物质危险性、工艺危险性入手，分析重大事故发生的可能性大小以及事故的影响范围、伤亡人数、经济损失，综合评价重大危险源的危险性，提出应采取的预防、控制措施。

（1）评价单元的划分 一般把装置的一个独立部分称为单元，并以此来划分单元。每个单元都有一定的功能特点，例如原料供应区、反应区、产品蒸馏区、吸收或洗涤区、成品或半成品储存区、运输装卸区、催化剂处理区、副产品处理区、废液处理区、配管桥区等。在一个共同厂房内的装置可以划分为一个单元；在一个共同堤坝内的全部储罐也可划分为一个单元；散设地上的管道不作为独立的单元处理，但配管桥区例外。

（2）评价模型的层次结构 重大危险源的评价模型如图 4-1 所示的层次结构。

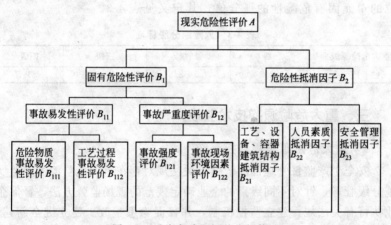

图 4-1 重大危险源评价指标体系

（3）数学模型 评价数学模型如下：

$$A = \left\{ \sum_{i=1}^{n} \sum_{j=1}^{m} (B_{111})_i W_{ij} (B_{112})_j \right\} \times B_{12} \times \prod_{k=1}^{3} (1 - B_{2k}) \quad (4\text{-}1)$$

式中 $(B_{111})_i$——第 i 种物质危险性的评价值；

$(B_{112})_j$——第 j 种工艺危险性的评价值；

W_{ij}——第 j 项工艺与第 i 种物质危险性的相关系数；

B_{12}——事故严重度评价值；

B_{21}——工艺、设备、容器、建筑结构抵消因子；

B_{22}——人员素质抵消因子；

B_{23}——安全管理抵消因子。

（4）重大危险源分级 单元危险性分级应以单元固有危险性大小作为分级的依据（这也是国际惯用的做法）。分级目的主要是为了便于政府对危险源进行监控。按照我国的实际情况，建议把全国易燃、易爆、有毒重大危险源划分为四级，一级重大危险源应由国家级安全管理部门直接监控；二级重大危险源由省和直辖市政府安全管理机构监控；三级由县、市政府安全管理机构监控；四级由企业重点管理控制和管理。分级标准划定原则应使各级政府直接监控的危险源总量自下而上呈递减趋势。推荐用 $A^* = \log(B_1^*)$ 作为危险源分级标准，式中 A^* 是以十万元为基准单位的单元固有危险性的评分值，其定义见表4-3。

表4-3 危险源分级标准

重大危险源级别	一级	二级	三级	四级
A^*（十万元）	$\geqslant 3.5$	$2.5 \sim 3.5$	$1.5 \sim 2.5$	< 1.5

三、重大危险源的技术监控

1. 重大危险源宏观监控系统

安全生产监督管理部门依据有关法规对存在重大危险源的企业实施分级管理，针对不同级别的企业确定规范的现场监督方法，督促企业执行有关法规，建立监控机制，并督促隐患整改。建立健全新建、改建企业重大危险源申报、分级制度，使重大危险源管理规范化、制度化。同时与技术中介组织配合，根据企业的行业、规模等具体情况提供监控的管理及技术指导。在各地开展工作的基础上，逐步建立全国范围内的重大危险源信息系统；以便各级安全生产监督管理部门及时了解、掌握重大危险源状况。从而建立企业负责，安全生产监督管理部门监督的重大危险源监控体系。

重大危险源的安全监督管理工作主要由区县一级安全部门进行。信息网络建成之后，市级安全部门可以通过网络针对一、二级危险源的情况和监察信息进行了解，有重点地进行现场监察；国家安全监督管理部门可以通过网络对各城市的一级危险源的监察情况进行监督。

重大危险源宏观监控系统的网络组成结构如图 4-2 所示。

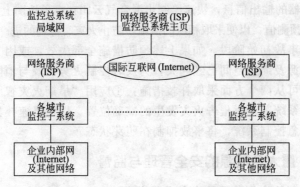

图 4-2　重大危险源宏观监控系统的网络组成结构

❷ 重大危险源实时监控预警技术

重大危险源对象大多数时间运行在安全状况下。监控预警系统的目的主要是监视其正常情况下危险源对象的运行情况及状态，并对其实时和历史趋势作一个整体评判，对系统的下一时刻做出一种超前（或提前）的预警行为。因而在正常情况下和非正常情况下应该有对危险源对象及参数的记录显示、报表等功能。

（1）正常运行阶段　正常工况下危险源运行模拟流程和进行主要参数（温度、压力、浓度、油/水界面、泄漏检测传感器输出等）的数据显示、报表、超限报警，并根据临界状态判据自动判断是否转入应急控制程序。

（2）事故临界状态　被实时监测的危险源对象的各种参数超出正常值的界限，向事故生成方向转化，如不采取应急控制措施就会引发火灾、爆炸及重大毒物泄漏事故。

在这种状态下，监控系统一方面给出声、光或语言报警信息，由应急决策显示排除故障系统的操作步骤，指导操作人员正确、迅速恢复正常工况，同时发出应急控制指令（例如，条件具备时可自动开启喷淋装置使危险源对象降温，自动开启泄放阀降压，关闭进料阀制止液位上升等）；或者当可燃气体传感器检测到危险源对象周围空气中的可燃气体浓度达到阈值时，监控预警系统将及时报警，同时还能根据检测的可燃气体的浓度及气象参数（风速、风和、气温、气压、温度等）传感器的输出信息，快速绘制出混合气云团在电子地图上的覆盖区域、浓度预测值，以便采取相应的措施，防止火灾、毒物的进一步扩大。

（3）事故初始阶段　如果上述预防措施全部失效，或因其他原因致使危险源及周边空间已经起火，为及时控制火势以及与消防措施紧密结合，可从两个方面采取补救措施：①应用"早期火灾智能探测与空间定位系统"及时报告火灾发生的准确位置，以便迅速扑救；②自动启动应急控制系统，将事故抑制在萌芽状态。

四、重大危险源的安全管理与监督

新的《危险化学品重大危险源辨识》（GB 18218—2009）出台后，国家安全生产监督管理部门颁布实施《重大危险源监督管理规定》，对政府和企业如何对重大危险源监督和管理方面提出了一些科学合理的法定基本要求，为有效预防和控制重大危险源工业事故奠定了良好的基础。

❶ 生产经营单位重大危险源安全管理

生产经营单位应建立健全重大危险源安全管理制度，制定重大危险源安全管理技术措施。危险物品的生产、经营、储存以及矿山、建筑施工等生产经营单位应当建立应急救援组织，配备必要的应急救援器材、设备，并进行经常性维护、保养，保证正常运转；生产经营规模较小的，可以不建立应急救援组织，应当指定兼职的应急救援人员。

生产经营单位应按照国家相关法律、法规和标准规定制定并及时完善重大危险源事故应急预案。生产经营单位应针对重大危险源每年至少开展一次综合应急演练或专项应急演练，每半年至少开展一次现场处置应急演练。生产经营单位应对涉及重大危险源的从业人员进行应急管理培训，使其全面掌握本岗位的安全操作技能和在紧急情况下应当采取的应急措施。生产经营单位应将重大危险源可能发生事故的后果及应急措施等信息告知可能受影响的单位和人员。

生产经营单位应在重大危险源现场设置明显的安全警示标志。生产经营单位应根据重大危险源的等级，建立健全相应的安全监控系统或安全监控设施，保证安全监控系统或监控设施有效运行，并落实监控责任。生产经营单位应依据国家相关规定对重大危险源进行定期的检测，并做好检测、检验记录。生产经营单位应对重大危险源、有重大危险源的建筑物、构筑物及其周边环境开展隐患排查，及时采取措施消除隐患。生产经营单位主要负责人应保证重大危险源安全管理所需资金的投入。

❷ 重大危险源监督管理

地方各级人民政府应当针对本行政区域内的重大危险源或受重大危险源威胁的周边生产经营单位和社区、乡镇等，按照分级管理的原则，组织有关部门和单位制定针对性的应急预案，建立应急救援体系，并责令有关单位采取安全防范措施。地方各级人民政府安全生产监督管理部门对本行政区域内生产经营单位重大危险源的辨识、评估、登记建档、备案、核销、安全管理等工作实行综合监管。其他负有安全生产监督管理职责的部门对本行业（领域）内的重大危险源的辨识、评估、登记建档、备案、核销、安全管理等工作实施日常监督管理。

地方各级人民政府安全生产监督管理部门应建立重大危险源信息管理系统，对重大危险源备案等实施动态监管，并制订重大危险源监督检查计划，对生产经营单位重大危险源的安全管理情况进行专项监督检查。地方各级人民政府安全生产监督管理部门和其他负有安全生产监督管理职责的部门在检查中发现重大危险源存在事故隐患，应当责令生产经营单位立即整改，不能立即整改的，必须坚持整改措施、资金、期限、责任单位、应急预案"五落实"；在整改前或者整改中无法保证安全的，应当责令生产经营单位从危险区域内撤出作业人员，暂时停产、停业或者停止使用。事故隐患排除后，方可恢复生产经营。

 ## 第三节　事故隐患排查

一切事故源于事故隐患的存在，控制事故必须从源头着手。《安全生产法》第十七条第四款规定："企业主要负责人应督促、检查本

单位的安全生产工作，及时消除生产安全事故隐患"。为建立安全生产事故隐患排查治理长效机制，强化安全生产主体责任，加强事故隐患监督管理，防止和减少事故，保障人民群众生命财产安全，进一步贯彻落实"安全第一，预防为主，综合治理"的安全生产方针，促进和强化对各类安全生产事故隐患（以下简称事故隐患）的排查和整治，彻底消除事故隐患，有效防止和减少各类事故发生，全面提升安全管理基础工作的水平，国家从 2007 年开始提出要求企业把事故隐患排查与治理列入企业安全管理的一个重要组成部分。

一、事故隐患排查基本要求

最早，原劳动部于 1995 年 10 月在《重大事故隐患管理规定》中，对生产经营单位在隐患排查和管理方面提出了要求。近几年，国家对事故隐患排查的相关要求主要有以下几方面。

国务院办公厅《关于在重点行业和领域开展安全生产隐患排查治理专项行动的通知》（国办发明电［2007］16 号）要求，通过开展隐患排查治理专项行动，进一步落实企业的安全生产主体责任和地方人民政府的安全监管主体责任，全面排查治理事故隐患和薄弱环节，认真解决存在的突出问题，建立重大危险源监控机制和重大隐患排查治理机制及分级管理制度，有效防范和遏制重特大事故的发生，促进全国安全生产状况进一步稳定好转。

国务院办公厅《关于进一步开展安全生产隐患排查治理工作的通知》（国办发明电［2008］15 号）要求，在 2007 年开展隐患排查治理专项行动的基础上，全面排查治理各地区、各行业领域事故隐患，狠抓隐患整改工作，进一步深化重点行业领域安全专项整治，推动安全生产责任制和责任追究制的落实，完善安全生产规章制度，建立健全隐患排查治理及重大危险源监控的长效机制，强化安全生产基础，提高安全管理水平，为实现安全生产状况明显好转的目标奠定坚实基础。

《安全生产事故隐患排查治理暂行规定》（安监总局 16 号令，2007 年 12 月 22 日审议通过，2008 年 2 月 1 日起施行）要求，生产经营单位主要负责人对本单位事故隐患排查治理工作全面负责，并对生产经营单位如何开展事故隐患排查、治理和防控提出了一些基本要求，规范了事故隐患排查。

二、事故隐患的分类

《安全生产事故隐患排查治理暂行规定》提出的"事故隐患"，是指生产经营单位违反安全生产法律、法规、规章、标准、规程和安全生产管理制度的规定，或者因其他因素在生产经营活动中存在可能导致事故发生的物的危险状态、人的不安全行为和管理上的缺陷。

❶ 按隐患危害程度分

事故隐患分为一般事故隐患和重大事故隐患。一般事故隐患，是指危害和整改难度较小，发现后能够立即整改排除的隐患。重大事故隐患，是指危害和整改难度较大，应当全部或者局部停产停业，并经过一定时间整改治理方能排除的隐患，或者因外部因素影响致使生产经营单位自身难以排除的隐患。

❷ 按隐患特征划分

（1）固有隐患　它是系统投入运行就存在的隐患，是系统中的残留危险，是由于技术原因或人为失误，在工业建筑物、机械设备和仪器仪表的设计、制造、布置、安装等过程中有缺陷或工艺流程及操作程序有问题。如设计中产生的事故隐患，材料性质及质量与使用事件不符，强度计算的错误及结构上的缺陷；制造上出现的加工方法、工艺和技能上的缺陷；安全卫生未与主体工程相匹配和安全装置、防护装置的缺陷等。如法国夏尔·戴高乐机场坍塌事故就是质量不过关引起事故。

（2）渐生隐患　系统在运行期间内，实现系统功能过程中出现的隐患。由于使用或维护保养不当或年久失修，使系统元件原有性能下降，出现磨损、裂纹、老化损坏等，降低了系统的可靠性。如机轴裂纹和起重设备钢丝绳变形、断丝、安全装置缺损等。中国体育博物馆地基出现不均匀下沉，85％以上的地板与墙体已经出现贯通性开裂，承重钢梁断裂，存在重大事故隐患。

（3）随机隐患　同样出现于系统运行期间，具有突发性，难以预测，它是由于外界环境的不断变动或人为误动作等引起的缺陷，随机隐患的控制主要是提高操作者的安全素质，执行安全规章的自觉性和自我保护能力。如一名男子在办公室内用汽油引燃了自制炸药包，当时在办公室里的 6 人全部受伤，飞溅出去的碎玻璃还将 10 余名工人和路人扎伤。

❸ 综合事故起因、行业分类和事故性质分类

事故隐患一般分为 21 类：火灾、爆炸、中毒和窒息、水害、坍塌、滑坡、泄漏、腐蚀、触电、坠落、机械伤害、煤与瓦斯突出、公路设施伤害、公路车辆伤害、铁路设施伤害、铁路车辆伤害、水上运输伤害、港口码头伤害、空中运输伤害、航空港伤害及其他类隐患。

三、隐患产生的原因

在生产中，人们通过工艺和工艺装备使能量、物质（包括危害物质）按人们的意愿在系统中流动、转换，进行生产；同时又必须约束和控制这些能量及危害物质，消除、减弱产生不良后果的条件，使之不能发生危险、危害后果。事故隐患产生主要体现在设备故障（或缺陷）、人员失误和管理缺陷三个方面，并且三者之间是相互影响的；它们大部分是一些随机出现的现象或状态。

（1）故障（包括生产、控制、安全装置和辅助设施等）　故障（含缺陷）是指系统、设备、元件等在运行过程中由于性能（含安全性能）低下而不能实现预定功能（包括安全功能）的现象。故障的发生具有随机性、渐近性或突发性，故障的发生是一种随机事件。造成故障发生的原因很复杂（认识程度、设计、制造、磨损、疲劳、老化、检查和维修保养、人员失误、环境、其他系统的影响等），但故障发生的规律是可知的，通过定期检查、维修保养和分析总结可使多数故障在预定期间内得到控制（避免或减少）。

系统发生故障并导致事故发生隐患主要表现在发生故障、误操作时的防护、保险、信号等装置缺乏、缺陷和设备在强度、刚度、稳定性、人机关系上有缺陷两方面。

（2）人员失误　人员失误泛指不安全行为中产生不良后果的行为（即职工在劳动过程中，违反劳动纪律、操作程序和方法等具有危险性的做法）。人员失误在一定经济、技术条件下，是引发危险、有害

因素的重要因素。

由于不正确态度、技能或知识不足、健康或生理状态不佳和劳动条件（设施条件、工作环境、劳动强度和工作时间）影响造成的不安全行为，各国根据以往的事故分析、统计资料将某些类型的行为各自归纳为不安全行为。我国 GB 6441—1986 附录中将不安全行为归纳为操作失误（忽视安全、忽视警告）、造成安全装置失效、使用不安全设备、手代替工具操作、物体存放不当、冒险进入危险场所、攀坐不安全位置、在吊物下作业（停留）、机器运转时加油（修理、检查、调整、清扫等）、有分散注意力行为、忽视使用必须使用的个人防护用品或用具、不安全装束、对易燃易爆等危险品处理错误 13 类隐患。

（3）管理缺陷　管理缺陷是引起隐患发生的重要因素。

① 管理缺陷可以造成事故隐患，可以激发危险因素而发生事故和导致事故的扩大。从宏观角度分析，对危险因素的辨认或处理不当，在系统中形成事故隐患，都是管理缺陷造成的。

② 管理缺陷由人的错误指令（规划、设计、劳动、组织、规章制度、命令指挥）和错误操作组成，包括组织者、指挥者、操作者三方面的责任在内。通常情况下，在劳动生产过程中发生的事故都是因错误操作和错误行为激发了危险因素而造成的。

③ 管理缺陷是构成事故的活动因素，管理缺陷对危险因素的激发而形成事故，属于随机事件，不能因在一定时间内盲目蛮干并未发生事故而掉以轻心。

④ 管理缺陷对危险因素的作用时间和频数与发生事故的频数成正比。

四、当前安全生产领域主要的事故隐患

（1）国有企业设备老化、工艺技术落后　具体表现在设备和危险物质（能量）未得到有效控制，如无控制、防护措施或措施失效，安全装置的缺陷、设备设施质量安全性能欠缺等。物体本身的缺陷，个人保护用品，用具的缺陷，防护措施，作业方法的缺陷，工作场所的缺陷，作业环境的缺陷等。

（2）三高企业隐患突出

① 危险物品生产经营企业安全距离不足；

② 煤矿企业"三超"现象；

③ 建筑施工企业低价中标现象突出，现场安全设施投入不足，施工设备老化，施工工艺落后。

（3）企业安全投入不足。

（4）企业管理过程中存在的"三违"现象　具体表现在违章操作、冒险蛮干、违章指挥、非法进入、疏忽大意、渎职脱岗。生产经营单位员工不了解整个工艺过程中存在的主要危险有害因素以及存在部位。一些员工安全意识淡薄，明明知道这样做不对，但是总觉得事故不会发生，为了节省人力或节省资金就这样做了，而偏偏事故就这样发生了。

（5）企业的安全管理不到位　具体表现在劳动组织不合理、安全生产责任不落实、规章制度及操作规程欠缺或不健全、教育培训不到位、管理监控没有或失效、人员素质存在问题、要害岗位未考虑人的适用性、工作安排不合理等。如：①对企业员工的再教育少或根本没有而导致一部分员工根本不知道他所从事的工艺环节的正确操作是什么，就随心所欲，以至于企业的很多事故都是由于误操作或操作不正确而引起的；②一些特殊的工艺所需要的保障企业安全的特殊检测仪表安装不全或基本未安装，导致事故发生前时察觉不到，非等事故发生不可了。

五、隐患排查范围、内容

1. 排查治理范围

各地区、各行业（领域）的全部生产经营单位。主要包括：

（1）煤矿、金属和非金属矿山、冶金、有色、石油、化工、烟花爆竹、建筑施工、民爆器材、电力等工矿企业及其生产、储运等各类设备设施；

（2）道路交通、水运、铁路、民航等行业（领域）的企业、单位、站点、场所及设施，以及城市基础设施等；

（3）渔业、农机、水利等行业（领域）的企业、单位、场所及设施；

（4）商（市）场、公共娱乐场所（含水上游览场所）、旅游景点、学校、医院、宾馆、饭店、网吧、公园、劳动密集型企业等人员密集场所；

（5）锅炉、压力容器、压力管道、电梯、起重机械、客运索道、大型游乐设施、厂（场）内机动车辆等特种设备；

（6）易受台风、风暴潮、暴雨、洪水、暴雪、雷电、泥石流、山体滑坡等自然灾害影响的企业、单位和场所；

（7）近年来发生较大以上事故的单位。

❷ 排查治理内容

（1）安全生产法律法规、规章制度、规程标准的贯彻执行情况；

（2）安全生产责任制的建立及落实情况；

（3）高危行业安全生产费用提取使用、安全生产风险抵押金交纳等经济政策的执行情况；

（4）企业安全生产重要设施、装备和关键设备、装置的完好状况及日常管理维护、保养情况，劳动防护用品的配备和使用情况；

（5）危险性较大的特种设备和危险物品的存储容器、运输工具的完好状况及检测检验情况；

（6）对存在较大危险因素的生产经营场所以及重点环节、部位重大危险源普查建档、风险辨识、监控预警制度的建设及措施落实情况；

（7）事故报告、处理及对有关责任人的责任追究情况；

（8）安全基础工作及教育培训情况，特别是企业主要负责人、安全管理人员和特种作业人员的持证上岗情况和生产一线职工（包括农民工）的教育培训情况，以及劳动组织、用工等情况；

（9）应急预案制定、演练和应急救援物资、设备配备及维护情况；

（10）新建、改建、扩建工程项目的安全"三同时"（安全设施与主体工程同时设计、同时施工、同时投产和使用）执行情况；

（11）道路设计、建设、维护及交通安全设施设置等情况；

（12）对企业周边或作业过程中存在的易由自然灾害引发事故灾难的危险点排查、防范和治理情况等。

六、治理事故隐患的对策措施

（1）坚持与加强企业安全管理和技术进步结合起来，强化安全标准化建设和现场管理，加大安全投入，推进安全技术改造，夯实安全管理基础。

（2）深入开展重点行业（企业）安全生产专项整治，狠抓薄弱环节，发现隐患及时整改。

（3）坚持与日常安全监管监察执法结合起来，严格安全生产许可，加大打"三非"（非法建设、非法生产、非法经营）、反"三违"（违章指挥、违章作业、违反劳动纪律）、治"三超"（生产企业超能力、超强度、超定员，运输企业超载、超限、超负荷）工作力度，消除隐患滋生根源。

（4）鼓励企业结合实际推行 HSE、OHSAS 等现代安全生产管理方法，提升企业的基础管理水平。

（5）建立企业重大事故隐患排查整改网络信息监管系统。

（6）坚持与加强应急管理结合起来，建立健全应急管理制度，完善事故应急救援预案体系，落实隐患治理责任与监控措施，严防整治期间发生事故。

七、事故隐患排查监督管理

生产经营单位及其主要负责人未履行事故隐患排查治理职责，导致发生生产安全事故的，依法给予行政处罚。生产经营单位违反隐患排查相关规定，有下列行为之一的，由安全监管监察部门给予警告，并处三万元以下的罚款：

（1）未建立安全生产事故隐患排查治理等各项制度的；

（2）未按规定上报事故隐患排查治理统计分析表的；

（3）未制订事故隐患治理方案的；

（4）重大事故隐患不报或者未及时报告的；

（5）未对事故隐患进行排查治理擅自生产经营的；

（6）整改不合格或者未经安全监管监察部门审查同意擅自恢复生产经营的。

第五章 事故应急管理

第一节　应急救援概述

一、事故应急救援的相关法律法规要求

近年来我国政府相继颁布的一系列法律法规如《安全生产法》、《危险化学品安全管理条例》、《关于特大安全事故行政责任追究的规定》、《特种设备安全监察条例》等，对危险化学品、特大安全事故、重大危险源等应急救援工作提出了相应的规定和要求。

《安全生产法》第十七条规定，生产经营单位的主要负责人具有组织制定并实施本单位的生产安全事故应急救援预案的职责；第三十三条规定："生产经营单位对重大危险源应当制定应急救援预案，并告知从业人员和相关人员在紧急情况下应当采取的应急措施。"第六十八条规定："县级以上地方各级人民政府应当组织有关部门制定本行政区域内特大生产安全事故应急救援预案，建立应急救援体系。"

《危险化学品安全管理条例》第四十九条规定："县级以上地方各级人民政府负责危险化学品安全监督管理综合工作的部门会同同级有关部门制定危险化学品事故应急救援预案，报本级人民政府批准后实施。"第五十条规定："危险化学品单位应当制定本单位事故应急救援预案，配备应急救援人员和必要的应急救援器材和设备，并定期组织演练。危险化学品事故应急预救援预案应当报设区的市级人民政府负责化学品安全监督管理综合工作的部门备案。"

在《关于特大安全事故行政责任追究的规定》第七条规定："市（地、州），县（市、区）人民政府必须制定本地区特大安全事故应急处理预案。"

国务院《特种设备安全监察条例》第三十一条规定："特种设备使用单位应当制定特种设备的事故应急措施和救援预案。"

国务院《使用有毒物品作业场所劳动保护条例》规定："从事使用高毒物品作业的用人单位，应当配备应急救援人员和必要的应急救援器材、设备，制定事故应急救援预案，并根据实际情况变化对应急预案适时进行修订，定期组织演练。事故应急救援预案和演练记录应当报当地卫生行政部门、安全生产监督管理部门和公安部门备案。"

《职业病防治法》规定："用人单位应当建立、健全职业病危害事故应急救援预案。"

《消防法》规定："消防安全重点单位应当制定灭火和应急疏散预案，定期组织消防演练。"

2006年1月，国务院发布了《国家突发公共事件总体应急预案》明确各类突发公共事件分级分类和预案框架体系，规定了国务院应对特别重大突发事件的组织体系、工作机制等内容，是指导预防和处置各类突发公共事件的规范性文件。预案将突发事件分为自然灾害、事故灾难、公共卫生事件、社会安全事件4类，按照突发公共事件的性质、严重程度、可控性和影响范围等因素，将突发公共时间分为四级，即I级（特别重大）、II级（重大）、III级（较大）和IV级（一般）。特别重大或重大突发公共事件发生后，省级人民政府、国务院有关部门要在4个小时内向国务院报告，同时通知有关地区和部门。同时，《国家突发公共事件总体应急预案》规定，各地区、各部门要针对各种可能发生的突发公共事件，完善预测预警机制，建立预测预警系统，开展风险分析，做到早发现、早报告、早处置。根据预测分析结果，对可能发生和可以预警的突发公共事件进行预警。依据突发公共事件可能造成的危害程度、紧急程度和发展势态，预警级别一般划分为四级：I级（特别严重）、II级（严重）、III级（较重）和IV级（一般），依次用红色、橙色、黄色和蓝色表示。《国家突发公共事件总体应急预案》发布后，国家安监总局发布了《国家安全生产事故灾难应急预案》，该预案适用于特别重大安全生产事故灾难、超出省级人民政府处置能力或者跨省级行政区、跨多个领域（行业和部门）的安全生产事故灾难以及需要国务院安全生产委员会处置的安全生产事故灾难等。

2007年8月30日全国人大常委会通过了《突发事件应对法》，2007年11月1日起实施，该法明确规定了突发事件的预防与应急准备、监测与预警、应急处置与救援、事后恢复与重建等活动中，政府单位及个人的权利与义务。

2009 年，国家安全生产监督管理总局发布了《生产安全事故应急预案管理办法》（安监总局 17 号令），《生产经营单位生产安全事故应急预案评审指南》（安监总厅应急〔2009〕73 号）、《安全生产应急演练指南》等相关法规和文件，对安全生产应急管理工作的相关事宜作出了明确规定。这些法律、法规对加强安全生产应急管理工作，提高防范、应对安全生产重特大事故的能力，保护人民群众生命财产安全发挥了重要作用。

二、事故应急救援的基本任务

事故应急救援的总目标是通过有效的应急救援行动，尽可能地减少事故的不良后果，包括人员伤亡、财产损失和环境破坏等。事故应急救援的基本任务包括下述几个方面。

（1）立即组织营救受害人员，组织撤离或者采取其他措施保护危害区域内的其他人员。抢救受害人员是应急救援的首要任务，在应急救援行动中，快速、有序、有效地实施现场急救与安全转送伤员是降低伤亡率，减少事故损失的关键。由于重大事故发生突然、扩散迅速、涉及范围广、危害大，应及时指导和组织群众采取各种措施进行自身防护，必要时迅速撤离出危险区或可能受到危害的区域。在撤离过程中，应积极组织群众开展自救和互救工作。

（2）迅速控制事态，并对事故造成的危害进行检测、监测，测定事故的危害区域、危害性质及危害程度。及时控制造成事故的危险源是应急救援工作的重要任务，只有及时地控制住危险源，防止事故的继续扩展，才能及时有效进行救援。

（3）消除危害后果，做好现场恢复。针对事故对人体、动植物、土壤、空气等造成的现实危害和可能的危害，迅速采取封闭、隔离、洗消、监测等措施，防止对人的继续危害和对环境的污染。及时清理废墟和恢复基本设施，将事故现场恢复至一相对稳定的基本状态。

（4）查清事故原因，评估危害程度。事故发生后应及时调查事故的发生原因和事故性质，评估出事故的危害范围和危险程度，查明人员伤亡情况，做好事故调查。

三、事故应急管理过程

事故应急管理是对事故的全过程管理，贯穿于事故发生前、中、后的各个过程，充分体现了"预防为主，常备不懈"的应急思想。应急管理是一个动态的过程，包括预防、准备、响应和恢复四个阶段。尽管在实际情况中，这些阶段往往是交叉的，但每一阶段都有自己明确的目标，而且每一阶段又是构筑在前一阶段的基础之上，因而预防、准备、响应和恢复的相互关联，构成了重大事故应急管理的循环过程。事故应急管理过程图如图 5-1 所示。

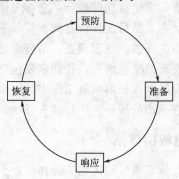

图 5-1　事故应急管理过程

❶ 预防

在应急管理中预防有两层含义，一是事故的预防工作，即通过安全管理和安全技术等手段，来尽可能地防止事故的发生，实现本质安全；二是在假定事故必然发生的前提下，通过预先采取的预防措施，来达到降低或减缓事故的影响或后果严重程度，如加大建筑物的安全距离、减少危险物品的存量、设置防护墙以及开展公众教育等。从长远观点来看，低成本高效率的预防措施是减少事故损失的关键。

❷ 准备

应急准备是应急管理过程中一个极其关键的过程，它是针对可能发生的事故，为迅速有效地开展应急行动而预先所做的各种准备，包括应急机构的设立和职责的落实、预案的编制、应急队伍的建设、应急设备（施）、物资的准备和维护、预案的演习、与外部应急力量的

衔接等，其目标是保持重大事故应急救援所需的应急能力。

③ **响应**

应急响应是在事故发生后立即采取的应急与救援行动。包括事故的报警与通报、人员的紧急疏散、急救与医疗、消防和工程抢险措施、信息收集与应急决策和外部求援等，其目标是尽可能地抢救受害人员、保护可能受威胁的人群，并尽可能控制并消除事故。

④ **恢复**

恢复工作应在事故发生后立即进行，它首先使事故影响区域恢复到相对安全的基本状态，然后逐步恢复到正常状态。要求立即进行的恢复工作包括事故损失评估、原因调查、清理废墟等，在短期恢复中应注意的是避免出现新的紧急情况；长期恢复包括厂区重建和受影响区域的重新规划和发展。在长期恢复工作中，应吸取事故和应急救援的经验教训，开展进一步的预防工作和减灾行动。

四、事故应急救援体系

一个完整的应急体系由组织体制、运作机制、法制基础和保障系统 4 个部分构成，如图 5-2 所示。

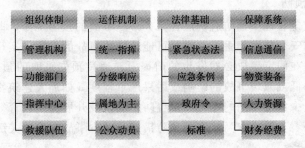

图 5-2　标准化应急救援体系

① 组织体制

应急救援体系组织体制中的管理机构是指维持应急日常管理的负责部门；功能部门包括与应急活动有关的各类组织机构，如消防、医疗机构等;指挥中心是在应急预案启动后,负责应急救援活动场外与场内指挥系统;而救援队伍则由专人和志愿人员组成。

②. 运作机制

应急救援活动一般划分为应急准备、初级反应、扩大应急和应急恢复4个阶段。应急机制与这4个阶段的应急活动密切相关。应急运作机制主要由统一指挥、分级响应、属地为主和公众动员4个基本机制组成。

统一指挥是应急活动最基本原则。应急指挥一般分为集中指挥与现场指挥,或场外指挥与场内指挥等。无论采用哪一种指挥系统,都必须实行统一指挥的模式,无论应急救援活动涉及单位的行政级别高低还是隶属关系不同,都必须在应急指挥部的统一协调下行动。分级响应是指在初级响应到扩大应急的过程中实行的分级响应机制。扩大或提高应急级别的主要依据是事故灾难的危害程度,影响范围和控制事态能力。影响范围和控制事态能力是"升级"的最基本条件。扩大应急救援主要是提高指挥级别、扩大应急范围等。属地为主强调"第一反应"的思想和以现场应急、现场指挥为主的原则。公众动员既是应急机制的基础,也是整个应急体系的基础。

③. 法律基础

法律基础是应急体系的基础和保障,也是开展各项应急活动的依据,与应急有关的法规可分为4个层次:由立法机关通过的法律,如紧急状态法、公民知情法和紧急动员法等;由政府颁布的规章,如应急救援管理条例等;包括预案在内的以政府令形式颁布的政府法令、规定等;与应急救援活动直接有关的标准或管理办法等。

④ 保障系统

应急保障系统的第一位是信息与通信系统,构建集中管理的信息通信平台是应急体系最重要的基础建设。应急信息通信系统要保证所有预警、报警、警报、报告、指挥等活动的信息交流快速、顺畅、准确以及信息资源共享;物资与装备不但要保证足够资源,而且要快速、及时供应到位;人力资源保障包括队伍建设、专业队伍加强、志愿人员以及其他有关人员的教育培训;应急财务保障应建立专项应急科目,

如应急基金等，以及保障应急管理运行和应急反应中的各项开支。

五、事故应急救援体系的响应程序

事故应急救援系统的应急响应程序按过程可分为接警、响应级别确定、应急启动、救援行动、应急恢复和应急结束等几个过程（见图 5-3）。

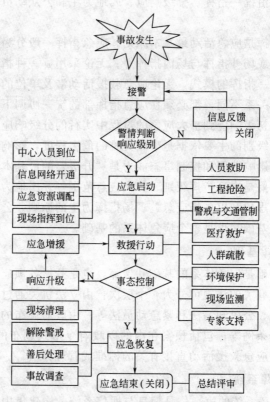

图 5-3　重大事故应急救援体系响应程序

❶ 报警与响应级确定

接到事故报警后，按照工作程序，对警情作出判断，初步确定相应的响应级别。如果事故不足以启动应急救援体系的最低响应级别，响应关闭。

❷ 应急启动

应急响应级别确定后，按所确定的响应级别启动应急程序，如通知应急中心有关人员到位、开通信息与通信网络、通知调配救援所需的应急资源（包括应急队伍和物资、装备等）、成立现场指挥部等。

❸ 救援行动

有关应急队伍进入事故现场后，迅速开展事故侦测、警戒、疏散、人员救助、工程抢险等有关应急救援工作，专家组为救援决策提供建议和技术支持。当事态超出响应级别，无法得到有效控制，向应急中心请求实施更高级别的应急响应。

❹ 应急恢复

救援行动结束后，进入临时应急恢复阶段。包括现场清理、人员清点和撤离、警戒解除、善后处理和事故调查等。

❺ 应急结束

执行应急关闭程序，由事故总指挥宣布应急结束。

六、事故应急救援体系响应机制

事故应急救援体系应根据事故的性质、严重程度、事态发展趋势实行分级响应机制，对不同的响应级别，相应地明确事故的通报范围、应急中心的启动程度、应急力量的出动和设备、物资的调集规模、疏散的范围、应急总指挥的职位等。典型的响应级别通常可划分三级，具体如下。

❶ 一级紧急情况

能被一个部门正常可利用的资源处理的紧急情况。正常可利用的资源指在该部门权力范围内通常可以利用的应急资源，包括人力和物力等。必要时，该部门可以建立一个现场指挥部，所需的后勤支持、人员或其他资源增援由本部门负责解决。

❷ 二级紧急情况

需要两个或更多的政府部门响应的紧急情况。该事故的救援需要有关部门的协作，并且提供人员、设备或其他资源。该级响应需要成

立现场指挥部来统一指挥现场的应急救援行动。

❸ 三级紧急情况

必须利用城市所有有关部门及一切资源的紧急情况，或者需要城市的各个部门同城市以外的机构联合起来处理各种紧急情况，通常政府要宣布进入紧急状态。在该级别中，做出主要决定的职责通常是紧急事务管理部门。现场指挥部可在现场作出保护生命和财产以及控制事态所必需的各种决定。解决整个紧急事件的决定，应该由紧急事务管理部门负责。

第二节　应急救援预案的编写与管理

有效的应急系统或应急预案能够降低事故发生的损失。事故损失与应急救援的关系如图 5-4 所示。编制应急预案是应急救援准备工作的核心内容，是开展应急救援工作的重要保障。我国政府近年来相继颁布的一系列法律法规，如《安全生产法》、《危险化学品安全管理条例》、《关于特大安全事故行政责任追究的规定》、《特种设备安全监察条例》等，对矿山、危险化学品、特大安全事故、重大危险源、特种设备等应急预案的编制提出了相关的要求，是各级政府、企事业单位编制应急预案的法律基础。

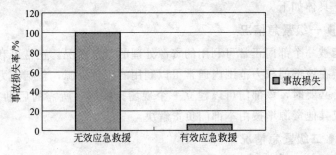

图 5-4　事故损失与应急救援的关系

一、应急预案编制基本要求

事故应急处理是一项科学性很强的工作，编制应急预案必须以科学的态度，在全面调查的基础上，实行领导与专家相结合的方式，开展科学分析和论证，使应急预案真正具有科学性。同时，应急预案应符合使用对象的客观情况，具有实用性和可操作性，以利于准确、迅速控制事故。事故应急救援工作是一项紧急状态下的应急性工作，所编制的应急预案应明确救援工作的管理体系，救援行动的组织指挥权限和各级救援组织的职责、任务等一系列的管理规定，保证救援工作的权威性。

应急预案的编制基本要求有三点。

（1）分级、分类制定应急预案内容。

（2）上一级应急预案的编制应以下一级应急预案为基础，做好应急预案之间的衔接。

（3）结合实际情况，确定应急预案编制内容。

二、事故应急预案的层次

基于可能面临多种类型的突发重大事故或灾害，为保证各种类型预案之间的整体协调性和层次，并实现共性与个性、通用性与特殊性的结合，对应急预案合理地划分层次是将各种类型应急预案有机组合在一起的有效方法。应急预案可分为三个层次（见图5-5）。

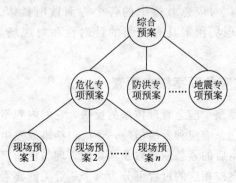

图 5-5　事故应急预案的层次

❶ 综合预案

综合预案是整体预案，从总体上阐述应急方针、政策、应急组织结构及相应的职责，应急行动的总体思路等。通过综合预案可以很清晰地了解应急体系及预案的文件体系，更重要的是可以作为应急救援工作的基础和"底线"，即使对那些没有预料的紧急情况也能起到一般的应急指导作用。

❷ 专项预案

专项预案是针对某种具体的、特定类型的紧急情况，例如危险物质泄漏、火灾、某一自然灾害等的应急而制定的。专项预案是在综合预案的基础上充分考虑了某特定危险的特点，对应急的形势、组织机构、应急活动等进行更具体的阐述，具有较强的针对性。

❸ 现场预案

现场预案是在专项预案的基础上，根据具体情况需要而编制的。它是针对特定的具体场所（即以现场为目标），通常是该类型事故风险较大的场所或重要防护区域等所制定的预案。例如，危险化学品事故专项预案下编制的某重大危险源的场外应急预案，防洪专项预案下的某洪区的防洪预案等。现场应急预案的特点是针对某一具体现场的该类特殊危险及周边环境情况，在详细分析的基础上，对应急救援中的各个方面做出具体、周密而细致的安排，因而现场预案具有更强的针对性和对现场具体救援活动的指导性。

三、事故应急预案核心要素

应急预案是整个应急管理体系的反映，它的内容不仅仅限于事故发生过程中的应急响应和救援措施，还应包括事故发生前的各种应急准备和事故发生后的紧急恢复以及预案的管理与更新等。因此，一个完善的应急预案按相应的过程可分为六个一级关键要素，包括：方针与原则；应急策划；应急准备；应急响应；现场恢复；预案管理与评审改进。见表5-1。

表 5-1　应急救援预案体系框架核心要素

级号	要素内容	级号	要素内容
1	方针与原则	4.2	预警与通知
2	应急策划	4.3	警报系统与紧急通告
2.1	危险分析	4.4	通信
2.2	资源分析	4.5	事态监测
2.3	法律法规要求	4.6	人员疏散与安置
3	应急准备	4.7	警戒与治安
3.1	机构与职责	4.8	医疗与卫生服务
3.2	应急设备、设施与物质	4.9	应急人员安全
3.3	应急人员培训	4.10	公共关系
3.4	预案演练	4.11	消防与抢险
3.5	公众教育	4.12	泄漏物控制
3.6	互助协议	5	现场恢复
4	应急响应	6	预案管理与评审改进
4.1	现场指挥与控制		

　　六个一级要素相互之间既相对独立，又紧密联系，从应急的方针、策划、准备、响应、恢复到预案的管理与评审改进，形成了一个有机联系并持续改进的体系结构。根据一级要素中所包括的任务和功能，其中，应急策划、应急准备和应急响应三个一级关键要素可进一步划分成若干个二级小要素。所有这些要素构成了城市重大事故应急预案的核心要素。这些要素是重大事故应急预案编制所应当涉及的基本方面，在实际编制时，可根据职能部门的设置和职责分配等的具体情况，将要素进行合并或增加，以便于预案的内容组织和编写。

（一）方针与原则

　　应急救援体系首先应有一明确的方针和原则来作为指导应急救援工作的纲领。方针与原则反映了应急救援工作的优先方向、政策、范围和总体目标，如保护人员安全优先，防止和控制事故蔓延优先，保护环境优先。此外，方针与原则还应体现事故损失控制、预防为主、常备不懈、统一指挥、高效协调以及持续改进的思想。

（二）应急策划

应急预案是有针对性的，具有明确的对象，其对象可能是针对某一类或多类可能的重大事故类型。应急预案的制定必须基于对所针对的潜在事故类型有一个全面系统的认识和评价，识别出重要的潜在事故类型、性质、区域、分布及事故后果，同时，根据危险分析的结果，分析城市应急救援的应急力量和可用资源情况，为所需的应急资源的准备提供建设性意见。在进行应急策划时，应当列出国家、地方相关的法律法规，以作为预案的制定、应急工作的依据和授权。应急策划包括危险分析、资源分析以及法律法规要求三个二级要素。

❶ 危险分析

危险分析的最终目的是要明确应急的对象（存在哪些可能的重大事故）、事故的性质及其影响范围、后果严重程度等，为应急准备、应急响应和减灾措施提供决策和指导依据。危险分析包括危险识别、脆弱性分析和风险分析。危险分析应依据国家和地方有关的法律法规要求，结合城市的具体情况来进行；危险分析的结果应能提供：

（1）地理、人文（包括人口分布）、地质、气象等信息；

（2）城市功能布局（包括重要保护目标）及交通情况；

（3）重大危险源分布情况及主要危险物质种类、数量及理化、消防等特性；

（4）可能的重大事故种类及对周边的后果分析；

（5）特定的时段（例如，人群高峰时间、度假季节、大型活动）；

（6）可能影响应急救援的不利因素。

❷ 资源分析

针对危险分析所确定的主要危险，应明确应急救援所需的资源，列出可用的应急力量和资源，包括：

（1）城市的各类应急力量的组成及分布情况；

（2）各种重要应急设备、物资的准备情况；

（3）上级救援机构或相邻城市可用的应急资源。

通过分析已有能力的不足，为应急资源的规划与配备、与相邻地区签订互助协议和预案编制提供指导。

❸ 法律法规要求

应急救援有关法律法规是开展应急救援工作的重要前提保障。应列出国家、省、地方涉及应急各部门职责要求以及应急预案、应急准备和应急救援有关的法律法规文件，以作为预案编制和应急救援的依据和授权。

（三）应急准备

应急预案能否在应急救援中成功地发挥作用，不仅仅取决于应急预案自身的完善程度，还取决于应急准备的充分与否。应急准备应当依据应急策划的结果开展，包括各应急组织及其职责权限的明确、应急资源的准备、公众教育、应急人员培训、预案演练和互助协议的签署等。

❶ 机构与职责

为保证应急救援工作的反应迅速、协调有序，必须建立完善的应急机构组织体系，包括城市应急管理的领导机构、应急响应中心以及各有关机构部门等，对应急救援中承担任务的所有应急组织明确相应的职责、负责人、候补人及联络方式。

❷ 应急资源

应急资源的准备是应急救援工作的重要保障，应根据潜在事故的性质和后果分析，合理组建专业和社会救援力量，配备应急救援中所需的消防手段、各种救援机械和设备、监测仪器、堵漏和清消材料、交通工具、个体防护设备、医疗设备和药品、生活保障物资等，并定期检查、维护与更新，保证始终处于完好状态。对应急资源信息的实施有效管理有更新。

❸ 教育、训练与演习

为全面提高应急能力，应对公众教育、应急训练和演习作出相应的规定，包括其内容、计划、组织与准备、效果评估等。

公众意识和自我保护能力是减少重大事故伤亡不可忽视的一个重要方面。作为应急准备的一项内容，应对公众的日常教育作出规定，尤其是位于重大危险源周边的人群，使其了解潜在危险的性质和健康危害，掌握必要的自救知识，了解预先指定的主要及备用疏散路线和集合地点，了解各种警报的含义和应急救援工作的有关要求。

应急训练的基本内容主要包括基础培训与训练、专业训练、战术训练及其他训练等。基础培训与训练的目的是保证应急人员具备良好的体能、战斗意志和作风，明确各自的职责，熟悉城市潜在重大危险的性质、救援的基本程序和要领，熟练掌握个人防护装备和通信装备的使用等；专业训练关系到应急队伍的实战能力，主要包括专业常识、堵源技术、抢运和清消和现场急救等技术；战术训练是各项专业技术的综合运用，使各级指挥员和救援人员具备良好的组织指挥能力和应变能力；其他训练应根据实际情况，选择开展如防化、气象、侦检技术、综合训练等项目的训练，以进一步提高救援队伍的救援水平。

预案演习是对应急能力的一个综合检验，应以多种形式应急演习包括桌面演习和实战模拟演习，组织由应急各方参加的预案训练和演习，使应急人员进入"实战"状态，熟悉各类应急处理和整个应急行动的程序，明确自身的职责，提高协同作战的能力。同时，应对演练的结果进行评估，分析应急预案存在的不足，并予以改进和完善。

④ 互助协议

当有关的应急力量与资源相对薄弱时，应事先寻求与邻近的城市或地区建立正式的互助协议，并做好相应的安排，以便在应急救援中及时得到外部救援力量和资源的援助；此外，也应与社会专业技术服务机构、物资供应企业等签署相应的互助协议。

（四）应急响应

应急响应包括了应急救援过程中一系列需要明确并实施的核心应急功能和任务，这些核心功能或具有一定的独立性，但相互之间又是密切联系的，构成了应急响应的有机整体。应急响应的核心功能和任务包括：接警与通知，指挥与控制，警报和紧急公告，通信，事态监测与评估，警戒与治安，人群疏散与安置，医疗与卫生，公共关系，应急人员安全，消防和抢险，泄漏物控制。

① 接警与通知

准确了解事故的性质和规模等初始信息是决定启动应急救援的关

键，接警作为应急响应的第一步，必须对接警要求作出明确规定，保证迅速、准确地向报警人员询问事故现场的重要信息。接警人员接受报警后，应按预先确定的通报程序规定，迅速向有关应急机构、政府及上级部门发出事故通知，以采取相应的行动。

② 指挥与控制

城市重大事故的应急救援往往涉及多个救援机构，因此，对应急行动的统一指挥和协调是应急救援有效开展的一个关键。应规定建立分级响应、统一指挥、协调和决策的程序，以便对事故进行初始评估，确认紧急状态，迅速有效地进行应急响应决策，建立现场工作区域，确定重点保护区域和应急行动的优先原则，指挥和协调现场各救援队伍开展救援行动，合理高效地调配和使用应急资源等。

③ 警报和紧急公告

当事故可能影响到周边地区，对周边地区的公众可能造成威胁时，应及时启动警报系统，向公众发出警报，同时通过各种途径向公众发出紧急公告，告知事故性质，对健康的影响、自我保护措施、注意事项等，以保证公众能够作出及时自我防护响应。决定实施疏散时，应通过紧要公告确保公众了解疏散的有关信息如疏散时间、路线、随身携带物、交通工具及目的地等。

该部分应明确在发生重大事故时，如何向受影响的公众发出警报，包括什么时候，谁有权决定启动警报系统，各种警报信号的不同含义，警报系统的协调使用、可使用的警报装置的类型和位置，以及警报装置覆盖的地理区域。如果可能，应指定备用措施。

④ 通信

通信是应急指挥、协调和与外界联系的重要保障，在现场指挥部、应急中心、各应急救援组织、新闻媒体、医院、上级政府和外部救援机构等之间，必须建立畅通的应急通信网络。该部分应说明主要通信系统的来源、使用、维护以及应急组织通信需要的详细情况等，并充分考虑紧急状态的通信能力和保障，建立备用的通信系统。

⑤ 事态监测与评估

事态监测与评估在应急救援和应急恢复的行动决策中具有关键的

支持作用。在应急救援过程中必须对事故的发展势态及影响及时进行动态的监测，建立对事故现场及场外进行监测和评估的程序。包括：由谁来负责监测与评估活动；监测仪器设备及监测方法；实验室化验及检验支持；监测点的设置及现场工作及报告程序等。

可能的监测活动包括：事故影响边界、气象条件、对食物、饮用水、卫生以及水体、土壤、农作物等的污染、可能的二次反应有害物、爆炸危险性和受损建筑跨塌危险性以及污染物质滞留区等。

❻ 警戒与治安

为保障现场应急救援工作的顺利开展，在事故现场周围建立警戒区域，实施交通管制，维护现场治安秩序是十分必要的，其目的是要防止与救援无关人员进入事故现场，保障救援队伍、物资运输和人群疏散等的交通畅通，并避免发生不必要的伤亡。此外，警戒与治安还应该协助发出警报、现场紧急疏散、人员清点、传达紧急信息、执行指挥机构的通告、协助事故调查等。对危险物质事故，必须列出警戒人员有关个体防护的准备。

❼ 人群疏散与安置

人群疏散是减少人员伤亡扩大的关键，也是最彻底的应急响应。应当对疏散的紧急情况和决策、预防性疏散准备、疏散区域、疏散距离、疏散路线、疏散运输工具、安全庇护场所以及回迁等作出细致的规定和准备，应考虑疏散人群的数量、所需要的时间和可利用的时间，风向等环境变化以及老弱病残等特殊人群的疏散等问题。对已实施临时疏散的人群，要做好临时生活安置，保障必要的水、电、卫生等基本条件。

❽ 医疗与卫生

对受伤人员采取及时有效的现场急救以及合理的转送医院进行治疗，是减少事故现场人员伤亡的关键。在该部分明确针对城市可能的重大事故，为现场急救、伤员运送、治疗及健康监测等所做的准备和安排，包括：可用的急救资源列表，如急救中心，救护车和现场急救人员的数量；医院、职业中毒治疗医院及烧伤等专科医院的列表，如数量、分布、可用病床、治疗能力等；抢救药品、医疗器械、消毒、解毒药品等的城市内外来源和供给；医疗人员必须了解城市内主要危险对人群造成伤害的类型，并经过相应的培训，掌握对危险化学品受伤害人员进行正确消毒和治疗的方法。

⑨ 公共关系

重大事故发生后，不可避免地会引起新闻媒体和公众的关注。应将有关事故的信息、影响、救援工作的进展等情况及时向媒体和公众进行统一发布，以消除公众的恐慌心理，控制谣言，避免公众的猜疑和不满。该部分应明确信息发布的审核和批准程序，保证发布信息的统一性；指定新闻发言人，适时举行新闻发表会，准确发布事故信息，澄清事故传言；为公众咨询、接待、安抚受害人员家属作出安排。

⑩ 应急人员安全

城市重大事故尤其是涉及危险物质的重大事故的应急救援工作危险性极大，必须对应急人员自身的安全问题进行周密的考虑，包括安全预防措施、个体防护等级、现场安全监测等，明确应急人员的进出现场和紧急撤离的条件和程序，保证应急人员的安全。

⑪ 消防和抢险

消防和抢险是应急救援工作的核心内容之一，其目的是为尽快地控制事故的发展，防止事故的蔓延和进一步扩大，从而最终控制住事故，并积极营救事故现场的受害人员。尤其是涉及危险物质的泄漏、火灾事故，其消防和抢险工作的难度和危险性十分巨大。该部分应对消防和抢险工作的组织、相关消防抢险设施、器材和物资、人员的培训、行动方案以及现场指挥等做好周密的相应的安排和准备。

⑫ 泄漏物控制

危险物质的泄漏以及灭火用的水由于溶解了有毒蒸气都可能对环境造成重大影响，同时也会给现场救援工作带来更大的危险，因此必须对危险物质的泄漏物进行控制。该部分应明确可用的收容装备（泵、容器、吸附材料等）、洗消设备（包括喷雾洒水车辆）及洗消物资，并建立洗消物资供应企业的供应情况和通信名录，保障对泄漏物的及时围堵、收容、清消和妥善处置。

（五）现场恢复

现场恢复也可称为紧急恢复，是指事故被控制后所进行的短期恢复，从应急过程来说意味着应急救援工作的结束，进入到另一个工作阶段，即将现场恢复到一个基本稳定的状态。大量的经验教训表明，在现场恢复的过程中往往仍存在潜在的危险，如余烬复燃、受损建筑倒塌等，所以应充分考虑现场恢复过程中可能的危险。在现场恢复中也应当为长期恢复提供指导和建议。该部分主要内容应包括：宣布应急结束的程序；撤点、撤离和交接程序；恢复正常状态的程序；现场清理和受影响区域的连续检测；事故调查与后果评价等。

（六）预案管理与评审改进

应急预案是应急救援工作的指导文件，同时又具有法规权威性。应当对预案的制定、修改、更新、批准和发布作出明确的管理规定，并保证定期或在应急演习、应急救援后对应急预案进行评审，针对城市实际情况的变化以及预案中所暴露出的缺陷，不断地更新、完善和改进应急预案文件体系。

四、应急预案的编制过程

应急预案的编制工作流程参见图 5-6。

❶ 成立预案编制小组

应急预案的成功编制需要有关职能部门和团体的积极参与，并达成一致意见，尤其是应寻求与危险直接相关的各方进行合作。成立应急预案编制小组是将各有关职能部门、各类专业技术有效结合起来的最佳方式，可有效地保证应急预案的准确性、完整性和实用性，而且为应急各方提供了一个非常重要的协作与交流机会，有利于统一应急各方的不同观点和意见。

❷ 危险分析和应急能力评估

为了准确地策划应急预案的编制目标和内容，应开展危险分析和应急能力评估工作。为有效开展此项工作，预案编制小组首

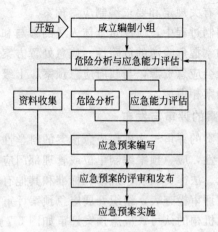

图 5-6　应急预案编制流程

先应进行初步的资料收集，包括相关法律法规、应急预案、技术标准、国内外同行业事故案例分析、本单位技术资料、重大危险源等。

（1）危险分析　危险分析是应急预案编制的基础和关键过程。在危险因素辨识分析、评价及事故隐患排查、治理的基础上，确定本区域或本单位可能发生事故的危险源、事故的类型、影响范围和后果等，并指出事故可能产生的次生、衍生事故，形成分析报告，分析结果作为应急预案的编制依据。

（2）应急能力评估　应急能力包括应急资源（应急人员、应急设施、装备和物资），应急人员的技术、经验和接受的培训等，它将直接影响应急行动的快速、有效性。应急能力评估就是依据危险分析的结果，对已有的应急能力进行评估，明确应急救援的需求和不足，为应急预案的编制奠定基础。

制定应急预案时应当在评价与潜在危险相适应的应急资源和能力的基础上，选择最现实、最有效的应急策略。

❸ 编制应急预案

针对可能发生的事故，结合危险分析和应急能力评估结果等信息，按照《生产经营单位安全生产事故应急预案编制导则》（AQ/T

9002—2006）等有关规定和要求编制应急预案。

应急预案编制过程中，应注重全体人员的参与和培训，使所有与事故有关人员均掌握危险源的危险性、应急处置方案和技能。应急预案应充分利用社会应急资源，与政府应急预案、上级主管单位以及相关部门的应急预案相衔接。

❹ **应急预案的评审与发布**

（1）应急预案的评审　为确保应急预案的科学性、合理性以及与实际情况的符合性，应急预案编制单位或管理部门应依据我国有关应急的方针、政策、法律、法规、规章、标准和其他有关应急预案编制的指南性文件与评审检查表，组织开展应急预案评审工作，取得政府有关部门和应急机构的认可。应急预案评审如图 5-7 所示。应急预案的评审基本要求参考《生产经营单位生产安全事故应急预案评审指南》（安监总厅应急［2009]73 号）。

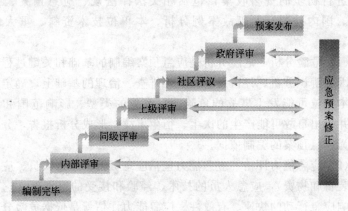

图 5-7　应急预案评审

（2）应急预案的发布　重大事故应急预案经评审通过后，应由最高行政负责人签署发布，并报送有关部门和应急机构备案。应急预案编制完成后，应该通过有效实施确保其有效性。应急预案实施主要包括：应急预案宣传、教育和培训；应急资源的定期检查落实；应急演习和训练；应急预案的实践；应急预案的电子化；事故回顾等。

生产安全事故应急预案的编制、评审、发布、备案、培训、演练和修订等工作，参考 2009 年 5 月 1 日起施行的《生产安全事故应急预案管理办法》（国家安全生产监督管理总局令第 17 号）。

 ## 第三节　事故应急救援预案演练

应急演练是检验、评价和保持应急能力的一个重要手段。其重要作用突出体现在：可在事故真止发生前暴露预案和程序的缺陷；发现应急资源的不足（包括人力和设备等）；改善各应急部门、机构、人员之间的协调；增强公众应对突发重大事故救援的信心和应急意识；提高应急人员的熟练程度和技术水平；进一步明确各自的岗位与职责；提高各级预案之间的协调性；提高整体应急反应能力。

一、演练的类型

对应急预案的完整性和周密性进行评估，可采用多种应急演练方法，如桌面演练、功能演练和全面演练等。

❶ 桌面演练

桌面演练是指由应急组织的代表或关键岗位人员参加的，按照应急预案及其标准工作程序讨论紧急情况时应采取行动的演练活动。桌面演练的主要特点是对演练情景进行口头演练，一般是在会议室内举行。主要目的是锻炼参演人员解决问题的能力，以及解决应急组织相互协作和职责划分的问题。

桌面演练一般仅限于有限的应急响应和内部协调活动，应急人员主要来自本地应急组织，事后一般采取口头评论形式收集参演人员的建议，并提交一份简短的书面报告，总结演练活动和提出有关改进应急响应工作的建议。桌面演练方法成本较低，主要用于为功能演练和全面演练做准备。

❷ 功能演练

功能演练是指针对某项应急响应功能或其中某些应急响应行

动举行的演练活动。功能演练一般在应急指挥中心举行，并可同时开展现场演练，调用有限的应急设备，主要目的是针对应急响应功能，检验应急人员以及应急体系的策划和响应能力。例如，指挥和控制功能的演练，其目的是检测、评价多个政府部门在紧急状态下实现集权式的运行和响应能力，演练地点主要集中在若干个应急指挥中心或现场指挥部举行，并开展有限的现场活动，调用有限的外部资源。

功能演练比桌面演练规模要大，需动员更多的应急人员和机构，因而协调工作的难度也随着更多应急响应急组织的参与而加大。演练完成后，除采取口头评论形式外，还应向地方提交有关演练活动的书面汇报，提出改进建议。

❸ 全面演练

全面演练指针对应急预案中全部或大部分应急响应功能，检验、评价应急组织应急运行能力的演练活动。全面演练一般要求持续几个小时，采取交互式方式进行，演练过程要求尽量真实，调用更多的应急人员和资源，并开展人员、设备及其他资源的实战性演练，以检验相互协调的应急响应能力。与功能演练类似，演练完成后，除采取口头评论、书面汇报外，还应提交正式的书面报告。

无论选择何种应急演习方法，应急演习方案必须适应辖区重大事故应急管理的需求和资源条件。桌面演习、功能演习和全面演习比较如表 5-2 所示。

表 5-2　桌面演习、功能演习和全面演习比较

项　目	桌面演习	功能演习	全面演习
演习人员	负责应急管理工作的有关官员 从事应急管理工作的关键人员 当地政府机构、省和国家有关政府部门的有关工作人员	负责应急管理工作的有关官员，以及负责相应功能的政策拟定、协调工作的人员 当地政府机构、省和国家有关政府部门的有关工作人员	所有与应急工作相关的政府机构及尽可能多的演习人员

项　目	桌面演习	功能演习	全面演习
演习内容	模拟紧急情景中应采取的响应行动 应急响应过程中的内部协调活动	相应的应急响应功能，如指挥与控制 应急响应过程中的内部、外部协调活动	应急预案中载明的大部分要素
演习地点	会议室 应急指挥中心	应急指挥中心 实施应急响应功能的地点 工厂或交通事故现场	省、地方应急指挥中心现场指挥所 人员收容所，道路及路口交通控制点，医疗处置区
演习目的	锻炼解决问题的能力 解决应急组织相互协作和职责划分的问题	检验应急响应人员以及应急管理体系的策划和响应能力	尽可能在真实、并吸引众多人员、应急组织参与的条件下，检验应急预案中的重要内容
所需评价人员数量	一般需 1～2 人	一般需 4～12 人	一般需 10～50 人
总结方式	口头评论 参与人员汇报演习报告	口头评论 参与人员汇报演习报告	口头评论 参与人员汇报 书面正式报告

　　注：三种演习类型的最大差别在于演习的复杂程度和规模，所需评价人员的数量与实际演习、演习规模、地方资源等状况有关。

二、演练的参与人员

　　应急演练的参与人员包括参演人员、控制人员、模拟人员、评价人员和观摩人员，这五类人员在演练过程中都有着重要的作用，并且在演练过程中都应佩戴能表明其身份的识别符。

❶ 参演人员

　　参演人员是指在应急组织中承担具体任务，并在演练过程中尽可能对演练情景或模拟事件作出真实情景下可能采取的响应行动的人员，相当于通常所说的演员。

❷ 控制人员

　　控制人员是指根据演练情景，控制演练时间进度的人员。控制人员根据演练方案及演练计划的要求，引导参演人员按响应程序行动，并不断给出情况或消息，供参演的指挥人员进行判断、提出对策。

③ 模拟人员

模拟人员是指演练过程中扮演、代替某些应急组织和服务部门，或模拟紧急事件、事态发展的人员，模拟受害或受影响人员。

④ 评价人员

评价人员是指负责观察演练进展情况并予以记录的人员。

⑤ 观摩人员

观摩人员是指来自有关部门、外部机构以及旁观演练过程的观众。

三、演练实施的基本过程

由于应急演练是由许多机构和组织共同参与的一系列行为和活动，因此，应急演练的组织与实施是一项非常复杂的任务，建立应急演练策划小组（或领导小组）是成功组织开展应急演练工作的关键。策划小组应由多种专业人员组成，包括来自消防、公安、医疗急救、应急管理、市政、学校、气象部门的人员，以及新闻媒体、企业、交通运输单位的代表等组成，必要时，军队、核事故应急组织或机构也可派出人员参与策划小组。为确保演练的成功，参演人员不得参与策划小组，更不能参与演练方案的设计。

综合性应急演练的过程可划分为演练准备、演练实施和演练总结三个阶段，各阶段的基本任务如图 5-8 所示。

四、演练结果的评价

应急演练结束后应对演练的效果作出评价，提交演练报告，并详细说明演练过程中发现的问题。按对应急救援工作及时有效性的影响程度，演练过程中发现的问题可划分为不足项、整改项和改进项。

① 不足项

不足项指演练过程中观察或识别出的应急准备缺陷，可能导致在紧急事件发生时，不能确保应急组织或应急救援体系有能力采取合理应对措施，保护公众的安全与健康。不足项应在规定的时间内予以纠正。演练过程中发现的问题确定为不足项时，策划小组负责人应对该

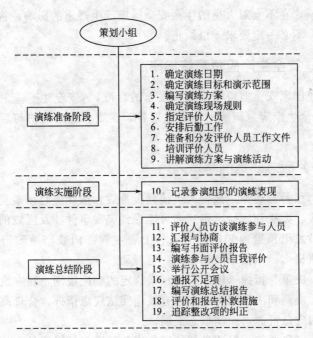

图 5-8 综合性应急演练实施的基本过程

不足项进行详细说明，并给出应采取的纠正措施和完成时限。最有可能导致不足项的应急预案编制要素包括：职责分配，应急资源，警报、通报方法与程序，通信，事态评估，公众教育与公共信息，保护措施，应急人员安全和紧急医疗服务等。

❷ 整改项

整改项指演练过程中观察或识别出的，单独不可能在应急救援中对公众的安全与健康造成不良影响的应急准备缺陷。整改项应在下次演练前予以纠正。两种情况下，整改项可列为不足项：一是某个应急组织中存在两个以上整改项，共同作用可影响保护公众安全与健康能力的；二是某个应急组织在多次演练过程中，反复出现前次演练发现的整改项问题的。

❸ 改进项

改进项指应急准备过程中应予改善的问题。改进项不同于不足项和整改项，它不会对人员的生命安全健康产生严重的影响，视情况予以改进，不必一定要求予以纠正。

五、安全生产应急演练指南

参照国家安全监督管理局拟发布的标准：《安全生产应急演练指南》，安全生产应急演练的内容、筹备、实施、总结评估与后续工作具体为：

（一）应急演练的基本内容

（1）预警与通知　接警人员接到报警后，按照应急预案规定的时间、方式、方法和途径，迅速向可能受到突发事件波及区域的相关部门和人员发出预警通知，同时报告上级主管部门或当地政府有关部门、应急机构，以便采取相应的应急行动。

（2）决策与指挥　根据应急预案规定的响应级别，建立统一的应急指挥、协调和决策机构，迅速有效地实施应急指挥，合理高效地调配和使用应急资源，控制事态发展。

（3）应急通信　保证参与预警、应急处置与救援的各方，特别是上级与下级、内部与外部相关人员通信联络的畅通。

（4）应急监测　对突发事件现场及可能波及区域的气象、有毒有害物质等进行有效监控并进行科学分析和评估，合理预测突发事件的发展态势及影响范围，避免发生次生或衍生事故。

（5）警戒与管制　建立合理警戒区域，维护现场秩序，防止无关人员进入应急处置与救援现场，保障应急救援队伍、应急物资运输和人群疏散等的交通畅通。

（6）疏散与安置　合理确定突发事件可能波及区域，及时、安全、有效的撤离、疏散、转移、妥善安置相关人员。

（7）医疗与卫生保障　调集医疗救护资源对受伤人员合理检伤并分级，及时采取有效的现场急救及医疗救护措施，做好卫生监测和防疫工作。

（8）现场处置　应急处置与救援过程中，按照应急预案规定及相关行业技术标准采取的有效技术与安全保障措施。

（9）公众引导　及时召开新闻发布会，客观、准确地公布有关信息，通过新闻媒体与社会公众建立良好的沟通。

（10）现场恢复　应急处置与救援结束后，在确保安全的前提下，实施有效洗消、现场清理和基本设施恢复等工作。

（11）总结与评估　对应急演练组织实施中发现的问题和应急演练效果进行评估总结，以便不断改进和完善应急预案，提高应急响应能力和应急装备水平。

（12）其他　根据相关行业（领域）安全生产特点所包含的其他应急功能。

（二）应急演练活动的筹备

以综合演练活动为例，筹备工作包括以下内容。

❶ 筹备方案

综合演练活动，特别是有多个部门联合组织或者具有示范性的大型综合演练活动，为确保应急演练活动的安全、有序，达到预期效果，应当制定应急演练活动筹备方案。筹备方案通常包括成立组织机构、演练策划与编写演练文件、确定演练人员、演练实施等方面的内容。负责演练筹备的单位，可根据演练规模的大小，对筹备演练的组织机构与职责进行合理调整，在确保相应职责能够得到有效落实的前提下，缩减或增加组织领导机构。

❷ 组织机构与职责

综合演练活动可以成立综合演练活动领导小组，下设策划组、执行组、保障组、技术组、评估组等若干专业工作组。

2.1 领导小组

综合演练活动领导小组负责演练活动筹备期间和实施过程中的领导与指挥工作，负责任命综合演练活动总指挥与现场总指挥。组长、副组长一般由应急演练组织部门的领导担任，具备调动应急演练筹备工作所需人力和物力的权力。总指挥、现场总指挥可由组长、副组长兼任。

2.2 策划组

负责制定综合演练活动工作方案，编制综合演练实施方案；负责演练前、中、后的宣传报道，编写演练总结报告和后续改进计划。

2.3 执行组

负责应急演练活动筹备及实施过程中与相关单位和工作组内部的联络、协调工作；负责情景事件要素设置及应急演练过程中的场景布置；负责调度参演人员、控制演练进程。

2.4 保障组

负责应急演练筹备及实施过程中安全保障方案的制定与执行；负责所需物资的准备，以及应急演练结束后上述物资的清理归库；负责人力资源管理及经费的使用管理；负责应急演练过程中通信的畅通。

2.5 技术组

负责监控演练现场环境参数及其变化，制定应急演练过程中应急处置技术方案和安全措施，并保障其正确实施。

2.6 评估组

负责应急演练的评估工作，撰写应急演练评估报告，提出具有针对性的改进意见和建议。

❸ 应急演练的策划

3.1 确定应急演练要素

应急演练策划就是在应急预案的基础上，进行应急演练需求分析，明确应急演练目的和目标，确定应急演练范围，对应急演练的规模、参演单位和人员、情景事件及发生顺序、响应程序、评估标准和方法等进行的总体策划。

3.2 分析应急演练需求

在对现有应急管理工作情况以及应急预案进行认真分析的基础上，确定当前面临的主要和次要风险、存在的问题、需要训练的技能、需要检验或测试的设施和装备、需要检验和加强的应急功能和需要演练的机构和人员。

3.3 明确应急演练目的

根据应急演练需求分析确定应急演练目的，明确需要检验和改进的应急功能。

3.4 确定应急演练目标

根据应急演练目的确定应急演练目标，提出应急演练期望达到的标准或要求。

3.5 确定应急演练规模

根据应急演练目标确定演练规模。演练规模通常包括：演练区域、参演人员以及涉及的应急功能。

3.6 设置情景事件

一般情况下设置单一情景事件。

有时，为增加难度，也可以设置复合情景事件。即在前一个情景事件应急演练的过程中，诱发次生情景事件，以不断提出新问题考验演练人员，锻炼参演人员的应急反应能力。在设置情景事件时，应按照突发事件的内在变化规律，设置情景事件的发生时间、地点、状态特征、波及范围以及变化趋势等要素，并进行情景描述。

3.7 应急行动与应对措施

根据情景描述，对应急演练过程中应当采取的预警、应急响应、决策与指挥、处置与救援、保障与恢复、信息发布等应急行动与应对措施应预先设定和描述。

3.8 需要注意的问题

① 策划人员应熟悉本部门（单位）的工艺与流程、设备状况、场地分布、周边环境等实际情况；

② 情景事件的时间应使用北京时间，如因其他原因，应在应急演练前予以说明；

③ 应急演练中应尽量使用当时当地的气象条件或环境参数；

④ 应充分考虑应急演练过程中发生真实事故的可能性，必须制定切实有效的保障措施，确保安全。

❹ 编写应急演练文件

4.1 应急演练方案

应急演练方案是指导应急演练实施的详细工作文件，通常包括：

① 应急演练需求分析；

② 应急演练的目的；

③ 应急演练的目标及规模；

④ 应急演练的组织与管理；

⑤ 情景事件与情景描述；

⑥ 应急行动与应对措施预先设定和描述；

⑦ 各类参演人员的任务及职责。

4.2 应急演练评估指南和评估记录

应急演练评估指南是对评估内容、评估标准、评估程序的说明，通常包括：

① 相关信息：应急演练目的和目标、情景描述，应急行动与应对措施简介等；

② 评估内容：应急演练准备、应急演练方案，应急演练组织与实施、应急演练效果等；

③ 评估标准：应急演练目标实现程度的评判指标，应具有科学性和可操作性；

④ 评估程序：为保证评估结果的准确性，针对评估过程做出的程序性规定。

应急演练评估记录是根据评估标准记录评估内容的照片、录像、表格等，用于对应急演练进行评估总结。

4.3 应急演练安全保障方案

应急演练安全保障方案是防止在应急演练过程中发生意外情况而制定的，通常包括：

① 可能发生的意外情况；

② 意外情况的应急处置措施；

③ 应急演练的安全设施与装备；

④ 应急演练非正常终止条件与程序。

4.4 应急演练实施计划和观摩指南

对于重大示范性应急演练，可以依据应急演练方案把应急演练的全过程写成应急演练实施计划（分镜头剧本），详细描述应急演练时间、情景事件、预警、应急处置与救援及参与人员的指令与对白、视频画面与字幕、解说词等。

根据需要，编制观摩指南供观摩人员理解应急演练活动内容，包括应急演练的主办及承办单位名称，应急演练时间、地点、情景描述、主要环节及演练内容等。

（三）应急演练的实施

❶ 现场应急演练的实施

1.1 熟悉演练方案

应急演练领导小组正、副组长或成员召开会议，重点介绍有关应急演练的计划安排，了解应急预案和演练方案，做好各项准备工作。

1.2 安全措施检查

确认演练所需的工具、设备、设施以及参演人员到位。对应急演练安全保障方案以及设备、设施进行检查确认，确保安全保障方案的可行性，安全设备、设施的完好性。

1.3 组织协调

应在控制人员中指派必要数量的组织协调员，对应急演练过程进行必要的引导，以防出现发生意外事故。组织协调员的工作位置和任务应在应急演练方案中作出明确的规定。

1.4 紧张有序开展应急演练

应急演练总指挥下达演练开始指令后，参演人员针对情景事件，根据应急预案的规定，紧张有序地实施必要的应急行动和应急措施，直至完成全部演练工作。

1.5 注意事项

① 应急演练过程要力求紧凑、连贯，尽量反映真实事件下采取预警、应急处置与救援的过程；

② 应急演练应按照应急预案有序进行，同时要具有必要的灵活性；

③ 应急演练应重视评估环节，准确记录发现的问题和不足，并实施后续改进；

④ 应急演练实施过程应作必要的评估记录，包括文字、图片和声像记录等，以便对演练进行总结和评估。

❷ 桌面应急演练的实施

桌面应急演练的实施可以参考现场应急演练实施的程序，但是由于桌面应急演练的组织形式、开展方式与现场应急演练不同，其演练内容主要是模拟实施预警、应急响应、指挥与协调、现场处置与救援等应急行动和应对措施，因此需要注意以下问题。

① 桌面应急演练一般设一名主持人，可以由应急演练的副总指挥担任，负责引导应急演练按照规定的程序进行。

② 桌面应急演练可以在实施过程中加入讨论的内容，以便于验证应急预案的可操作性、实用性，做出正确的决策。

③ 桌面应急演练在实施过程中可以引入视频，对情景事件进行渲染，引导情景事件的发展，推动桌面应急演练顺利进行。

（四）应急演练的评估和总结

1. 应急演练讲评

应急演练的讲评必须在应急演练结束后立即进行。应急演练组织者、控制人员和评估人员以及主要演练人员应参加讲评会。评估人员对应急演练目标的实现情况、参演队伍及人员的表现、应急演练中暴露的主要问题等进行讲评，并出具评估报告。对于规模较小的应急演练，评估也可以采用口头点评的方式。

2. 应急演练总结

应急演练结束后，评估组汇总评估人员的评估总结，撰写评估总结报告，重点对应急演练组织实施中发现的问题和应急演练效果进行评估总结，也可对应急演练准备、策划等工作进行简要总结分析。应急演练评估总结报告通常包括以下内容。

① 本次应急演练的背景信息；

② 对应急演练准备的评估；

③ 对应急演练策划与应急演练方案的评估；

④ 对应急演练组织、预警、应急响应、决策与指挥、处置与救援、应急演练效果的评估；

⑤ 对应急预案的改进建议；

⑥ 对应急救援技术、装备方面的改进建议；

⑦ 对应急管理人员、应急救援人员培训方面的建议。

（五）应急演练后续行动

❶ 应急演练资料的归档与备案

应急演练活动结束后，将应急演练方案、应急演练评估报告、应急演练总结报告等文字资料，以及记录演练实施过程的相关图片、视频、音频等资料归档保存；对主管部门要求备案的应急演练资料，演练组织部门（单位）将相关资料报主管部门备案。

❷ 应急预案的修改完善

根据应急演练评估报告对应急预案的改进建议，由应急预案编制部门按程序对预案进行修改完善。

❸ 应急管理工作的持续改进

应急演练结束后，组织应急演练的部门（单位）应根据应急演练评估报告、总结报告提出的问题和建议，督促相关部门和人员，制订整改计划，明确整改目标，制订整改措施，落实整改资金，并应跟踪督察整改情况。

第六章 事故报告、调查与处理

第一节 事故致因理论

事故致因理论的发展经历了三个阶段，即以事故频发倾向论和海因里希连续论为代表的早期事故致因理论，以能量意外释放为主要代表的第二次世界大战后的事故致因理论，现代的系统安全理论。

一、事故频发倾向论

1919年英国的格林伍德（M. Greenwood）和伍慈（H. H. Woods）对许多工厂里的伤亡事故数据中的事故发生次数按不同的统计分布进行了统计检验。结果发现，工人中的某些人较其他人更容易发生事故。从这种现象出发，后来法默（Farmer）等人提出了事故频发倾向的概念。所谓事故频发是指个别人容易发生事故的、稳定的、个人的内在倾向。根据这种理论，工厂中少数工人具有事故频发倾向，是事故频发倾向者，他们的存在是工业事故发生的主要原因。如果企业里减少了事故频发倾向者，就可以减少工业事故。因此，防止企业中事故频发倾向者是预防事故的基本措施：一方面通过严格的生理、心理检验等，从众多的求职者中选择身体、智力、性格特征及动作特征等方面优秀的人才就业；另一方面一旦发现事故频发倾向者则将其解雇。显然，由优秀的人员组成的工厂是比较安全的。

二、海因里希事故因果连锁论

1931年，海因里希（W. H. Heinrich）首先提出事故因果连锁论，阐明导致事故的各种原因及事故之间的关系，认为事故的发生不是一个孤立的事件，尽管事故的发生可能在某一瞬间，却是一系列互为因果的原因事件相继发生的结果。海因里希提出的事故因果连锁过程包括5个因素：遗传及社会环境、人的缺点、人的不安全因素或物的不安全状态、事故、伤害。海因里希连锁论见图 6-1。

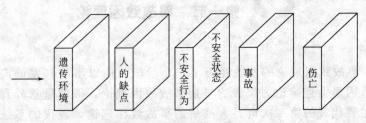

图 6-1　海因里希连锁论

海因里希的工业安全理论是该时期的代表性理论。海因里希认为，企业事故的预防工作的中心就是防止人的不安全行为，消除机械的或物质的不安全状态，中断事故连锁的进程而避免事故的发生。海因里希的事故因果连锁论，把大多数工业事故的责任都归因于人的缺点等，表现出时代的局限性。

三、能量意外释放论

事故能量转移理论是美国的安全专家哈登（Haddon）于 1966 年提出的一种事故控制论。能量在人类生产、生活中是不可缺少的。人类在利用能量的时候必须采取措施控制能量，使能量按照人们的意图产生、转换和做功。如果由于某种原因失去了对能量的控制，就会发生能量违背人的意愿的意外释放或逸出，使进行中的活动中止而发生事故。如果意外释放的能量作用于人体，并且意外释放的能量的作用超过人体的承受能力，则造成人员的伤害；如果意外释放的能量作用于设备、建筑物、物体等，并且能量的作用超过它们的抵抗能力，则造成设备、建筑物、物体的损坏。能量类型与伤害、干扰能量交换与伤害分别参见表 6-1，表 6-2。

表 6-1　能量类型与伤害

能量类型	产生的伤害	事故类型
机械能	刺伤、割伤、撕裂、挤压皮肤和肌肉、骨折、内部器官损伤	物体打击、车辆伤害、机械伤害、起重伤害、高处坠落、坍塌、冒顶片帮、放炮、火药爆炸、瓦斯爆炸、锅炉爆炸、压力容器爆炸

能量类型	产生的伤害	事故类型
热能	皮肤发炎、烧伤、烧焦、焚化等	灼烫、火灾
电能	干扰神经——肌肉功能、电伤	触电
化学能	化学性皮炎、化学性烧伤、致癌、致遗传突变、致畸胎、急性中毒、窒息	中毒和窒息

表 6-2 干扰能量交换与伤害

影响能量交换类型	产生的伤害	事故类型
氧的利用	局部或全身生理伤害	中毒和窒息
其他	局部或全身生理损害(冻伤、冻死)、痉挛、热衰竭、热昏厥	

美国矿山局的札别塔基斯（Micllael Zabetakis）依据能量转移理论，建立了新的事故因果连锁模型，如图 6-2 所示。

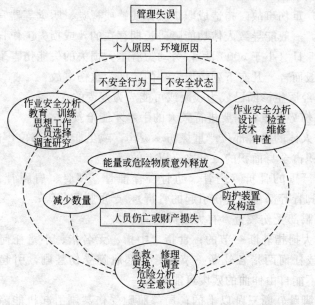

图 6-2 能量转移理论观点的事故连锁模型

第二节　事故分类与分级

事故分类与分级的方法很多，相关的安全法律法规都明确规定了对伤亡事故进行分类分级的具体要求，下面重点介绍几种常用的分类方法。

一、按对人的伤害程度分类

事故发生后，根据事故给受伤害者带来的伤害程度及其劳动能力丧失的程度可将事故分为轻伤、重伤和死亡三种类型。

（1）轻伤事故　指损失工作日低于105日的失能伤害（受伤者暂时不能从事原岗位工作）的事故。

（2）重伤事故　指造成职工肢体残缺或视觉、听觉等器官受到严重损伤，一般能导致人体功能障碍长期存在的，或损失工作日等于和超过105日（小于6000日），劳动力有重大损失的失能伤害事故。

一般而言，凡有下列情形之一的，即为重伤事故：

① 经医生诊断已成为残废或可能成为残废的；

② 伤势严重，需要进行较大的手术才能抢救的；

③ 人体的要害部位严重烧伤、烫伤，或虽非要害部位，但烧伤、烫伤面积占全身面积的三分之一以上的；

④ 严重的骨折（胸骨、肋骨、脊椎骨、锁骨、肩胛骨、腕骨、腿骨和脚骨等部位因受伤引起的骨折），严重脑震荡等；

⑤ 眼部受伤较重，有失明可能的；

⑥ 大拇指轧断一节的；食指、中指、无名指、小指任何一指轧断两节或任何两指各轧断一节的；局部肌腱受伤甚剧，引起机能障碍，有不能自由伸曲的残废可能的；

⑦ 脚趾轧断三趾以上的；局部肌腱受伤甚剧引起机能障碍，有不能行走自如的残废可能的；

⑧ 内部伤害：内脏损伤、内出血或伤及胸膜的；

⑨ 凡不在上述范围以内的伤害，经医生诊断后，认为受伤较重，可根据实际情况参考上述各点，由企业提出初步意见，报当地劳动安全管理部门审查确定。

(3) 死亡事故　指事故发生后当即死亡（含急性中毒死亡）或负伤后在 30 天内死亡的事故。死亡的损失工作日为 6000 日（这是根据我国职工的平均退休年龄和平均死亡年龄计算出来的）。

二、按事故严重程度分类

按事故严重程度分类是根据事故造成的人员伤害程度及其受伤害人数来进行的。

(1) 轻伤事故　指在一次事故中只有轻伤发生的事故。

(2) 重伤事故　指在一次事故中有重伤（包括轻伤）但无死亡发生的事故。

(3) 一般事故　指一次死亡 1~2 人的事故；或一次重伤 1~9 人的事故。

(4) 较大事故　指一次死亡 3~9 人的事故；或一次重伤 10~49 人的事故。

(5) 重大事故　指一次死亡 10~29 人的事故；或一次重伤 49~100 人的事故。

(6) 特大事故　指一次死亡 30 人以上的事故；或一次重伤 100 人以上的事故。

三、按经济损失程度分类

根据一次事故造成的经济损失额（主要是直接经济损失），可对事故进行如下分类。

(1) 一般损失事故　指经济损失 100 万~1000 万的事故。

(2) 较大损失事故　指经济损失 1000 万~5000 万的事故。

(3) 重大损失事故　指经济损失 5000 万~1 亿的事故。

(4) 特大损失事故　指经济损失大于 1 亿的事故。

四、职业病危害事故分类

依照卫生部 2002 年 4 月 12 日颁布的《职业病危害事故调查处理

办法》，按一次职业病危害事故所造成的危害严重程度，职业病危害事故分为三类。

（1）一般事故　发生急性职业病 10 人以下的。

（2）重大事故　发生急性职业病 10 人以上 50 人以下或者死亡 5 人以下的，或者发生职业性炭疽 5 人以下的。

（3）特大事故　发生急性职业病 50 人以上或者死亡 5 人以上，或者发生职业性炭疽 5 人以上的。

五、特殊行业或领域的事故等级划分

1 火灾事故

（1）特大火灾　死亡 10 人以上（含本数，下同）；重伤 20 人以上；死亡、重伤 20 人以上；受灾 50 户以上；直接财产损失 100 万元以上。

（2）重大火灾　死亡 3 人以上；重伤 10 人以上；死亡、重伤 10 人以上；受灾 30 户以上；直接财产损失 30 万元以上。

（3）一般火灾　不具有前列两项情形的火灾。

2 航空飞行事故分类

根据《民用航空器飞行事故等级》（GB 14648－1993）以及民用航空器飞行事故调查程序，将飞行事故分为：特别重大飞行事故；重大飞行事故；一般飞行事故。

（1）特别重大飞行事故

① 人员死亡，死亡人数在 40 人及其以上者；

② 航空器失踪，机上人员在 40 人及其以上者。

（2）重大飞行事故

① 人员重伤，重伤人数在 10 人及其以上者；

② 最大起飞质量 2250kg（含）以下的航空器严重损坏，或迫降在无法运出的地方；

③ 最大起飞质量 2250～50000kg（含）的航空器一般损坏，其修复费用超过事故当时同型或同类可比新航空器价格的 10%（含）者；

④ 最大起飞质量 50000kg 以上的航空器一般损坏，其修复费用超过事故当时同型或同类可比新航空器价格的 5%（含）者。

（3）一般飞行事故　不在上面两类中的飞行事故。

❸ 触电事故分类

（1）特别重大事故

① 人身死亡事故一次达 50 人及以上者；

② 造成直接经济损失达 1000 万元及以上者；

③ 性质特别严重、经国务院电力管理部门认定为特大事故者。

（2）重大事故

① 人身死亡事故一次达 3 人及以上，或人身伤亡事故一次死亡与重伤达 10 人及以上者。

② 大面积停电造成减供负荷超过 200MW 者。

③ 造成发供电设备或施工机械严重损坏，直接经济损失达 150 万元者。

④ 25MW 及以上的发电设备，31.5MV·A 及以上的主变压器或大型、贵重的施工机械严重损坏，30 天内不能修复或修复后不能达到原来铭牌出力和安全水平者。

其他性质严重的事故，经省级电力管理部门认定为重大事故者。

（3）一般事故　除特大事故、重大事故以外的事故，均定为一般事故。

此外，道路交通事故事故严重程度分类分为轻微事故；一般事故；重大事故；特大事故；铁路交通事故事故严重程度分类分为一般事故；较大事故；重大事故和特别重大事故。

第三节　生产安全事故的报告

一、事故的报告要求

《安全生产事故报告和调查处理条例》第四条规定，事故报告应当及时、准确、完整，任何单位和个人对事故不得迟报、漏报、谎报或者瞒报。

（1）事故发生后，事故现场有关人员应当立即向本单位负责人报告；情况紧急时，事故现场有关人员可以直接向事故发生地县级以上人民政府安全生产监督管理部门和负有安全生产监督管理职责的有关部门报告。

（2）单位负责人接到报告后，应当于 1h 内向事故发生地县级以上人民政府安全生产监督管理部门和负有安全生产监督管理职责的有关部门报告。

（3）安全生产监督管理部门和负有安全生产监督管理职责的有关部门接到事故报告后，应当依照下列规定上报事故情况，并通知公安机关、劳动保障行政部门、工会和人民检察院，且每级上报的时间不超过 2h。

① 特别重大事故、重大事故逐级上报至国务院安全生产监督管理部门和负有安全生产监督管理职责的有关部门。

② 较大事故逐级上报至省、自治区、直辖市人民政府安全生产监督管理部门和负有安全生产监督管理职责的有关部门。

③ 一般事故上报至设区的市级人民政府安全生产监督管理部门和负有安全生产监督管理职责的有关部门。

（4）安全生产监督管理部门和负有安全生产监督管理职责的有关部门依照前款规定上报事故情况，应当同时报告本级人民政府。国务院安全生产监督管理部门和负有安全生产监督管理职责的有关部门以及省级人民政府接到发生特别重大事故、重大事故的报告后，应当立即报告国务院。

必要时，安全生产监督管理部门和负有安全生产监督管理职责的有关部门可以越级上报事故情况。

此外，2002 年 3 月 15 日卫生部发布的《职业病危害事故调查处理办法》规定了职业病危害事故报告要求规定，任何单位和个人不得以任何借口对职业病危害事故瞒报、虚报、漏报和迟报。

（1）发生职业病危害事故时，用人单位应当立即向所在地县级卫生行政部门和有关部门报告。

（2）县级卫生行政部门接到职业病危害事故报告后，应当实施紧急报告。

（3）特大和重大事故，应当立即向同级人民政府、省级卫生行政部门和卫生部报告。

（4）一般事故，应当于 6h 内向同级人民政府和上级卫生行政部门报告。

（5）接收遭受急性职业病危害劳动者的首诊医疗卫生机构，应当及时向所在地县级卫生行政部门报告。

（6）职业病危害事故报告的内容应当包括事故发生的地点、时间、发病情况、死亡人数、可能发生原因、已采取措施和发展趋势等。

二、报告事故应当包括的内容

（1）事故发生单位概况　事故发生单位概况应当包括单位的全称、所处地理位置、所有制形式和隶属关系、生产经营范围和规模、持有各类证照的情况、单位负责人的基本情况以及近期的生产经营状况等。当然，这些只是一般性要求，对于不同行业的企业，报告的内容应该根据实际情况来确定，但应当以全面、简洁为原则。

（2）事故发生的时间、地点以及事故现场情况　报告事故发生的时间应当具体，并尽量精确到分钟。报告事故发生的地点要准确，除事故发生的中心地点外，还应当报告事故所波及的区域。报告事故现场的情况应当全面，不仅应当报告现场的总体情况，还应当报告现场人员的伤亡情况、设备设施的毁损情况；不仅应当报告事故发生后的现场情况，还应当尽量报告事故发生前的现场情况，以便于前后比较，分析事故原因。

（3）事故的简要经过　事故的简要经过是对事故全过程的简要叙述。核心要求在于"全"和"简"，"全"是要全过程描述，"简"是要简单明了。需要强调的是，对事故经过的描述应当特别注意事故发生前作业场所有关人员和设备设施的一些细节，因为这些细节可能就是引发事故的重要原因。

（4）事故已经造成或者可能造成的伤亡人数（包括下落不明的人数）和初步估计的直接经济损失　对于人员伤亡情况的报告，应当遵守实事求是的原则，不进行无根据的猜测，更不能隐瞒实际伤亡人数，对可能造成的伤亡人数，要根据事故单位当班记录，尽可能准确报告。对直接经济损失的初步估算，主要指事故所导致的建筑物的毁损、生产设备设施和仪器仪表的损坏等。

（5）已经采取的措施　已经采取的措施主要是指事故现场有关人员、事故单位责任人、已经接到事故报告的安全生产管理部门为减少损失、防止事故扩大和便于事故调查所采取的应急救援和现场保护等具体措施。

（6）其他应当报告的情况　这是报告事故应当包括内容的兜底条款。对于其他应当报告的情况，根据实际情况具体确定。需要特别指出的是，《生产安全事故报告和调查处理条例》制定时考虑到事故原因往往需要进一步调查之后才能确定，为谨慎起见，没有将其列入应当报告的事项。但是，对于能够初步判定事故原因的，还是应当进行报告。

事故现场有关人员需要准确报告事故的时间、地点、人员伤亡的大体情况，事故单位负责人需要报告事故的简要经过、人员伤亡和损失情况以及已经采取的措施等，安全生产监督管理部门和负有安全生产监督管理职责的有关部门向上级部门报告事故情况需要严格按照《生产安全事故报告和调查处理条例》规定进行报告。

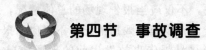

第四节　事故调查

一、事故调查原则

根据《安全生产法》第七十三条的规定，事故调查应当遵守以下原则。

（1）实事求是、尊重科学的原则　对事故的调查处理就是执法办案。它不仅要揭示事故发生的内外原因，找出事故发生的机理，研究事故发生的规律，制定预防重复发生事故的措施，做出事故性质和事故责任的认定，依法依责对有关责任人进行处理，而且据此为政府加强安全生产、防范重特大事故、实施宏观调控政策和对策提供科学的依据。这一切都源于事故调查的结论。差之毫厘，谬之千里。事故的结论正确与否，对后续工作的影响非常重大。因此，事故调查处理必须以事实为依据，以法律为准绳，严肃认真地对待，不得有丝毫的疏漏。

（2）"四不放过"的原则　即事故原因没有查清楚不放过，事故责任者没有受到处理不放过，群众没有受到教育不放过，防范措施没有落实不放过。这四条原则互相联系，相辅相成，成为一个预防事故再次发生的防范系统。

（3）公正、公开的原则　公正，就是实事求是，以事实为依据，以法律为准绳，既不准包庇事故责任人，也不得借机对事故责任人打击报复。更不得冤枉无辜；公开，就是对事故调查处理的结果要在一定范围内公开。它的作用主要有三点：一是能引起全社会对安全生产工作的重视；二是能使较大范围的干部群众吸取事故的教训；三是挽回事故的影响。

（4）分级管辖的原则　事故的调查处理是依照事故的分类级别来进行的。根据目前我国有关法律、法规的规定，事故调查和处理分别依据《安全生产事故报告和调查处理条例》（国务院 493 号令）进行。

二、事故调查工作职责划分

事故调查工作实行"政府领导，分级负责"的原则。这样规定有利于进一步落实各级政府安全生产行政首长负责制；有利于加强安全生产监督管理工作；有利于事故调查的公正，减少或者避免地方或者部门保护；有利于准确认定事故原因，吸取事故教训；有利于追究事故责任，避免事故再次发生。

特别重大事故由国务院或者国务院授权有关部门组织事故调查组进行调查。重大事故、较大事故、一般事故分别由事故发生地省级人民政府、设区的市级人民政府、县级人民政府负责调查。省级人民政府、设区的市级人民政府、县级人民政府可以直接组织事故调查组进行调查，也可以授权或者委托有关部门组织事故调查组进行调查。未造成人员伤亡的一般事故，县级人民政府也可以委托事故发生单位组织事故调查组进行调查。

三、事故调查组的组成

事故调查组成员的基本条件为：一是具有事故调查所需要的知识和专长，包括专业技术知识、法律知识等。二是与所调查的事故没有利害关系，主要是为了保证事故调查的公正性。即事故调查组成员与事故发生单位没有直接利害关系。事故调查组成员与事故发生单位的主要负责人、主管人员、有关负责人没有直接利害关系。

事故调查组的组成要精简、效能，这是缩短事故处理时限，降低事故调查处理成本，尽最大可能提高工作效率的前提。根据事故的具体情况，事故调查组由有关人民政府、安全生产监督管理部门、负有安全生产监督管理职责的有关部门、监察机关、公安机关以及工会派人组成，并应当邀请人民检察院派人参加。

事故调查组组长由负责事故调查的人民政府指定。由政府授权有关部门组织事故调查组进行事故调查的，其事故调查组组长可以由有关人民政府指定，也可以由授权组织事故调查组的有关部门指定。事故调查组的内部机构一般为：设事故调查组组长1名；根据事故具体情况和事故等级，设副组长1～3名，一般等级事故可只设组长1名；重大、特别重大事故在调查时，可设置具体工作小组，负责某一方面的具体调查工作。

事故调查组组长主持事故调查组工作，具体职责是：全过程领导事故调查工作；主持事故调查会议，确定事故调查组各小组职责和事故调查组成员的分工；协调事故调查工作中的重大问题，对事故调查中的分歧意见作出决策等。

四、事故调查的基本程序

❶ 成立事故调查小组

轻伤事故，由企业负责人或其指定人员组织生产、技术、安全等有关人员以及工会成员参加的事故调查组，进行调查。重伤及死亡事故，由企业主管部门会同企业所在地设区的政府安监部门、公安部门、工会等组成事故调查组，进行调查。

❷ 事故调查物质准备

事故调查的物质准备主要包括事故调查所用的资金、工具、仪器设备等。事故调查需要一定的资金来支持调查的交通、办公、食宿等费用；一般的调查用品比如手套、放大镜、照相机、录音机、录像机等。此外，根据需要，还应准备一些专用检测仪器设备，如辐射、浓度检测。

❸ 事故现场处理

在完成了抢险任务之后，事故现场的主要工作就转移到了事故现场保护。事故调查人员达到现场之后，事故现场的保护工作主要由事故调查小组负责。

事故现场可能有企业职工、附近居民、各方救险人员等，为保证调查小组抵达现场之前，不致因对现场保护不利而丢失重要的证据，企业经理及中层管理人员与当地警察和其他执法部门一起做好现场保护工作。一旦事故调查小组到达现场，现场保护工作转由事故调查小组主要负责。

现场保护工作，除必要的抢救和事故隐患处理工作之外，应尽量使现场原封不动。如需移动或处理现场物品，应事先拍照、在原地作出标志等。

现场保护的另一个重要方面是有关目击证人的保护。事故调查小组应保留足够的典型目击证人，既包括事故的相关人员，还应包括事故的旁观者。

❹ 事故现场勘查与物证获取

事故现场勘查是事故现场调查的中心环节，主要目的是查明事故总体情况，包括事故发生的过程、造成的后果，获取事故初步线索，采集重要证据，并对事故的原因做出初步调查。现场勘查要求全面细致。勘查人员要把现场的全貌、重要的物证收集、记录下来，对于已变动的现场证据要认真核对，去伪存真，不要被假象所迷惑。此外，事故现场勘查还要通过对事故现场目击证人，获得事故现场的有关资料。

事故现场勘查要获得以下证据和资料。

（1）现场物证　包括破损部件、碎片、残留物、致害物及其具体位置。每件物品都应保持原样和贴上标签，注明时间、地点和管理者。物件应保持原样，不得擦洗。对于其中危害人体健康的物品，要采取不损坏原始证据的安全防护措施。

（2）现场拍摄资料　包括显示残骸和受害者出事原地的所有照片，可能被清除或被践踏的痕迹，如刹车痕、地面与建筑物上的痕迹、火灾引起的损害、冒顶下落的空间以及事故现场全貌的照片。

（3）绘制事故示意图　如事故现场示意图、流程图、受害者位置图等，这样可以从事故混乱纷杂现场中突出事故原因、过程和事故后果，为事故的分析提供更明晰的证据资料。

（4）与事故鉴别、分析有直接关系的资料　包括发生事故的单位、地点、时间；受害者和肇事者的姓名、性别、年龄、文化程度、职业、技术等级、工龄、本工种工龄、支付工资的形式；受害人和肇事者的技术情况、接受安全教育的情况；出事当天，受害人和肇事者开始工作的时间、工作内容、工作量、作业程序、操作时的动作或位置、姿势等；受害人和肇事者过去的事故记录。

❺ **其他有关事故资料收集**

处理从现场获取资料与证据外，还应获得与事故有关的其他资料。

（1）事故发生前设备、设施、工具等的性能和质量情况。

（2）使用的材料，必要时可对其进行物理或化学性能的试验与分析。

（3）有关设计和工艺方面的技术文件、工作指令和规章制度等方面的资料及执行情况。

（4）有关工作环境方面的状况，包括照明、湿度、温度、通风、声响、色彩度、道路、工作面状况以及工作环境中的有毒、有害物质取样分析记录。

（5）个人防护措施状况，如质量、规格、式样等。

（6）出事前受害人和肇事者的健康状况。

（7）其他可能与事故致因有关的细节或因素。

❻ **事故分析**

（1）事故致因与验证

事故原因分析要从导致事故的直接原因与间接原因两个层次进行。事故的直接原因有物的不安全状态和人的不安全行为。而间接原因是指产生事故直接原因的原因。除此之外，事故的致因还可分为技术的和管理的。因此事故的分析过程中，事故调查小组可分为专业技术小组和管理小组，分别给出事故的技术原因与管理原因。

通过调查取证、专家分析得出事故原因的结论。由于事故发生的条件复杂、加之事故本身对事故致因证据的破坏与销毁（如火灾），所以，很多情况下，事故的致因是推测性的，为了增加事故致因分析的可靠性，有时需要对事故的致因分析进行验证。验证的主要手段就是模拟试验，即根据模拟实际生产工艺，加入推定的事故致因条件验证事故结果。

（2）事故责任分析　事故分析另一个方面是事故责任认定。通过对事故技术原因的分析，如操作不熟练、操作失误、设计问题、加工缺陷等，可以确定事故的直接肇事者，即确认事故的直接责任者。通过管理原因的分析，如对工人的培训、安全管理规章制度的制定、违章指挥等，找出管理者的责任。

（3）事故经济损失计算　事故分析的另一个方面是事故损失。事故损失包括直接损失和间接损失，直接损失是指与事故有直接关系的损失，包括事故所造成的设备设施损失，人员伤亡赔偿等；间接损失包括事故引起的停产、支付受伤人员的工资、环境恢复费等。科学准确地分析事故损失，可为事故的善后赔偿处理给出合理依据，为事后生产的恢复作出科学预算打下基础。

❼ 编写事故调查报告

所有的事故调查过程、事故致因、责任确认、事故损失等均通过事故调查报告得以总结。一般而言，事故调查报告包括以下项目。

（1）事故发生单位概况。

（2）事故发生经过和事故救援情况。

（3）事故造成的人员伤亡和直接经济损失。

（4）事故发生的原因和事故性质。

（5）事故责任的认定以及对事故责任者的处理建议。

（6）事故防范和整改措施。

事故调查报告应当附具有关证据材料。事故调查组成员应当在事故调查报告上签名。

⑧ 事故调查报告的归档

五、事故原因分析

在我国，进行事故调查分析原因时，主要依据国家标准《企业职工伤亡事故调查分析规则》（GB 6442—1986）。在标准中，对一起事故的原因分析，通常有两个层次，即直接原因和间接原因。在分析事故时，应先从直接原因入手，逐步分析到间接原因，从而掌握事故的全部原因，再分清主次，进行责任分析。

（一）事故原因分析时应明确的内容

（1）在事故发生之前存在什么样的不正常。

（2）不正常的状态是在哪儿发生的。

（3）在什么时候首先注意到不正常状态。

（4）不正常状态是如何发生的。

（5）事故为什么会发生。

（6）分析可选择的事件发生顺序。

（二）事故原因分析的基本步骤

① 整理和阅读调查材料，按以下 8 项内容进行分析

（1）受伤部位；

（2）受伤性质；

（3）起因物；

（4）致害物；

（5）伤害方式；

（6）不安全状态；

（7）不安全行为；

（8）管理缺陷。

② 事故直接原因的分析

在《企业职工伤亡事故调查分析规则》（GB 6442—1986）中规

定属于机械、物质或环境的不安全状态或人的不安全行为为直接原因。在《企业职工伤亡事故分类》（GB 6441—1986）中有具体规定。主要如下。

（1）机械、物质或环境的不安全状态

① 防护、保险、信号缺乏或有缺陷：无防护或防护不当。

② 设备、设施、工具、附件有缺陷，如设计不当、结构不合安全要求；强度不够；设备在非正常状态下运行；维修调整不良等。

③ 个人防护用品用具缺少或有缺陷。

④ 生产场地环境不良。

（2）人的不安全行为

① 操作错误，忽视安全，忽视警告。

② 造成安全装置失效。

③ 使用不安全设备。

④ 手代替工具操作。

⑤ 物体存放不当。

⑥ 冒险进入危险场所。

⑦ 攀、坐不安全位置。

⑧ 在起吊物下作业、停留。

⑨ 机器运转时加油、修理、检查、调整、焊接、清扫等工作。

⑩ 有分散注意力的行为。

⑪ 在必须使用个人防护用品用具的作业或场合中，忽视其使用。

⑫ 不安全装束。

⑬ 对易燃、易爆等危险品处理错误。

❸ 事故间接原因的分析

在《企业职工伤亡事故调查分析规则》（GB 6442—1986）中规定属于下列情况者为间接原因：

（1）技术和设计上有缺陷——工业构件、建筑物、机械设备、仪器仪表、工艺过程、操作方法、维修检验等的设计、施工和材料使用存在问题。

（2）教育培训不够，未经培训，缺乏或不懂安全操作技术知识。

（3）劳动组织不合理。

（4）对现场工作缺乏检查或指导错误。

（5）没有安全操作规程或指导错误。

（6）没有或不认真实施事故防范措施；对事故隐患整改不力。

（7）其他（如应急预案不完善，安全投入不到位，员工安全意识差及企业安全管理混乱等）。

六、事故经济损失计算

我国事故经济损失的计算方法依据 1987 年开始实施的国家标准《企业职工伤亡事故经济损失统计标准》（GB 6721—1986）。该标准将因事故造成的人身伤亡即善后处理所支出的费用，以及被损坏财产的价值规定为直接经济损失；把因事故导致的停产减产损失、资源的破坏和受事故影响造成的其他损失规定为间接损失。

❶ 伤亡事故直接经济损失

（1）人身伤亡后支出费用，包括：医疗费（含护理费）、丧葬及抚恤费、补助及救济费、歇工工资。

（2）善后处理费用，包括：处理事故的事务性费用、现场抢救费、清理现场费用、事故罚款及赔偿费用。

（3）财产损失价值，包括：固定资产损失价值、流动资产损失价值。

❷ 伤亡事故间接经济损失

（1）停工停产损失价值。

（2）工作损失价值。

工作损失可按下式计算：

$$L = D \frac{M}{SD_0}$$

式中　L——工作损失价值，万元；

　　　D——损失工作日数，日；

　　　S——企业上年平均职工人数，人；

　　　D_0——企业上年法定工作日数，日。

（3）资源损失价值。

（4）处理环境污染费用。

（5）其他损失费用。

❸ 事故经济损失统计指标

（1）千人经济损失率　企业千人经济损失率反映了企业由于人的因素对事故损失影响的大小，企业与往年及同类企业比较该指标，可以了解自身企业职工安全素质水平的高低。千人经济损失率是指企业每1000名职工发生事故所造成的经济损失，其计算公式是：

$$R_M = \frac{L}{N} \times 1000$$

式中　R_M——千人经济损失率，万元/千人；

　　　L——企业全年内事故经济损失，万元；

　　　N——企业在册职工人数。

（2）百万元产值经济损失率　百万元产值经济损失率综合反映了企业人员安全素质、设备安全技术水平及安全管理综合水平。百万元产值经济损失率是指企业每创造百万元产值所伴随的事故经济损失。其计算公式是：

$$R_V = \frac{L}{P_E} \times 100$$

式中　R_V——百万元产值经济损失率，万元/百万元；

　　　L——全年事故总经济损失，万元；

　　　P_E——企业全年总产值，万元。

 第五节　事故责任处理与结案

一、事故性质认定

事故发生后，在进行事故调查的过程中，事故性质的认定是很重要的一个方面。依据国家法规和标准，按事故的性质分为责任事故和

非责任事故（自然事故、技术事故）。

二、事故责任的划分

在《安全生产法》第十三条明确规定："国家实行生产安全事故责任追究制度，依照本法和有关法律、法规的规定，追究生产安全事故责任人员的法律责任。"

❶ 事故责任的分类

为了准确地实行处罚，必须根据事故调查所确认的事实，分清事故责任。

（1）直接责任者 指其行为与事故的发生有直接关系的人员。主要是指违反安全生产责任制和操作规程；违反劳动纪律、擅自开动机械设备或擅自更改、拆除、毁坏、挪用安全装置和设备，造成伤亡事故的。

（2）主要责任者 指对事故的发生起主要作用的人员。主要指违章指挥或监护失误、指挥错误等造成伤亡事故的。

（3）领导责任者 指对事故的发生负有领导责任的人员。

有下列情况之一时，有关领导应负领导责任：

① 由于安全生产规章、责任制度和操作规程不健全，职工无章可循，造成伤亡事故的；

② 安全投入不到位，造成伤亡事故的；

③ 未按规定对职工进行安全教育和技术培训，或职工未经考试合格上岗操作造成伤亡事故的；

④ 应急预案不健全或应急管理失效，造成伤亡事故扩大的；

⑤ 机械设备超过检修期限或超负荷运行，或因设备有缺陷又不采取措施，造成伤亡事故的；

⑥ 作业环境不安全，又未采取措施，造成伤亡事故的；

⑦ 基本建设工程和技术改造项目中，尘毒治理和安全设施不与主体工程同时设计、审批，同时施工，同时验收、投产使用，造成伤亡事故的；

⑧ 发生事故未及时上报，引起事故扩大的。

根据事故责任的大小，对事故责任者进行不同程度的处罚，处罚的形式有行政处罚、经济处罚和刑事处罚。

❷ 事故责任分析的步骤

（1）按照事故调查确认的事实。

（2）按照有关组织管理（劳动组织、规程标准、规章制度、教育培训、操作方法）及生产技术因素（如规划设计、施工、安装、维护检修、生产指标），追究最初造成不安全状态（事故隐患）的责任。

（3）按照有关技术规定的性质、明确程度、技术难度，追究属于明显违反技术规定的责任，不追究属于未知领域的责任。

（4）根据事故后果（性质轻重、损失大小）和责任者应负的责任以及认识态度（抢救和防治事故扩大的态度、对调查事故的态度和表现）提出处理意见。

三、安全生产实行责任追究的基本规定

（1）《安全生产法》第十三条规定，国家实行生产安全事故责任追究制度，依照本法和有关法律、法规的规定，追究生产安全事故责任人员的责任。

（2）《刑法》第一百三十四条规定，在生产、作业中违反有关安全管理的规定，因而发生重大伤亡事故或者造成其他严重后果的，处3年以下有期徒刑或者拘役；情节特别恶劣的，处3年以上7年以下有期徒刑。强令他人违章冒险作业，因而发生重大伤亡事故或者造成其他严重后果的，处5年以下有期徒刑或者拘役；情节特别恶劣的，处5年以上有期徒刑。

（3）《刑法》第三百九十七条规定，国家机关工作人员滥用职权或者玩忽职守，致使公共财产、国家和人民利益遭受重大损失的，处3年以下有期徒刑或者拘役；情节特别严重的，处3年以上7年以下有期徒刑。本法另有规定的，依照规定执行。

四、安全生产责任追究的具体规定

❶ 政府及其领导干部安全生产责任追究的主要规定

（1）《国务院关于特大安全事故行政责任追究的规定》（国务院第

302 号令）第二条规定，地方人民政府主要领导人和政府有关部门正职负责人对下列特大安全事故的防范、发生，依照法律、行政法规和本规定的规定有失职、渎职情形或者负有领导责任的，依照本规定给予行政处分；构成玩忽职守罪或者其他罪的，依法追究刑事责任。

① 特大火灾事故；

② 特大交通安全事故；

③ 特大建筑质量安全事故；

④ 民用爆炸物品和化学危险品特大安全事故；

⑤ 煤矿和其他矿山特大安全事故；

⑥ 锅炉、压力容器、压力管道和特种设备特大安全事故；

⑦ 其他特大安全事故。

地方人民政府和政府有关部门对特大安全事故的防范、发生直接负责的主管人员和其他直接责任人员，比照本规定给予行政处分；构成玩忽职守罪或者其他罪的，依法追究刑事责任。

（2）《国务院关于特大安全事故行政责任追究的规定》（国务院第 302 号令）第十四条规定，市（地、州）、县（市、区）人民政府依照本规定应当履行职责而未履行，或者未按照规定的职责和程序履行，本地区发生特大安全事故的，对政府主要领导人，根据情节轻重，给予降级或者撤职的行政处分，构成玩忽职守罪的，依法追究刑事责任。

（3）《国务院关于特大安全事故行政责任追究的规定》（国务院第 302 号令）第十五条规定，发生特大安全事故，社会影响特别恶劣或者性质特别严重的，由国务院对负有领导责任的省长、自治区主席、直辖市市长和国务院有关部门正职负责人给予行政处分。

（4）《国务院关于特大安全事故行政责任追究的规定》（国务院第 302 号令）第十六条规定，特大安全事故发生后，有关县（市、区）、市（地、州）和省、自治区、直辖市人民政府及政府有关部门应当按照国家规定的程序和时限立即上报，不得隐瞒不报、谎报或者拖延报告，并应当配合、协助事故调查，不得以任何方式阻碍、干涉事故调查。

特大安全事故发生后，有关地方人民政府及政府有关部门违反前款规定的，对政府主要领导人和政府部门正职负责人给予降级的行政处分。

(5)《安全生产法》第九十二条规定，有关地方人民政府、负有安全生产监督管理职责的部门，对生产安全事故隐瞒不报，对直接负责的主管人员和其他直接责任人员依法给予行政处分；构成犯罪的，依照刑法有关规定追究刑事责任。

(6)《国务院关于特大安全事故行政责任追究的规定》（国务院第302号令）第二十条规定，地方人民政府或者政府部门阻挠、干涉对特大安全事故有关责任人员追究行政责任的，对该地方人民政府主要领导人或者政府部门正职负责人，根据情节轻重，给予降级或者撤职的行政处分。

(7)《国务院关于特大安全事故行政责任追究的规定》（国务院第302号令）第十一条规定，依法对涉及安全生产事项负责行政审批（包括批准、核准、许可、注册、认证、颁发证照、竣工验收等，下同）的政府部门或者机构，必须严格依照法律、法规和规章规定的安全条件和程序进行审查，不符合法律、法规和规章规定的安全条件，不得批准；不符合法律、法规和规章规定的安全条件，弄虚作假，骗取批准或者勾结串通行政审批工作人员取得批准的，负责行政审批的政府部门或者机构除必须立即撤销原批准外，应当对弄虚作假骗取批准或者勾结串通行政审批工作人员的当事人依法给予行政处罚，构成行贿罪或者其他罪的，依法追究刑事责任。

负责行政审批的政府部门或者机构违反前款规定，对不符合法规和规章规定的安全条件予以批准的，对部门或者机构的正职负责人，根据情节轻重，给予降级、撤职直至开除公职的行政处分，与当事人勾结串通的，应当开除公职；构成受贿罪、玩忽职守罪或者其他罪的，依法追究刑事责任。

(8)《国务院关于特大安全事故行政责任追究的规定》（国务院第302号令）第十二条规定，对依照本规定第十一条第一款的规定取得批准的单位和个人，负责行政审批的政府部门或者机构必须对其实施严格监督检查，发现不再具备安全条件，必须立即撤销原批准。

负责行政审批的政府部门或者机构违反前款规定，不对取得批准的单位和个人实施严格监督检查，或者发现其不再具备安全条件而不立即撤销原批准的，对部门或者机构的正职负责人，根据情节轻重，给予降级或者撤职的行政处分；构成受贿罪、玩忽职守罪或者其他罪的，依法追究刑事责任。

（9）《国务院关于特大安全事故行政责任追究的规定》（国务院第302号令）第十四条第二款规定：负责行政审批的政府部门或者机构、负责安全监督管理的政府有关部门，未依照本规定履行职责，发生特大安全事故的，对部门或者机构的正职负责人，根据情节轻重，给予撤职或者开除公职的行政处分。构成玩忽职守罪或者其他罪的，依法追究刑事责任。

（10）《安全生产法》第七十七条规定，负有安全生产监督管理职责的部门的工作人员，有下列行为之一的，给予降级或者撤职的行政处分；构成犯罪的，依照刑法有关规定追究刑事责任：

① 对不符合法定安全生产条件的涉及安全生产的事项予以批准或者验收通过的；

② 发现未依法取得批准、验收的单位擅自从事有关活动或者接到举报后不予取缔或者不依法予以处理的；

③ 对已经依法取得批准的单位不履行监督管理职责，发现其不再具备安全生产条件而不撤销原批准或者发现安全生产违法行为不予查处的。

（11）《安全生产法》第七十八条规定，负有安全生产监督管理职责的部门，要求被审查、验收的单位购买其指定的安全设备、器材或者产品的，在对安全生产事项的审查、验收中收取费用的，由其上级机关或者监察机关责令改正。责令退还收取费用；情节严重的，对直接负责的主管人员和其他直接责任人员依法给予行政处分。

（12）《安全生产法》第九十二条规定，有关地方人民政府、负有安全生产监督管理职责的部门，对生产安全事故隐瞒不报、谎报或者拖延不报的，对直接负责的主管人员和其他直接责任人员依法给予行政处分；构成犯罪的，依照刑法有关规定追究刑事责任。

（13）《宪法》第四十一条规定，由于国家机关工作人员侵犯公民权利而受到损失的人，有依照法律规定取得赔偿的权利。

（14）《安全生产行政复议暂行办法》第三十条规定，安全生产行政复议机关违反本办法规定，无正当理由不予受理依法提出的行政复议申请或者不按规定转送行政复议申请的，或者在法定期限内不做出行政复议决定的，对直接负责的主管人员和其他直接责任人员依法给予警告、记过、记大过的行政处分；经责令受理仍不受理或者不按照规定转送行政复议申请，造成严重后果的，依法给予降级、撤职、开除的行政处分。

（15）《安全生产行政复议暂行办法》第三十一条规定，安全生产行政复议机关工作人员在行政复议活动中，徇私舞弊或者有其他渎职、失职行为的，依法给予警告、记过、记大过的行政处分，情节严重的，依法给予降级、撤职、开除的行政处分，构成犯罪的，依法追究刑事责任。

（16）《安全生产行政复议暂行办法》第三十四条规定，安全生产行政复议机构发现有无正当理由不予受理行政复议申请、不按规定期限做出行政复议决定、徇私舞弊、对申请人打击报复或者不履行行政复议决定等情形的，应当向安全生产监督管理部门提出建议，安全生产监督管理部门应当依照《行政复议法》和有关法律、行政法规的规定做出处理。

❷ 中介机构责任追究的主要规定

（1）《安全生产法》第七十九条规定，承担安全评价、认证、检测、检验工作的机构，出具虚假证明，构成犯罪的，依照刑法有关规定追究刑事责任；尚不够刑事处罚的，没收违法所得，违法所得5000元以上的，并处违法所得2倍以上5倍以下的罚款，没有违法所得或违法所得不足5000元的，单处或者并处5000元以上2万元以下的罚款，对其直接负责的主管人员和其他直接责任人员处5000元以上5万元以下的罚款；给他人造成损害的，与生产经营单位承担连带赔偿责任。对有前款违法行为的机构，撤销其相应的资格。

（2）《特种设备安全监察条例》第八十一条规定，特种设备检验检测机构，有下列情形之一的，由特种设备安全监督管理部门处2万元以上10万元以下罚款；情节严重的，撤销其检验检测资格。

① 检验检测工作不符合安全技术规范的要求。

② 聘用未经特种设备安全监督管理部门组织考核合格并取得检验检测人员证书的人员，从事相关检验检测工作的。

③ 在进行特种设备检验检测中，发现严重事故隐患，未及时告知特种设备使用单位，并立即向特种设备安全监督管理部报告的。

《特种设备安全监察条例》第八十二条规定，已经取得许可、核准的特种设备生产单位、检验检测机构有下列行为之一的，由特种设备安全监督管理部门责令改正，处 2 万元以上 10 万元以下罚款；情节严重的，撤销其相应资格：

① 未按照安全技术规范的要求办理许可证变更手续的；

② 不再符合本条例规定或者安全技术规范要求的条件，继续从事特种设备生产、检验检测的；

③ 未依照本条例规定或者安全技术规范要求进行特种设备生产、检验检测的；

④ 伪造、变造、出租、出借、转让许可证书或者监督检验报告的。

（3）《职业病防治法》第七十四条规定，职业病诊断鉴定委员会组成人员收受职业病诊断争议当事人的财物或者其他好处的，给予警告，没收收受的财物，可以并处 3000 元以上 5 万元以下的罚款，取消其担任职业病诊断鉴定委员会组成人员的资格，并从省、自治区、直辖市人民政府卫生行政部门设立的专家库中予以除名。

3. 生产经营单位及负责人安全生产责任追究的主要规定

（1）《安全生产法》第八十条规定，生产经营单位的决策机构、主要负责人、个人经营的投资人不依照本法规定保证安全生产所必需的资金投入，致使生产经营单位不具备安全生产条件的，责令限期改正，提供必需的资金；逾期未改正的，责令生产经营单位停产停业整顿。

有前款违法行为，导致发生生产安全事故，构成犯罪的，依照刑法有关规定追究刑事责任，尚不够刑事处罚的，对生产经营单位的主要负责人给予撤职处分，对个人经营的投资人处 2 万元以上 20 万元以下的罚款。

（2）《安全生产法》第八十一条规定，生产经营的主要负责人未履行本法规定的安全生产管理职责的，责令限期改正；逾期未改正的，责令生产经营单位停产停业整顿。

生产经营单位的主要负责人有前款违法行为导致发生生产安全事故，构成犯罪的，依照刑法有关规定追究刑事责任；尚不够刑事处罚的，给予撤职处分或者处 2 万元以上 20 万元以下的罚款。

生产经营单位的主要负责人依照前款规定受刑事处罚或者撤职处分的，自刑罚执行完毕或者受处分之日起，5 年内不得担任任何生产经营单位的主要负责人。

（3）《安全生产法》第八十二条规定，生产经营单位有下列行为之一的，责令限期改正；逾期未改正的，责令停产停业整顿，可以并处 2 万元以下的罚款：

① 未按照规定设立安全生产管理机构或者配备安全生产管理人员的；

② 危险物品的生产、经营、储存单位以及矿山、建筑施工单位的主要负责人和安全生产管理人员未按照规定经考核合格的；

③ 未按照本法第二十一条、第二十二条的规定对从业人员进行安全生产教育和培训，或者未按照本法第三十六条的规定如实告知从业人员有关的安全生产事项的；

④ 特种作业人员未按照规定经专门的安全作业培训并取得特种作业操作资格证书，上岗作业的。

（4）《安全生产法》第八十三条规定，生产经营单位有下列行为之一的，责令限期改正；逾期未改正的，责令停止建设或者停产停业整顿，可以并处 5 万元以下的罚款；造成严重后果，构成犯罪的，依照刑法有关规定追究刑事责任：

① 矿山建设项目或者用于生产、储存危险物品的建设项目没有安全设施设计或者安全设施设计未按照规定报经有关部门审查同意的；

② 矿山建设项目或者用于生产、储存危险物品的建设项目的施工单位未按照批准的安全设施设计施工的；

③ 矿山建设项目或者用于生产、储存危险物品的建设项目竣工投入生产或者使用前，安全设施未经验收合格的；

④ 未在有较大危险因素的生产经营场所和有关设施、设备上设

第六章　事故报告、调查与处理

置明显的安全警示标志的；

⑤ 安全设备的安装、使用、检测、改造和报废不符合国家标准或者行业标准的；

⑥ 未对安全设备进行经常性维护、保养和定期检测的；

⑦ 未为从业人员提供符合国家标准或者行业标准的劳动防护用品的；

⑧ 特种设备以及危险物品的容器、运输工具未经取得专业资质的机构检测、检验合格，取得安全使用证或者安全标志，投入的；

⑨ 使用国家明令淘汰、禁止使用的危及生产安全的工艺、设备的。

（5）《安全生产法》第八十四条规定，未经依法批准，擅自生产、经营、储存危险物品的，责令停止违法行为或者予以关闭，没收违法所得，违法所得 10 万元以上的，并处违法所得 1 倍以上 5 倍以下的罚款，没有违法所得或者违法所得不足 10 万元的，单处或者并处 2 万元以上 10 万元以下的罚款；造成严重后果，构成犯罪的，依照刑法有关规定追究刑事责任。

（6）《安全生产法》第八十五条规定，生产经营单位有下列行为之一的，责令限期改正；逾期未改正的，责令停产停业整顿，可以并处 2 万元以上 10 万元以下的罚款；造成严重后果，构成犯罪的，依照刑法有关规定追究刑事责任：

① 生产、经营、储存、使用危险物品，未建立专门安全管理制度、未采取可靠的安全措施或者不接受有关主管部门依法实施的监督管理的；

② 对重大危险源未登记建档，或者未进行评估、监控，或者未制定应急预案的；

③ 进行爆破、吊装等危险作业，未安排专门管理人员进行现场安全管理的。

（7）《安全生产法》第八十六条规定，生产经营单位将生产经营项目、场所、设备发包或者出租给不具备安全生产条件或者相应资质的单位或者个人的，责令限期改正，没收违法所得；违法所得 5 万元以上的，并处违法所得 1 倍以上 5 倍以下的罚款；没有违法所得或者违法所得不足 5 万元，单处或者并处 1 万元以上 5 万元以下的罚款。导致发生生产安全事故给他人造成损害的，与承包方、承租方承担连带赔偿责任。

生产经营单位未与承包单位、承租单位签订专门的安全生产管理协议或者未在承包合同、租赁合同中明确各自的安全管理职责，或者未对承包单位、承租单位的安全生产统一协调、管理的，责令限期改正，逾期未改正的，责令停产停业整顿。

(8)《安全生产法》第八十七条规定，两个以上生产经营单位在同一作业区域内进行可能危及对方安全生产的生产经营活动，未签订安全生产管理协议或者未指定专职安全生产管理人员进行安全检查与协调的，责令限期改正，逾期未改正的，责令停产停业。

(9)《安全生产法》第八十八条规定，生产经营单位有下列行为之一的，责令限期改正；逾期未改正的，责令停产停业整顿；造成严重后果，构成犯罪的，依照刑法有关规定追究刑事责任：

① 生产、经营、储存、使用危险物品的车间、商店、仓库与员工宿舍在同一座建筑内，或者与员工宿舍的距离不符合安全要求的；

② 生产经营场所和员工宿舍未设有符合紧急疏散需要、标志明显、保持畅通的出口，或者封闭、堵塞生产经营场所或者员工宿舍出口的。

(10)《安全生产法》第八十九条规定，生产经营单位与从业人员订立协议，免除或者减轻其对从业人员因生产安全事故伤亡依法应承担的责任的，该协议无效；对生产经营单位的主要负责人、个人经营的投资人处 2 万元以上 10 万元以下的罚款。

(11)《安全生产法》第九十一条规定，生产经营单位主要负责人在本单位发生重大生产安全事故时，不立即组织抢救或者在事故调查处理期间擅离职守或者逃匿的，给予降职、撤职的处分，对逃匿的处 15 日以下拘留；构成犯罪的，依照刑法有关规定追究刑事责任。

生产经营单位主要负责人对生产安全事故隐瞒不报、谎报或者拖延不报的，依照前款规定处罚。

(12)《安全生产法》第九十三条规定，生产经营单位不具备本法

第六章　事故报告、调查与处理

213

和其他有关法律、行政法规和国家标准或者行业标准规定的安全生产条件，经停产停业整顿仍不具备安全生产条件的，予以关闭；有关部门应当依法吊销其有关证照。

（13）《安全生产法》第九十五条规定，生产经营单位发生生产安全事故造成人员伤亡、他人财产损失的，应当依法承担赔偿责任，拒不承担或者其负责人逃匿的，由人民法院依法强制执行。

生产安全事故的责任人未依法承担赔偿责任，经人民法院依法采取执行措施后，仍不能对受害人给予足额赔偿的，应当继续履行赔偿义务，受害人发现责任人有其他财产的，可以随时请求人民法院执行。

❹ 从业人员安全生产责任追究的主要规定

（1）《安全生产法》第九十条规定，生产经营单位的从业人员不服从管理，违反安全生产规章制度或者操作规程的，由生产经营单位给予批评教育，依照有关规章制度给予处分，造成重大事故，构成犯罪的，依照刑法有关规定追究刑事责任。

（2）《企业职工奖惩条例》（1982年4月10日国务院发布，下同）第十一条规定，对于有下列行为之一的职工，经批评教育不改的，应当分别情况给予行政处分或者经济处罚：

玩忽职守，违反技术操作规程和安全规程，或者违章指挥，造成事故，使人民生命、财产遭受损失的。

职工有上述行为，情节严重，触犯刑律的，由司法机关依法惩处。

（3）《企业职工奖惩条例》第十二条规定，对职工的行政处分分为：警告、记过、记大过、降级、撤职、留用察看、开除。在给予上述行政处分的同时，可以给予一次性罚款。

（4）《企业职工奖惩条例》第十二条规定，对职工给予留用察看处分，察看期限为一至二年，留用察看期间停发工资，发给生活费。生活费标准应低于本人原工资，由企业根据情况确定。留用察看期满以后，表现好的，恢复为正式职工，重新评定工资，表现不好的，予以开除。

（5）《企业职工奖惩条例》第十五条规定，对于受到撤职处分的职工，必要的时候，可以同时降低其工资级别。给予职工降级的处分，降级的幅度一般为一级，最多不要超过两级。

（6）《企业职工奖惩条例》第十六条规定，对职工罚款的金额由企业决定，一般不要超过本人月标准工资的20%。

（7）《企业职工奖惩条例》第十七条规定，对于有第十一条第（3）项的职工，应责令其赔偿经济损失。赔偿经济损失的金额，由企业根据具体情况确定，从职工本人的工资中扣除，但每月扣除的金额一般不要超过本人月标准工资的20%。如果能够迅速改正错误，表现良好的，赔偿金额可以酌情减少。

❺ 《生产事故报告和调查处理条例》有关惩处违法行为方面的规定

（1）事故发生单位主要负责人有下列行为之一的，处上一年年收入40%～80%的罚款；属于国家工作人员的，并依法给予处分；构成犯罪的，依法追究刑事责任：

① 不立即组织事故抢救的；

② 迟报或者漏报事故的；

③ 在事故调查处理期间擅离职守的。

（2）事故发生单位及其有关人员有下列行为之一的，对事故发生单位处100万元以上500万元以下的罚款；对主要负责人、直接负责的主管人员和其他直接责任人员处上一年年收入60%至100%的罚款；属于国家工作人员的，并依法给予处分；构成违反治安管理行为的，由公安机关依法给予治安管理处罚；构成犯罪的，依法追究刑事责任：

① 谎报或者瞒报事故的；

② 伪造或者故意破坏事故现场的；

③ 转移、隐匿资金、财产，或者销毁有关证据、资料的；

④ 拒绝接受调查或者拒绝提供有关情况和资料的；

⑤ 在事故调查中作伪证或者指使他人作伪证的；

⑥ 事故发生后逃匿的。

（3）事故发生单位对事故发生负有责任的，依照下列规定处以罚款：

① 发生一般事故的，处 10 万元以上 20 万元以下的罚款；

② 发生较大事故的，处 20 万元以上 50 万元以下的罚款；

③ 发生重大事故的，处 50 万元以上 200 万元以下的罚款；

④ 发生特别重大事故的，处 200 万元以上 500 万元以下的罚款。

（4）事故发生单位主要负责人未依法履行安全生产管理职责，导致事故发生的，依照下列规定处以罚款；属于国家工作人员的，并依法给予处分；构成犯罪的，依法追究刑事责任：

① 发生一般事故的，处上一年年收入 30％的罚款；

② 发生较大事故的，处上一年年收入 40％的罚款；

③ 发生重大事故的，处上一年年收入 60％的罚款；

④ 发生特别重大事故的，处上一年年收入 80％的罚款。

（5）有关地方人民政府、安全生产监督管理部门和负有安全生产监督管理职责的有关部门有下列行为之一的，对直接负责的主管人员和其他直接责任人员依法给予处分；构成犯罪的，依法追究刑事责任：

① 不立即组织事故抢救的；

② 迟报、漏报、谎报或者瞒报事故的；

③ 阻碍、干涉事故调查工作的；

④ 在事故调查中作伪证或者指使他人作伪证的。

（6）事故发生单位对事故发生负有责任的，由有关部门依法暂扣或者吊销其有关证照；对事故发生单位负有事故责任的有关人员，依法暂停或者撤销其与安全生产有关的执业资格、岗位证书；事故发生单位主要负责人受到刑事处罚或者撤职处分的，自刑罚执行完毕或者受处分之日起，5 年内不得担任任何生产经营单位的主要负责人。

为发生事故的单位提供虚假证明的中介机构，由有关部门依法暂扣或者吊销其有关证照及其相关人员的执业资格；构成犯罪的，依法追究刑事责任。

第六节　事故赔偿与工伤保险

企业发生伤亡事故后，职工的伤亡的赔偿、医疗费用、工伤待遇等按国家《工伤保险条例》执行。如果企业参加了社会工伤保险，按照要求交纳了工伤保险金，上述各种费用将由保险公司支付；如果没有参加工伤保险，则由企业按照工伤保险标准支付各种费用。因此，无论是企业否参加了工伤保险，事故后的赔偿及职工待遇均以《工伤保险条例》为依据。

一、工伤的认定范围

（1）职工有下列情形之一的，应当认定为工伤。

① 在工作时间和工作场所内，因工作原因受到事故伤害的；工作时间前后在工作场所内，从事与工作有关的预备性或者收尾性工作受到事故伤害的；

② 在工作时间和工作场所内，因履行工作职责受到暴力等意外伤害的；

③ 患职业病的；

④ 因工外出期间，由于工作原因受到伤害或者发生事故下落不明的；

⑤ 在上下班途中，受到机动车事故伤害的；

⑥ 法律、行政法规规定应当认定为工伤的其他情形。

注：新条例删去了关于在上下班途中受到机动车事故伤害认定为工伤的情形。

（2）职工有下列情形之一的，视同工伤。

① 在工作时间和工作岗位，突发疾病死亡或者在 48h 之内经抢救无效死亡的；

② 在抢险救灾等维护国家利益、公共利益活动中受到伤害的；

③ 职工原在军队服役，因战、因公负伤致残，已取得革命伤残

军人证，到用人单位后旧伤复发的。

(3) 职工有下列情形之一的，不得认定为工伤或者视同工伤。

① 因犯罪或者违反治安管理伤亡的；

② 醉酒导致伤亡的；

③ 自残或者自杀的。

二、工伤认定程序

❶ 工伤认定申请

职工发生事故伤害或者按照职业病防治法规定被诊断、鉴定为职业病，所在单位应当自事故伤害发生之日或者被诊断、鉴定为职业病之日起 30 日内，向统筹地区劳动保障行政部门提出工伤认定申请。遇有特殊情况，经报劳动保障行政部门同意，申请时限可以适当延长。

用人单位未按上述规定提出工伤认定申请的，工伤职工或者其直系亲属、工会组织在事故伤害发生之日或者被诊断、鉴定为职业病之日起 1 年内，可以直接向用人单位所在地统筹地区劳动保障行政部门提出工伤认定申请。

用人单位未按规定的时限提交工伤认定申请，过期后直至提出工伤申请期间发生工伤待遇等有关费用由用人单位负担。

提出工伤认定申请应当提交下列材料。

(1) 工伤认定申请表，工伤认定申请表应当包括事故发生的时间、地点、原因以及职工伤害程度等基本情况。

(2) 与用人单位存在劳动关系（包括事实劳动关系）的证明材料。

(3) 医疗诊断证明或者职业病诊断证明书（或者职业病诊断鉴定书）。

当工伤认定申请人提供材料不完整时，劳动保障行政部门会一次性书面告知工伤认定申请人需要补正的全部材料，申请人应按照书面告知要求补全所需材料后。

❷ 受理

劳动保障行政部门受理工伤认定申请后，根据审核需要可以对事故伤害进行调查核实，用人单位、职工、工会组织、医疗机构以及有关部门应当予以协助。职工或者其直系亲属认为是工伤，用人单位不认为是工伤的，由用人单位承担举证责任。

❸ 认定

劳动保障行政部门应当自受理工伤认定申请之日起 60 日内作出工伤认定的决定，并书面通知申请工伤认定的职工或者其直系亲属和该职工所在单位。

注：新条例简化了存在劳动关系争议的工伤认定程序。通过简化程序规定，最多可缩减程序 30% 左右。

三、劳动能力鉴定

职工发生工伤，经治疗伤情相对稳定后存在残疾、影响劳动能力的，应当进行劳动能力鉴定。所谓劳动能力鉴定是指劳动功能障碍程度和生活自理障碍程度的等级鉴定。

❶ 伤残等级划分

劳动功能障碍分为 10 个伤残等级，最重的为一级，最轻的为十级。

生活自理障碍分为 3 个等级：生活完全不能自理、生活大部分不能自理和生活部分不能自理。

❷ 劳动能力鉴定程序

劳动能力的鉴定要经过以下程序。

（1）劳动能力鉴定由用人单位、工伤职工或者其直系亲属向设区的市级劳动能力鉴定委员会提出申请，并提供工伤认定决定和职工工伤医疗的有关资料。

（2）设区的市级劳动能力鉴定委员会收到劳动能力鉴定申请后，从其建立的医疗卫生专家库中随机抽取 3 名或者 5 名相关专家组成专家组，由专家组提出鉴定意见。设区的市级劳动能力鉴定委员会根据专家组的鉴定意见作出工伤职工劳动能力鉴定结论；必要时，委托具备资格的医疗机构协助进行有关的诊断。

（3）设区的市级劳动能力鉴定委员会自收到劳动能力鉴定申请之

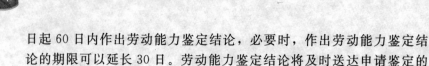

日起 60 日内作出劳动能力鉴定结论，必要时，作出劳动能力鉴定结论的期限可以延长 30 日。劳动能力鉴定结论将及时送达申请鉴定的单位和个人。

（4）申请鉴定的单位或者个人对设区的市级劳动能力鉴定委员会作出的鉴定结论不服的，可以在收到该鉴定结论之日起 15 日内向省、自治区、直辖市劳动能力鉴定委员会提出再次鉴定申请。省、自治区、直辖市劳动能力鉴定委员会作出的劳动能力鉴定结论为最终结论。

（5）自劳动能力鉴定结论作出之日起 1 年后，工伤职工或者其直系亲属、所在单位或者经办机构认为伤残情况发生变化的，可以申请劳动能力复查鉴定。

四、工伤赔偿

发生工伤事故后，职工应获得的费用有：医疗费、康复费、丧葬费、家属抚恤费、一次性赔偿费、医疗期间工资福利待遇、伤残鉴定后的工资福利待遇等。这些费用，从时间上来分，有些是发生在医疗期的，有些则是在医疗期满并进行了工伤等级鉴定之后来支付的。从费用的承担对象来分，有些是由工伤保险承担，有些则由企业承担。这些费用的额度，以及在各个时期由谁来承担，《工伤保险条例》都作了明确规定。

（一）企业在医疗期承担的有关工伤费用

❶ 医疗期间工资

职工因工作遭受事故伤害或者患职业病需要暂停工作接受工伤医疗的，在停工留薪期内，原工资福利待遇不变，由所在单位按月支付。

停工留薪期一般不超过 12 个月。伤情严重或者情况特殊，经设区的市级劳动能力鉴定委员会确认，可以适当延长，但延长不得超过 12 个月。工伤职工在停工留薪期满后仍需治疗的，继续享受工伤医疗待遇。

❷ 医疗期护理费

生活不能自理的工伤职工在停工留薪期需要护理的，由所在单位负责。

❸ 交通、住宿及伙食费

职工住院治疗工伤的，由所在单位按照本单位因公出差伙食补助标准的70％发给住院伙食补助费；经医疗机构出具证明，报经办机构同意，工伤职工到统筹地区以外就医的，所需交通、食宿费用由所在单位按照本单位职工因公出差标准报销。

（二）企业在伤残等级鉴定后承担的有关工伤费用

❶ 工伤伤残等级为 1～4 级

职工因工致残被鉴定为1～4级伤残的，保留劳动关系，但退出工作岗位，享受由工伤保险基金支付的各种补助金和按月支付的伤残补助津贴。由用人单位和职工个人以伤残津贴为基数，缴纳基本医疗保险费。

❷ 工伤伤残等级为 5～6 级

职工因工致残被鉴定为5级、6级伤残的，保留与用人单位的劳动关系，由用人单位安排适当工作。难以安排工作的，由用人单位按月发给伤残津贴，标准为：5级伤残为本人工资的70％，6级伤残为本人工资的60％，并由用人单位按照规定为其缴纳应缴纳的各项社会保险费。伤残津贴实际金额低于当地最低工资标准的，由用人单位补足差额。

经工伤职工本人提出，该职工可以与用人单位解除或者终止劳动关系，由用人单位支付一次性工伤医疗补助金和伤残就业补助金。具体标准由省、自治区、直辖市人民政府规定。

❸ 工伤伤残等级为 7～10 级

劳动合同期满终止，或者职工本人提出解除劳动合同的，由用人单位支付一次性工伤医疗补助金和伤残就业补助金。具体标准由省、自治区、直辖市人民政府规定。

（三）工伤保险基金在医疗期承担的有关工伤费用

❶ 治疗费

治疗工伤所需费用符合工伤保险诊疗项目目录、工伤保险药品目录、工伤保险住院服务标准的，从工伤保险基金支付。

② 康复费

工伤职工到签订服务协议的医疗机构进行康复性治疗的费用，从工伤保险基金支付。

③ 辅助器具费

工伤职工因日常生活或者就业需要，经劳动能力鉴定委员会确认，可以安装假肢、矫形器、假眼、假牙和配置轮椅等辅助器具，所需费用按照国家规定的标准从工伤保险基金支付。

（四）工伤保险基金在伤残等级鉴定后承担的有关工伤费用

① 护理费

工伤职工已经评定伤残等级并经劳动能力鉴定委员会确认需要生活护理的，从工伤保险基金按月支付生活护理费。

生活护理费按照生活完全不能自理、生活大部分不能自理或者生活部分不能自理3个不同等级支付，其标准分别为统筹地区上年度职工月平均工资的50%、40%或者30%。

② 伤伤残等级为1~4级

职工因工致残被鉴定为1~4级伤残的，享受以下待遇。

（1）从工伤保险基金按伤残等级支付一次性伤残补助金，标准为：一级伤残为24个月的本人工资，二级伤残为22个月的本人工资，三级伤残为20个月的本人工资，四级伤残为18个月的本人工资。

（2）从工伤保险基金按月支付伤残津贴，标准为：一级伤残为本人工资的90%，二级伤残为本人工资的85%，三级伤残为本人工资的80%，四级伤残为本人工资的75%。伤残津贴实际金额低于当地最低工资标准的，由工伤保险基金补足差额。

（3）工伤职工达到退休年龄并办理退休手续后，停发伤残津贴，享受基本养老保险待遇。基本养老保险待遇低于伤残津贴的，由工伤保险基金补足差额。

③ 工伤伤残等级为5~6级

职工因工致残被鉴定为5级、6级伤残的，享受以下待遇。

从工伤保险基金按伤残等级支付一次性伤残补助金，标准为：5

级伤残为 16 个月的本人工资；6 级伤残为 14 个月的本人工资。

❹ 工伤伤残等级为 7～10 级

职工因工致残被鉴定为 7～10 级伤残的，享受以下待遇。

从工伤保险基金按伤残等级支付一次性伤残补助金，标准为：7 级伤残为 12 个月的本人工资；8 级伤残为 10 个月的本人工资；9 级伤残为 8 个月的本人工资；10 级伤残为 6 个月的本人工资。

需要说明的是，以上个赔偿条款中的"本人工资"，是指工伤职工因工作遭受事故伤害或者患职业病前 12 个月平均月缴费工资。本人工资高于统筹地区职工平均工资 300% 的，按照统筹地区职工平均工资的 300% 计算；本人工资低于统筹地区职工平均工资 60% 的，按照统筹地区职工平均工资的 60% 计算。

（五）事故死亡赔偿与抚恤金

职工因工死亡，其直系亲属按照下列规定从工伤保险基金领取丧葬补助金、供养亲属抚恤金和一次性工亡补助金。

（1）丧葬补助金为 6 个月的统筹地区上年度职工月平均工资。

（2）供养亲属抚恤金按照职工本人工资的一定比例发给由因工死亡职工生前提供主要生活来源、无劳动能力的亲属。标准为：配偶每月 40%，其他亲属每人每月 30%，孤寡老人或者孤儿每人每月在上述标准的基础上增加 10%。核定的各供养亲属的抚恤金之和不应高于因工死亡职工生前的工资。供养亲属的具体范围由国务院劳动保障行政部门规定。

一次性死亡补助金标准为 48～60 个月的统筹地区上年度职工月平均工资。具体标准由统筹地区的人民政府根据当地经济、社会发展状况规定，报省、自治区、直辖市人民政府备案。

注：新条例为了解决部分地区一次性工亡补助金过低的问题，设计了两种方案：第一，统筹地区职工月平均工资低于全省月平均工资的，以全省月平均工资计发一次性工亡补助金；第二，将一次性工亡补助金标准由统筹地区上年度职工月平均工资的 48～60 个月提高到 60～80 个月。

第七章 安全生产管理建设

第一节 安全生产标准化

2004年1月9日，国家政府作出了《国务院关于进一步加强安全生产工作的决定》（国发〔2004〕2号），要求："开展安全生产标准化活动。制定和颁布重点行业、领域安全生产技术规范和安全生产质量工作标准，在全国多有的工矿、商贸、交通、建筑施工等企业普遍开展安全生产标准化活动。企业生产流程的各环节、各岗位要建立严格的安全生产责任制。生产经营活动和行为，必须符合安全生产有关法律法规和安全生产技术规范的要求，做到规范化和标准化。要制定和颁布重点行业、领域安全生产技术规范和安全生产工作标准"。国家安全监督管理总局也正在全国各地积极、强力推行安全生产标准化工作，这在我国安全监理的历史里是具有创新性的。

该决定颁布后，国家安全生产监督管理总局组织分别在金属非金属矿山、危险化学品、烟花爆竹、冶金、机械等行业的从业单位开展了安全生产标准化创建活动，经过试点运行，明显提高了生产经营单位安全生产管理水平，改善了安全生产条件，在预防和控制事故方面取得了良好的效果。在总结经验的基础上，各行业制定了相应专业的安全生产标准化标准，为全面开展安全生产标准化打下了良好基础。

安全生产工作涉及全国工矿、商贸、交通运输、建筑施工等众多行业，开展安全生产标准化工作，将全面提高企业安全生产水平，从而推动我国安全生产状况的根本好转。

一、安全生产标准化定义

生产经营单位分析生产安全风险，建立预防机制，健全科学的安全生产责任制、安全生产管理制度和操作规程，各生产环节和相关岗位的安全工作符合法律、法规、规章、规程、标准等规定，达到和保持一定的标准，并持续改进、完善和提高，始终处于安全生产的良好状态，控制生产安全风险。

第七章 安全生产管理建设

225

安全生产标准化就是企业在生产经营和全部管理过程中，从安全生产基础工作入手，制定本企业符合国家、地方和行业的安全生产法律、法规、规范、规章等制度，并在本企业内部加以贯彻落实，使企业将安全生产责任逐一落实到每个操作岗位和每个工种、每个从业人员中，并完善标准化操作的考核和评级办法，促进企业安全生产工作得到不断加强和持续改进。简单来说，安全生产标准化就是在企业中，各生产岗位、生产环节的工作必须长期符合我国相关法律、规范、标准等规定，以保证企业的安全生产活动、保障从业员工的生命安全，从根本上彻底消除安全事故的发生。

二、安全生产标准化建立的基本原则

生产经营单位应结合自身特点，依据本标准的要求，建立与保持安全生产标准化体系。

安全生产标准化体系的建设，应突出"安全第一、预防为主、综合治理"的方针和以人为本的理念，注重科学性、规范性和系统性，立足于危害辨识和风险评价，立足于隐患治理，风险管理和预防事故发生的思想，充分体现安全与效益、安全与健康、安全与环境之间的内在联系，并与生产经营单位其他方面的基础管理有机结合。

安全生产标准化的创建和实施，应在企业生产经营的全过程、全方位、全员中得以体现和贯彻，反映生产经营单位自身生产特点及安全绩效的持续改进和提高，建立安全生产长效机制。

三、企业开展安全生产标准化作用

企业开展安全生产标准化工作是企业从根本上保证安全生产的重要基础手段，是对企业安全管理的完善和重塑，是企业实施安全生产责任制的重要保证。其作用如下。

（1）落实企业安全生产责任制度，明确企业、部门、班组的安全负责人，改变传统的一线纵向管理模式为纵横交叉管理模式。

（2）规范企业的安全档案、资料，制定安全生产制度、各类安全操作规程、应急预案，形成企业独特而又系统的安全管理体系。

（3）调动企业全体员工参与安全生产的积极心、实现企业的全员综合管理。员工集体学习相关行业标准、操作规范等规定，开展自查、互查的检查工作。从而发现错误、纠正误操作，保证生产工作的第一线真正安全。

（4）整改企业生产设备设施安全隐患，提高了安全生产系数，保证了企业生产工作有序稳定地进行。

（5）有利于国家安全生产监察部门对企业生产工作进行规范化、标准化的监察。有利于企业安全生产监察部门对内部安全生产的自查和规范。

四、安全生产标准化建设的特点

（1）突出"安全第一，预防为主"方针。

（2）强调企业安全生产工作规范化、标准化。

（3）落实企业全员的安全生产责任制。

（4）发挥企业安全生产主体责任的积极性和创造性。

（5）体现安全与生产的内在联系，把安全与生产看为整体。

（6）表征更加严格，更高水平，更高标准，与时俱进的特点。

五、安全生产标准化建设的程序

（1）领导重视，制订工作方案，积极部署安全生产标准化工作。

（2）认真进行实地调研，制定安全生产标准化的标准。

（3）明确工作目标，进行试点，稳步推进安全生产标准化工作。

（4）依法行政，建立安全监管长效机制，把达标升级作为基础工作来抓。

（5）制定安全生产标准化手册，规范、监督、检查员工行为。

（6）认真验收，严格复查，坚持持续改进。

六、企业安全生产标准化建设经验

安全生产标准化活动，实际上在许多企业都有不少的创新模式和成功的经验，例如：

（1）0123 安全生产标准化管理法

0—重在事故为零的管理目标；

1—第一把手的安全生产责任负责制；

2—岗位，班组标准化的双标建设；

3—开展三不伤害活动（不伤害他人，不伤害自己，不被别人伤害）

（2）四查工程安全生产标准化

- 岗位每天查一次；

- 班组车间每周查一次；

- 厂级安全每季查一次；

- 公司安全每年查一次。

（3）"四全"安全生产标准化管理

全员、全面、全过程、全天候的安全管理，从处处、事事、时时都把"安全第一"的指导思想放在一切工作的首位。

（4）"11440"安全生产标准化管理法

1—行政一把手负责制为关键；

1—"安全第一"为核心的安全管理体系；

4—以党政工团为龙头的四线管理机制；

4—以班组安全生产活动为基础的四项安全标准化作业（基础管理标准化、现场管理标准化、岗位操作标准化、岗位纪律标准化）；

0—以工伤死亡、职业病和重大责任事故为零的管理目标。

（5）0457 安全生产标准化管理法

扬子石化"0457"管理模式：

一个安全目标——事故为零；

"四全"——全员、全过程、全方位、全天候为对策；

五项标准——安全法规系列化、安全管理科学化、教育培训正规化、工艺设备安全化、安全卫生设施现代化为基础；

七大体系——安全生产责任制落实体系、规章制度体系、教育培训体系、设备维护和整改体系、事故抢救体系、科研防止体系为保护。

（6）12345 安全生产标准化管理模式

济钢"12345"管理模式：

一会一制；

两项管理（基础管理，现场管理）；

三种标准（标准化作业，操作规程，岗位安全预案预控）；

四个检查（班组、车间、二级厂、公司检查）；

五项重点（隐患评估、文明生产考核、安全文化、施工安全合同、外用工管理）。

总之，安全生产标准化建设对于企业并不陌生，只是安全生产标准化在新形势下的又一种称呼。要创建和完善企业安全生产标准化，有许多有利的条件和可以借鉴的经验。因此，在推行安全生产标准化建设的活动中，企业应做到：以人为本，安全第一；认真总结，落实责任；结合实际，依法循规，有所创新，持续攀升。

第二节　职业安全健康管理体系

一、职业安全健康管理体系的概念

职业健康安全管理体系（OHSAS）是 20 世纪 80 年代后期在国际上兴起的一种现代安全管理模式，是一种开放式循序渐进式的系统的安全管理模式，它是继质量管理体系（ISO 9000）和环境管理体系（ISO 14000）之后，国际上推出的又一个标准管理模式。

职业安全健康管理体系是指为建立职业安全健康方针和目标以及实现这些目标所制定的一系列相互联系或相互作用的要素。它是职业安全健康管理活动的一种方式，包括影响职业安全健康绩效的重点活动与职责以及绩效测量的方法。

二、职业安全健康管理体系运行模式

职业安全健康管理体系的运行模式可以追溯到一系列的系统思想，最主要的是 Edward Deming 的 PDCA（即策划、实施、评价、改进）循环思想。在此思想的基础上并结合职业安全健康管理活动的特点，不

第七章　安全生产管理建设

229

同的职业安全健康管理体系标准提出了基本相似的职业安全健康管理
体系运行模式，其核心都是为生产经营单位建立一个动态循环的管理
过程，以持续改进的思想指导生产经营单位系统地实现其既定的目标。
如 ILO—OSH2001 的运行模式为方针、组织、计划与实施、评价、改
进措施（见图 7-1）；OHSAS18001 的运行模式为职业安全健康方针、
策划、实施与运行、检查与纠正措施、管理评审见图 7-2；职业安全
健康管理体系持续改进机制见图 7-3。

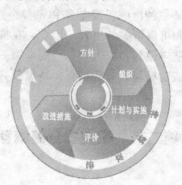

图 7-1　ILO—OSH2001 的运行模式

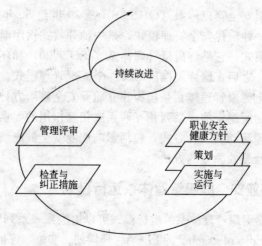

图 7-2　OHSAS18001 的运行模式

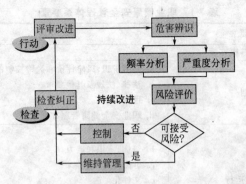

图 7-3 职业安全健康管理体系持续改进机制

三、建立与实施职业安全健康管理体系的作用

（1）有助于生产经营单位建立科学的管理机制，采用合理的职业安全健康管理原则与方法，持续改进职业安全健康绩效（包括整体或某一具体职业安全健康绩效）。

（2）有助于生产经营单位积极主动地贯彻执行相关职业安全健康法律法规，并满足其要求。

（3）有助于大型生产经营单位（如跨国公司或大型现代联合企业）的职业安全健康管理功能一体化。

（4）有助于生产经营单位对潜在事故或紧急情况作出响应。

（5）有助于生产经营单位满足市场要求。

（6）有助于生产经营单位获得注册或认证。

四、职业安全健康管理体系的基本要素

职业安全健康管理体系作为一种系统化的管理方式，各个国家依据其自身的实际情况提出了不同的指导性要求，但其基本上遵循了 PDCA 的思想并与 ILO—OSH2001 导则相近似。依据 ILO—OSH2001 导则的框架，职业健康安全管理体系运行基本要素包括：职业健康安全方针、策划、实施与运行、检查和纠正措施、管理评审。进一步详细化的职业安全健康管理要素及要素内容见表 7-1。

表 7-1 职业健康安全管理体系要素

体系要素	要素内容
职业安全健康方针	
策划	a. 危害辨识、风险评价和风险控制的策划 b. 法律、法规及其他要求 c. 目标 d. 职业安全健康管理方案
实施与运行	a. 机构和职责 b. 培训、意识和能力 c. 协商与交流 d. 文件化 e. 文件和资料控制 f. 运行控制 g. 应急预案与响应
检查和纠正措施	a. 绩效测量和监测 b. 事故、事件、不符合、纠正和预防措施 c. 记录和记录管理 d. 审核
管理评审	

五、职业安全健康管理体系建立方法与步骤

建立职业安全健康管理体系步骤如图 7-4 所示。

6. 评审完善

5. 体系试运行

4. 文件编写

3. 体系策划

2. 初始评审

1. 学习与培训

图 7-4 建立职业安全健康管理体系步骤

❶ 学习与培训

在企业建立和实施职业安全健康管理体系，需要企业所有人员的参与和支持。职业安全健康管理体系的建立与实施需要通过不同形式的学习和培训，使所有员工能够接受职业安全健康管理体系的管理思想，理解实施职业安全健康管理体系对企业和个人的重要意义。

管理层培训主要是针对职业安全健康管理体系的基本要求、主要内容和特点，以及建立与实施职业安全健康管理体系的重要意义与作用。培训的目的是统一思想，在推进体系工作中给予有力的支持和配合。

内审员培训是建立和实施职业安全健康管理体系的关键。应根据专业的需要，通过培训确保他们具备开展初始评审、编写体系文件和进行审核等工作的能力。

全体员工培训的目的是使他们了解职业安全健康管理体系，并在今后工作中能够积极主动地参与职业安全健康管理体系的各项实践。

❷ 初始评审

初始评审的目的是为职业安全健康管理体系建立和实施提供基础，为职业安全健康管理体系的持续改进建立绩效基准。

初始评审主要包括以下内容。

（1）相关的职业安全健康法律、法规和其他要求，对其适用性及需遵守的内容进行确认，并对遵守情况进行调查和评价。

（2）对现有的或计划的作业活动进行危害辨识和风险评价。

（3）确定现有措施或计划采取的措施是否能够消除危害或控制风险。

（4）对所有现行职业安全健康管理的规定、过程和程序等进行检查，并评价其对管理体系要求的有效性和适用性。

（5）分析以往企业安全事故情况以及员工健康监护数据等相关资料，包括人员伤亡、职业病、财产损失的统计、防护记录和趋势分析。

（6）对现行组织机构、资源配备和职责分工等进行评价。

❸ 体系策划

根据初始评审的结果和本企业的资源，进行职业安全健康管理体系的策划。策划工作主要包括以下方面。

（1）确立职业安全健康方针。

（2）制定职业安全健康体系目标及其管理方案。

（3）结合职业安全健康管理体系要求进行职能分配和机构职责分工。

（4）确定职业安全健康管理体系文件结构和各层次文件清单。

（5）为建立和实施职业安全健康管理体系准备必要的资源。

❹ 文件编写

按照职业安全健康管理体系的要求，以适用于企业的自身管理形式对其职业安全健康方针和目标、职业安全健康管理的关键岗位与职责、主要的职业安全健康风险及其预防和控制措施以及职业安全健康管理体系框架内的管理方案、程序、作业指导书和其他内部文件等予以文件化的规定，以确保所建立的职业安全健康管理体系在任何情况下（包括各级人员发生变动时）均能得到充分理解和有效运行。职业安全健康管理体系文件的结构，多数情况下是采用手册、程序文件以及作业指导书的方式。职业安全健康管理体系文件构成见图 7-5。

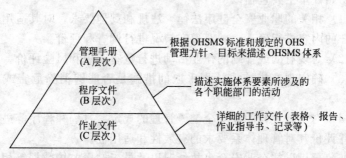

图 7-5　职业安全健康管理体系文件构成

❺ 体系试运行

各个部门和所有人员都按照职业安全健康管理体系的要求开展相应的安全健康管理和活动，对职业安全健康管理体系进行试运行，以检验体系策划与文件化规定的充分性、有效性和适宜性。

⑥ 评审完善

通过职业安全健康管理体系的试运行，特别是依据绩效监测和测量、审核以及管理评审的结果，检查与确认职业安全健康管理体系各要素是否按照计划安排有效运行，是否达到了预期的目标，并采取相应的改进措施，使所建立的职业安全健康管理体系得到进一步的完善。

六、职业安全健康管理体系审核与认证

① 职业安全健康管理体系审核

职业安全健康管理体系审核是指依据职业安全健康管理体系标准及其他审核准则，对用人单位职业安全健康管理体系的符合性和有效性进行评价的活动，以便找出受审核方职业安全健康管理体系存在的不足，使受审核方完善其职业安全健康管理体系，从而实现职业安全健康绩效的不断改进，达到对工伤事故及职业病的有效控制的目的，保护员工及相关方的安全和健康。根据审核方（实施审核的机构）与受审核方（提出审核要求的用人单位或个人）的关系，可将职业安全健康管理体系审核分为内部审核和外部审核两种基本类型，内部审核又称为第一方审核，外部审核又分为第二方审核及第三方审核。职业安全健康管理体系三方审核如图 7-6 所示。

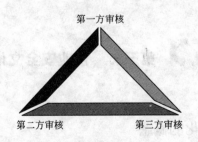

图 7-6　职业安全健康管理体系三方审核

（1）第一方审核　第一方审核指由用人单位的成员或其他人员以用人单位的名义进行的审核。这种审核为用人单位提供了一种自我检

查、自我纠正和自我完善的运行机制，可为有效的管理评审和采取纠正预防措施提供有用的信息。

（2）第二方审核　第二方审核是在某种合同要求的情况下，由与用人单位（受审核方）有某种利益关系的相关方或由其他人员以相关方的名义实施的审核。例如，某用人单位的采购方或用人单位的总部对该用人单位职业安全健康管理体系进行的审核。这种审核旨在为用人单位的相关方提供信任的证据。

（3）第三方审核　第三方审核是由与其无经济利益关系的第三方机构依据特定的审核准则，按规定的程序和方法对受审核方进行的审核。认证审核旨在为受审核方提供符合性的客观证明和书面保证。

❷ 职业安全健康管理体系认证

职业安全健康管理体系认证是认证机构依据规定的标准及程序，对受审核方的职业安全健康管理体系实施审核，确认其符合标准要求而授予其证书的活动。认证的对象是用人单位的职业安全健康管理体系，认证的方法是职业安全健康管理体系审核，认证的过程需遵循规定的程序，认证的结果是用人单位取得认证机构的职业安全健康管理体系认证证书和认证标志。职业安全健康管理体系认证的实施程序包括认证申请及受理、审核策划及审核准备、审核的实施、纠正措施的跟踪与验证以及审批发证及认证后的监督和复评。

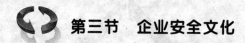

第三节　企业安全文化

一、安全文化的概念

目前，安全文化在不同的国家、不同的领域有着不同的多种定义，不过，总体上可以归为两大类：一是广义的安全文化，一是狭义的安全文化。

我国典型的"安全文化"广义的定义是：在人类生存、繁衍和发展的历程中，在其从事生产、生活乃至实践的一切领域内，为保障人类身心安全（含健康）并使其能安全、舒适、高效地从事一切活动；预防、避免、控制和消除意外事故和灾害（自然的、人为的或天灾人祸的）；为建立起安全、可靠、和谐、协调的环境和匹配运行的安全体系；为使人类变得更加安全、康乐、长寿，使世界变得友爱、和平、繁荣而创造的安全物质财富和安全精神财富的总和。这一概念涵盖了安全物质文化和安全精神文化两个方面。

狭义的安全文化包含于广义的安全文化之中，是指人们对安全的认识、理解、态度以及对对待风险的处理模式和行为准则，是安全价值观和安全行为准则的总和。主要是强调人的精神文化。

总之，安全文化是人类为防范（预防、控制、降低或减轻）生产、生活风险，实现生命安全与健康保障、社会和谐与企业持续发展，所创造的安全精神价值和物质价值的总和。

二、企业安全文化内涵

安全文化是安全管理的灵魂，是安全管理的最高境界，安全文化建设是安全管理工作的一种新思路。企业安全文化包含：企业安全物质文化、企业安全制度文化、企业安全精神文化和企业安全价值及安全行为规范文化。企业安全价值及企业安全行为规范是企业安全文化的特质和核心。安全文化形态、层次、结构如图7-7所示。

❶ 企业安全物质文化

企业安全物质文化指企业生产经营活动中所使用的保护职工身心健康与安全的工具、设施、材料、工艺、仪器仪表、护品护具等安全器物。例如，防毒器具、护头帽盔，防静电、防辐射的特制套装等个体防护用品护具；各类超限自动保护、引爆装置等安全设备装置；阻燃、隔声、隔热、防毒、防辐射、防电磁材料及其检测仪器，本质安全型防爆器件、光电报警器件、热敏控温器件、毒物敏感显示等安全防护器材、器件及仪表；有害气体报警仪、瓦斯检测器等各种预警预

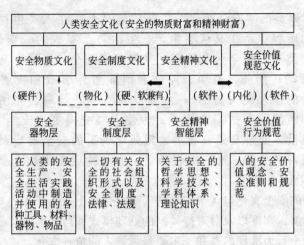

图 7-7　安全文化形态、层次、结构示意

报装置。

❷ 企业安全制度文化

企业安全制度文化指企业为了保障生产及经营活动过程中，人、物和环境的安全而形成的较为稳定和完善的各种安全规章制度、操作规程、防范措施、安全教育培训制度、安全管理责任制，以及其他涉及安全的厂规、厂纪等。另外，也包括安全生产相关法律、法规、条例及有关的安全卫生技术标准。它是企业安全生产的运作保障机制的重要组成部分，具有科学性、原则性、规范性和时代性特点，是企业安全精神文化物化的体现和结果，是物质文化和精神文化遗传、涵化和优化的实用安全文化。它体现在企业安全生产责任制的落实；国家劳动安全卫生法规的贯彻执行；企业自身的安全制度和标准化体系建设等方面。

❸ 企业安全精神文化

企业安全精神文化包括企业安全意识形态、安全的思维方法、安全生产经营活动心理素质；安全生产经营活动心态与环境、企业安全风貌、企业安全形象、企业安全科技水平、企业安全管理理论、安全生产经营活动的机制、安全文明氛围；安全文学、艺术；安全自然科学、安全社会科学等。从本质上看，企业安全精神文化是企业员工安全文明生产、经营活动的思想、情感和意志的综合表现，是员工对安全认知能力与辨识结果的真实体现，是员工长期实践所形成的心理和思维的产物。企业安全精神文化，反映在"安全第一、预防为主"方针的贯彻，对安全法规和企业安全规章制度执行的态度和自觉性上；反映在企业的安全形象的塑造、安全目标的追求和企业员工的安全意识、安全素质的培养和提高上；反映在安全生产的全过程中，保障安全操作和产品安全的安全质量上；反映在自觉学习安全技能、对自救互助应急训练的热情、对企业安全承诺以及承担维护安全的义务和行动上。

❹ 企业安全价值及行为规范文化

包括员工对安全的价值观及其安全行为规范。企业的安全价值观是一种或明确或隐含的观念，是对事故的真假、好坏、善恶、美丑等方面所作出的倾向性表现，以及对其实质问题在内心所形成的习惯性主观判断。这种潜在观念制约着人在安全生产实践活动中的一切愿望、选择、目标以及行为方式。安全价值观反映在人的外在行为上，形成公认的安全价值愿望，反馈于心、溶于思想、引导思维、制约行为，逐步形成了社会化的安全行为标准或原则，并进一步演化为社会及大众公认的安全行为规范和安全价值标准。安全行为规范表现为安全理论观念、安全行为准则、职业道德标准、科学的习俗和风貌，甚至包括企业安全生产对社会应负担的道德责任等，它是企业安全精神长期作用于员工的结果。

三、安全文化的功能与作用

实践证明，单纯靠改善生产设施和安全技术并不能保证安全生产，还必须依赖于高水平的安全管理和高素质的员工。最为企业重要的无形财产，优秀的企业安全文化具有传统管理无法替代的功能和作用。安全文化的功能与作用如下。

（1）导向功能 企业安全文化提倡、崇尚什么，将通过潜移默化的作用，使员工的注意力逐步转向企业所提倡、崇尚的内容，接受共同的价值观念，从而将个人的目标引导到企业目标上来。

（2）凝聚功能　企业安全文化通过改变员工的兴趣、爱好和娱乐方式，使员工融合于其中，当其价值观被员工认同后，它就会成为一种黏合剂，从各个方面把员工团结起来，形成巨大的向心力和凝聚力。

（3）激励功能　企业安全文化能通过发挥人的主动性、创造性、积极性、智慧力，使员工从内心产生一种情绪高昂、奋发进取的效应。作为自然人，每个人都有力气，有基本思维能力；作为社会人，每个人又都有精神需要，蕴含着巨大的精神力量，在未获得激励时，人发挥的只是物质力量，获得激励后，人的精神力量就得到开发，激励越大，所开发的精神力量就越大。

（4）约束功能　企业安全文化对企业每个员工的思想和行为具有约束和规范作用，这种作用与传统的管理理论所强调的制度约束不同，它虽也有成文的硬制度约束，但更强调不成文的软约束，他通过文化的功用使信念在员工心理深层形成一种定势，构造出一种响应机制，只要有诱导信号发生，即可得到积极响应，并迅速转化为预期行为，这种约束机制能够有效地缓解员工自治心理与被治现实形成的冲突，削弱由其引起的心理抵抗力，从而产生更强大、深刻、持久的约束效果。

（5）规范行为功能　安全文化的导向、凝聚、激励、约束四项基本功能，最终将通过行为表现出来，因此建设企业安全文化的重要意义是通过提高员工的安全文化素质来规范其安全行为。人的行为是由动机支配的，动机是由需要引起的，在需要的推动下，就产生了行为动机（念头和想法），动机是推动人们进行活动的原动力，是激励人去行动以达到一定目标的原因，需要的形成和动机的产生受内部因素（包括心理、生理、思维、价值观等）和外部因素（包括舆论、风俗、道德等）制约，同样的需要，在不同的文化背景下产生的动机是不同的，因此，建设企业安全文化对约束规范员工安全行为有着不可估量的作用。当安全观念、安全伦理道德在企业员工的思想上扎根后，员工就会积极主动地了解掌握安全科技知识，就会自觉地按企业安全的要求去约束、规范自己的行为，当每一个员工的安全意识成为一种自觉心理，并转化为规范的安全行为后，企业的安全生产目标就能有所保证。

四、安全文化的建设

企业安全文化建设是一项长期、复杂的系统工程，应坚持"以人为本"、"融于全员"、"融于工作"的基本原则。具体包括：观念文化、管理和法制文化、行为文化和物态文化等。企业安全文化体系如图7-8所示。

企业安全文化建设的核心是以人为本。企业安全文化的核心是关爱人和保护人（员工），最大限度地满足人的身心健康、生命安全需要是企业安全文化建设的根本目的。人的安全意识、安全态度、安全行为决定了企业安全文化的水平和发展方向。企业安全文化，不仅要把员工看成是经济人，更要视其为社会人，都有感情、心理、文化方面的合理需求。人既是安全文化建设的目的，同时人又是企业安全生产系统的主体，是各项管理的核心，是安全文化建设的对象和依靠力量。

企业安全文化建设的基础是与全体员工的融合。企业安全文化建设机制的实质是落实全员安全文化建设责任，激励和约束员工全天候、全方位、全过程地参与和响应。企业安全文化的核心是"以人为本"，因此，企业安全文化建设要与企业各个层次的员工融于一体，实现有机结合。通过各层次群体、个人安全生产及其经营活动的实践和创新，不断总结、不断提高、不断完善，形成企业员工各个层次的安全文化。对员工各层次安全文化进行提炼、优化和整合，从而形成企业特有的、又为企业全体员工所认同的安全文化体系。企业安全文化的不同层次主要有：企业主要负责人的安全文化，企业各级领导的安全文化，企业安全专职人员的安全文化，企业职工的安全文化，企业员工家属的安全文化。

企业安全文化建设的关键是与企业各项业务工作的融合。安全生产文化建设是一项复杂的系统工程，其任务目标、最终目的和运作特点决定了其建设过程必须与企业的其他各项业务活动融合进行、共同推进。在企业的生产经营活动中，安全文化思想以各种渠道和方式进

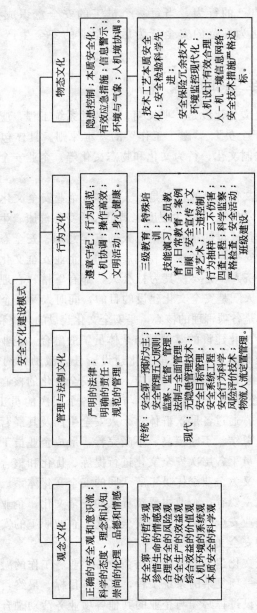

图 7-8　企业安全文化体系示意

行渗透、传播，通过全体职工对企业安全文化的熏陶、塑造、演化、融合与优化，从而形成先进的、实用的企业安全文化。实际上，企业安全文化来源于企业生产实践，又作用于生产实践。离开企业的生产实践，安全文化建设便会成为无本之木、无源之水。

2009 年 1 月 1 日，国家安全生产监督管理总局发布《企业安全文化建设导则》（AQ/T 9004—2008），为企业建设安全文化提供了法定的标准，该标准的具体内容参见附录 2。

五、安全文化评价

要想真正建设好企业的安全文化，并不断将其推动和发展，就不能仅停留在对安全文化理念的空洞宣教上，也不能仅着眼于局部的、个别的文化形式，企业安全文化建设问题应该是一个系统工程的问题。因此，开展企业组织的安全文化状况分析和评价，是企业安全文化得以发展的基础。

为了对一个企业安全文化的状况进行评价，首先应该确定评价的因素集合，然后给出各因素的评价等级，再对照企业的现状，给出企业安全文化当前所处的状态或发展阶段。

对企业安全文化进行评价首先要确定从哪些方面对安全文化进行衡量，每一个衡量的方面可看成一个因素，一个因素应该代表安全文化的一个特征。国外的一些文献提出过 2～19 个不等的因素。如亚洲地区核安全文化项目研讨会提出衡量安全文化的因素有 6 个。韦格曼等人在分析了大量评价系统的基础上，总结出安全文化至少有 5 个评价因素，即组织的承诺、管理参与、员工授权、奖惩系统和报告系统。

根据安全文化的表征因素，建立具体的评价方法。一种较为简便的方法是：可以对每一个因素划分出等级并赋予一个分值，将企业安全文化的状况按各因素等级进行对照，确定相应的分值，最后相加各分值得到总分，即为企业安全文化状况评价结果。

六、安全文化实例分析

我国著名的经济学家、减灾防灾专家于光远教授认为："三流企业抓产品；二流企业抓营销；一流企业抓文化。"安全文化作为企业文化的一个分支，在企业安全管理过程中占有重要的地位。下面重点介绍几个安全文化的实例。

（一）杜邦公司的安全文化

❶ 理念认识

杜邦公司有 200 年的安全发展史，1802 年成立，生产黑色炸药为主，生产中伤亡事故很多。1818 年发生了一起特大伤亡事，当时杜邦公司 100 多名员工，有 40 多名在事故中死亡或受伤。在沉沦中，从鲜血和生命为代价的教训中，结论经验，确立了安全文化新理念。

① 安全是杜邦公司的核心利益；

② 安全管理是杜邦公司事业的重要组成部分；

③ 安全具有压倒一切的优先权。

杜邦人今天可以大言无愧，自豪自信地说："杜邦公司是世界上最安全的地方"。

① 形成了杜邦公司的安全文化；

② 形成了杜邦公司的安全管理理念；

③ 形成了杜邦公司的完整安全体系。

❷ 安全文化建设内容

杜邦公司被誉为企业安全文化建设的榜样，成为传播企业安全文化的文明使者。杜邦公司的安全文化建设的实质内容包括以下方面。

① 以人为本、尊重生命、尊重人格。

② 通过对员工行为规范体现对人的尊重。

③ 尊重人更体现在人性化管理。

• 安全文化主导人的安全行为；

• 人的安全行为主导人的安全态度；

• 人的安全态度决定人的活动结果；

• 人的活动结果反映了安全文明。

④ 人本·生命·文化·规范·行为·人性化管理。

⑤ 尊重人·安全文化——安全文明。

❸ 杜邦公司的安全文化建设阶段

安全文化建设从低级到高级，分为四个阶段。杜邦公司的安全文化建设阶段如图 7-9。

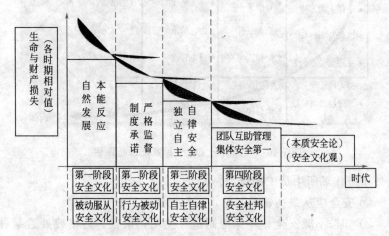

图 7-9　杜邦公司安全文化培育发展四阶段

• 第一阶段：自然本能阶段。

安全仅靠人的自然本能保护的反应，该阶段事故率很高。

• 第二阶段：严格监督管理阶段。

建立必要的安全卫生管理体系和规章制度，员工处于从属和被动，受管限制、被约束的环境下工作。

• 第三阶段：独立自主管理阶段。

建立很好的安全管理系统，员工具备良好的安全意识和安全素质，把安全作为自身生存的需要和价值观的实现，员工重视自身的安全，集合实现了公司的安全目标。

• 第四阶段：互助团队管理阶段——安全管理高级境界。

员工自身重视安全，帮助提高别人安全，实现经验分享。

杜邦安全文化坐标系统诊断评估参考图 7-10。

❹ 杜邦安全文化体现

① 事故确实是可以防止或避免的。

② 工作场所从来都没有绝对的安全，决定伤害事故是否发生的

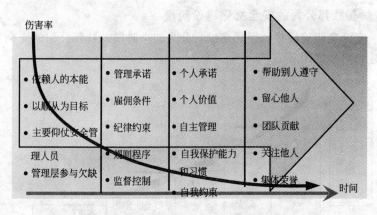

图 7-10　杜邦安全文化坐标系统诊断评估

是处于工作场所中员工的行为。

③ 安全应从最高领导开始，否则无从谈及安全。

④ 如果不能安全、环保地制造、使用、销售、运输或处置某种产品，我们将不进入这一行业。

⑤ 各级领导应负责任于上级，并关注每位员工，在遵守安全原则的基础上，尽一切努力达到安全目标，这是做好安全的唯一方式。

⑥ 良好安全的基础在于组织内各层的每一个人都亲身参与到各类安全工作中。

⑦ 如果没有工作行为的实质改变，所有的安全活动都是纸上谈兵。

⑧ 杜邦员工无论在上班时还是在下班后都要注意安全。

⑨ 安全操作是一项精明的生意。

⑩ 安全管理系统必须以人为本。

（二）企业安全文化建设成功经验

"1.2.3.4.5.6.7.8." 安全文化管理体系

"1" ——一个 "目标"

生产安全事故为零；

"2" ——两个 "六预"、"六防"

"六预" 即 "预想"、"预知"、"预测"、"预报"、"预警"、"预控"；"六防"即"个人防事故"、"岗位防事故"、"班组防事故"、"车间防事故"、"技术防事故"、"安检防事故"。

"3"——建设"三支队伍"

建设一支"具有驭安全生产的干部队伍"；

建设一支"保障有力、技术过硬的专业技术队伍"；

建设一支"高素质的本质安全型职工队伍"。

"4"——大力倡导"四个四"

"四个没有"：没有安全就没有职工的家庭幸福；没有安全就没有企业的经济效益；没有安全就没有干部的政治生命；没有安全就没有企业的持续发展。

"四个就是"：违章指挥就是杀人；违章作业就是自杀；不制止违章就是见死不救；不惩处违章指挥就是严重渎职。

"四个有心"：抓安全要有决心；抓质量要有恒心；抓三违要有狠心；抓教育要有耐心。

"四个不能"：违章的话不能听；冒险的活不能干；带血的产品不能要；违规的事不能办。

"5"——"五个贵在"

安全方针贵在坚持；安全规程贵在贯彻；

安全管理贵在到位；安全监督贵在严厉；

安全责任贵在落实。

"6"——构建"六个系统"

安全文化理念引领系统；	安全教育培训系统；
安全管理系统；	安全环境系统；
安全行为养成系统；	安全考核奖惩系统。

"7"——七种文化力

安全保障力；	安全学习力；
安全管控力；	安全亲和力；
安全执行力；	安全创新力。
安全凝聚力；	

"8"——"八大基础"

安全意识提升；	安全生产标化；

教育培训考核管理制度化；　　　　业事故隐患；

安全生产责任制度落实体　　　　干部走动式管理；员工安全
系化；　　　　　　　　　　　　行为养成；

狠抓现场管理，重点治理企　　　　安全生产考核奖惩机制。

总之，安全文化是安全管理的灵魂，是安全发展的最高管理境界，安全没有终点只有起点，其他工作再好，出了事故一切等于0，要实现安全管理的0事故目标，需要深入开展安全工作，安全工作没有大小、轻重之分，良好的安全生产局面是长期检查监督管理的结果，任何的马虎、敷衍都会导致严重的后果。俗话说得好，因小失大、量变产生质变，所以，在安全工作中需要时时保持清醒的头脑，兢兢业业做好各项安全管理工作，安全管理必须坚持以人为本，安全是文明程度的直接反映，如何实现"要我安全"到"我要安全"的转变，"我会安全"到"我能安全"转变，需要重视安全，在安全管理方面事事"用心"，时时"留心"，处处"关心"，作业者遵章守纪，形成特色企业安全文化，这是预防及减低事故损失的基本手段。

 ## 第四节　安全生产管理信息化

随着我国经济建设的高速发展，政府和企业安全生产监督管理工作和安全生产管理任务日益繁重，安全生产数据信息急剧增加，传统的安全生产监督和管理工作手段已经难以满足新的发展需要。在这种背景下，将现代通讯、网络工程和计算机软件融合于安全生产工作，创新安全生产监督管理方式和手段，提高安全生产监督和管理的自动化水平和工作效率，完善安全生产业务体系建设，全面推进安全生产信息化有十分重要的意义。

目前，我国的信息化发展进程进入了加速推进的阶段，信息技术已经成为推动社会进步和管理革新的主要原动力。安全科技既是安全生产的重要支撑，也是安全生产要素之一，更是安全生产保障能力建设的重要内容。安全生产信息化是安全科技的主要内容，它是在安全生产监督管理和企业安全生产管理领域的信息化，是提高我国安全生产管理水平的一项基础性工作，是领导科学决策和正确指导安全生产工作的基石，是实现安全生产监督管理业务快速、准确、高效管理的根本保障，是实现各级政府和企业及生产现场安全生产信息互通、互联的主要抓手，是贯彻"科技兴安"战略的重要手段。

一、安全生产管理信息化内涵

（1）安全生产信息化的定义　安全生产信息化是指伴随着传感技术、通信技术、计算机技术的不断进步，将上述技术运用在安全生产事故预防、处理，救援以及安全生产日常管理中，从而改变传统安全生产过程和结构，提高安全生产管理效率，减少安全生产事故发生概率的过程。

（2）安全生产管理信息化的定义　安全生产管理信息化是指安全生产管理的信息化过程。它是通过计算机实现数据录入和储存，通过局域网和因特网实现信息传递，通过程序计算实现数据的处理和反馈，从而改变传统企业安全生产管理的业务现状。

（3）安全生产信息化和安全生产管理信息化的核心　安全生产管理信息化的核心是安全生产管理信息系统，它是一个由人、网络、计算机、其他外围设备等组成的，能进行安全生产管理信息的收集、传递、存储、加工、维护和使用，运用信息流把握安全生产运行方向、利用过去数据预测未来、利用实时数据实现预警，利用数据整合实现统计，从而支持政府或企业高层进行决策、协助中层进行运行控制、指导基层进行流程运作，帮助实现其安全生产目标的核心管理工具。

安全生产信息化的核心也是安全生产管理信息系统，原因是它具有良好的扩展性和交互性，一方面可以便捷地和运行在同一网络的其他信息系统（例如办公系统、邮件系统、财务系统）进行数据交换和整合，另一方面可以通过它采集现场安全生产数据，实现安全生产信息化的整体整合。

二、我国安全生产管理信息化分类与现状

安全生产管理信息化按照其应用领域的不同分为两类。

❶ 政府安全生产监督管理信息系统

政府安全生产监督管理信息系统指建立于各安全生产监督管理部门的局域网络或专用网络，服务与政府公务人员，实现安全生产监督管理的各项业务操作，实现监管可视化的信息系统。

在国家"金安"工程的推动下，北京市安监局、山东省安监局、广东省安监局、宁波市安监局等政府部门已经初步建设完成了政府安全生产监督管理信息系统，实现了较好的效果，目前，国内已经有一批提供政府安全生产监督管理信息化的相关机构和企业，为各级政府机构提供信息化解决方案和项目开发服务。

❷ 企业安全生产管理信息系统

企业安全生产管理信息系统是建立于企业内部局域网内，服务于企业安全生产管理的信息系统，它旨在通过信息技术和网络技术，服务于企业安全生产管理人员、基层管理人员和一线兼职安全员。通过完善企业安全生产体系管理、建立统一、高效、规范的管理信息流，形成安全生产共享数据库，实现管理知识和资料的充分共享，保存稳固的安全生产业务数字档案，最终达到改变企业安全生产管理模式，提高企业安全生产管理绩效，降低安全生产事故发生的概率的目标。

三、建立安全生产管理信息系统的目的

❶ 提高管理绩效

安全生产管理信息系统可以有效地提高企业安全生产管理绩效，它主要通过系统建设中引入安全生产管理理念、规范管理流程和提供统计分析工具等手段，实现提高系统管理能力和管理反应速度，增加管理决策的准确性。

❷ 降低管理成本

安全生产管理信息系统可以大幅度降低安全生产管理成本，它体现在两个方面：首先是信息传递，它主要通过网络传输的快捷性和系统到达的准确性，和处理周期的固定性有效提高了安全生产管理的反应速度；其次是流程自动化，系统代替人工进行流转性和统计作业，

有效地将管理人员从繁杂的档案工作和统计工作解放出来。

③ 减少安全生产事故发生的概率

安全生产管理信息系统可以有效地降低安全生产事故发生的概率，管理规范化降低了违章作业的可能；管理图形化和地理辅助等技术手段，增加了安全生产控制的有效性；硬件关联和在线监测手段可以有效地对现场安全生产事故提出预警，避免事故事件的扩大。

④ 降低管理责任风险

安全生产管理信息系统可以降低管理责任风险，系统按照国家法律法规的规定，保存符合要求的项目审批资料、培训资料、隐患资料，并通过储存技术确保数据的安全，一旦发生事故，相关的信息可以通过系统进行便捷的检索，提供管理活动符合国家法律法规的证据。

四、安全生产管理信息系统建立的基础

安全管理信息系统的建设是对传统安全生产管理业务的信息化改造和优化，是一项庞大、复杂的系统工程，涉及管理思想的植入，历史数据的分析，业务流程的梳理，管理模式的重建，硬件设备的建设，系统程序的开发，关键用户的培训等若干个关键的工作流程。它的建立需要多个方面的必要支持。

① 领导和决策层的支持

建立和推广安全生产信息系统，要做大量的基础工作，投入相当数量的人力和物力。尤其是系统调研和开发的准备阶段，以及系统运行初期的数据导入阶段，会涉及大量的分析统筹，数据移植工作。因此，领导必须给予重视和支持，成立相应的工作小组，制订出相应管理方案、激励机制、考核办法。明确安全生产信息化是未来安全生产管理的必然方向，使员工树立"科技兴安"的安全理念，积极参与到新系统的开发和应用中。

② 有专业技术力量的委托方支持

安全生产管理信息系统的建设是一项涉及专业面积较广，技术要求强的系统工程，一方面需要安全生产科学、计算级科学、通信技术、管理学等多学科的专业人才支撑，第二方面需要有足够的技术保

障能力提供长时间的系统维护。所以，在选择服务商时，不仅应考虑服务商的系统开发能力，还应该考虑其对安全生产业务知识的了解程度以及其持续维护和保障的能力。

③ 良好的计算机网络环境

网络化管理是现阶段的安全生产管理信息化的显著特征，管理信息系统必须建立在企业局域网络或因特网的基础上，拥有良好的网络接入环境是实施安全生产管理信息化的前提和基础。

④ 足够的经费投入和充足的周期

安全生产信息系统涉及的软硬件设施较多，软件和服务投入主要包括信息化调研费用、系统设计开发费用、系统培训费用和系统维护费用，硬件费用主要包括服务器的购置，终端的增设，网络布局的调整费用。

五、典型安全生产管理信息系统介绍

① 安全生产管理信息系统的应用模式

以国内专业供应商提供的安全生产信息系统为例介绍其应用模式，典型安全生产信息系统应用模式图见图 7-11。计算机和网络是安全生产管理信息系统的基础，常用的终端和服务硬件构成主要包括以下方面。

(1) 连接企业网络或因特网的计算机。

(2) 提供系统服务的数据服务器和页面服务器。

(3) 短信发射器、指纹识别器等与系统服务相关的设备。

(4) 危险气体探测仪、起重限重器、红外探测仪等具备感应识别功能的安全技术设备。

(5) 手机终端、带有 GPS 功能的 PDA 终端。

(6) 由政府机关设立的、或者由服务提供商设立的外部信息交互系统。

② 安全生产管理信息系统的框架

框架是指系统的技术构建结构，一个系统的框架是不易改变的。安全生产管理信息系统的框架可以分为数据层、技术层、业务层、接口层四个层面，典型安全生产信息系统框架示意如图 7-12 所示。

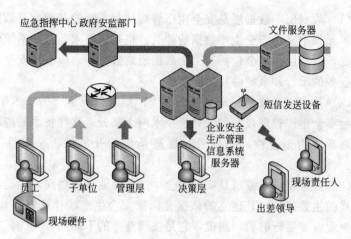

图 7-11 典型安全生产信息系统应用模式

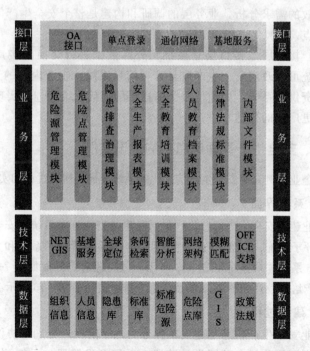

图 7-12 典型安全生产信息系统框架示意

（1）数据层　数据层是安全生产管理信息系统的基础，是数据储存的单元，定义了安全生产数据的种类、格式、要求。按照系统的复杂程度，数据层往往会包括若干个数据表或数据库，以支撑安全生产管理业务的运行和系统的技术需要。

（2）技术层　技术层是支撑安全生产信息系统运行的技术手段，它包括安全生产管理技术和计算机技术两个部分，这些技术的应用可以提高系统的先进性和适应性，提高系统的开放性、易用性和先进性。

（3）业务层　业务层是实际安全生产管理业务的体现，也是和用户交互的主要接口，其建立的依据是国家安全生产法律法规和规章，以及企业内部运行的管理制度，它是按照业务的不同而分类的，在业务层的构建时需要注重安全生产管理流程的梳理，清晰简洁的业务流程和有效的需求分析，业务层的调研和构建是整个安全生产信息化工程的重点。

（4）接口层　接口层是系统和外部数据进行交换的接口，通过它，系统可与政府安全生产监督管理信息系统、企业内部的 OA、财务、物资供应系统、由通信服务商提供的通信系统相连，实现数据的共享和更广泛的传达。

六、安全生产管理信息化的建设实例

以企业为例介绍安全生产信息化的系统界面、建设过程和实施效果。

❶ 系统界面

企业建设安全生产信息化，包括隐患排查治理子系统、安全生产标准化考评子系统、信息报告管理子系统，危险源管理子系统和文件管理子系统。系统登录界面如图 7-13 所示、危险源辨识界面如图 7-14 所示、安全生产培训教育如图 7-15 所示、隐患排查治理如图 7-16 所示。

❷ 建设过程

企业安全生产信息化建设工程分为八个阶段，分别是协议签订阶段、详细调研阶段、蓝图设计阶段、系统开发阶段、系统测试阶段、系统安装和数据切换阶段、培训阶段、项目验收和支持阶段。每个阶

图 7-13　系统登录界面

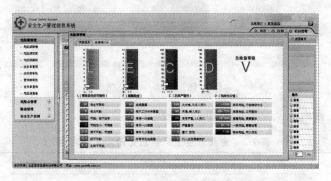

图 7-14　危险源辨识界面

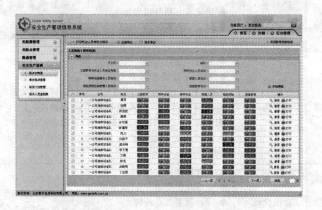

图 7-15　安全生产培训教育

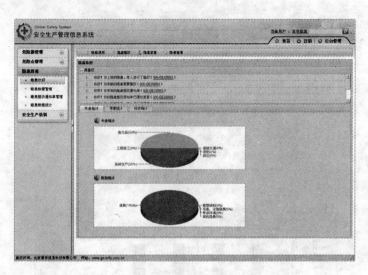

图 7-16　隐患排查治理

段的工作内容及完成成果如表 7-2 所示。

表 7-2　企业安全生产信息化阶段工作内容

阶段	工作内容	完成成果	备注
第一阶段	协议签订和计划准备	◆ 达成合同 ◆ 封闭主要需求 ◆ 确定双方项目组成员 ◆ 确定双方职责 ◆ 明确项目时间进度总体安排	《合同》 《项目组成员名单以及职责任务》 《详细工作进度安排》
第二阶段	详细调研	◆ 封闭详细需求 ◆ 对实际管理流程进行深入调研 ◆ 绘制管理流程图和数据流程图 ◆ 形成对关键数据点位置的确定	《调研计划和调研提纲》 《调研日志》 《需求调研报告》
第三阶段	蓝图设计	◆ 完善数据流程图 ◆ 设计数据库 ◆ 设计数据节点流转 ◆ 设计软件页面 ◆ 设计页面逻辑	《框架总体设计方案》 《系统设计书》

阶段	工作内容	完成成果	备注
第四阶段	系统开发	◆ 将客户需求按照系统设计书的要求转变成计算机代码	《开发日志》 初步成型软件
第五阶段	测试	◆ 进行工作室内部测试 ◆ 进入实际现场外部测试	《测试报告》 交付版本软件
第六阶段	系统安装和数据切换	◆ 将交付版本软件在客户服务器上进行安装 ◆ 将原有管理数据导入到管理平台上	《系统切换报告》
第七阶段	培训	◆ 制作使用说明书 ◆ 对用户进行软件培训	《培训讲义》 《培训总结报告》
第八阶段	项目验收和持续支持	◆ 组成专家组对项目进行验收 ◆ 相关模块正式启用 ◆ 对出现的程序问题进行排除 ◆ 对客户的后续需求提供咨询服务	《验收报告》 《代码错误更改单》 《定期维护报告》

❸ 实施效果

（1）信息报表优化情况　在平台实施之前，月报信息通过纸质文件传递，不按时交报表的现象十分普遍，从而影响了企业安全生产情况报表的生成。从图 7-17 报表优化情况可以看出，在平台实施之前，晚交和不交单位占到基层单位总数的 20％左右；平台实施后，晚交和不交的单位的比例下降至 10％，信息采集的效率提高 1 倍以上。

（2）管理人工节约情况　安全生产月报、隐患排查治理的数据统计、汇总、上报工作目前占到一名安全主管的工作量的 30％左右，该单位共有 2 名专职管理人员，23 名兼职管理人员，通过安全生产管理平台约节约人工 420 人/日，近乎 2 名全职安全管理人员一年的工作量。随着数据累积和业务交叉的数据共享，在模块逐渐成熟，其他业务流程逐步建成后，安全生产管理平台的人工节省将产生乘数效应，将现有管理人员的管理效率有望提高 1～3 倍。

（3）隐患排查治理流程优化成果　未实施安全信息化之前，企业

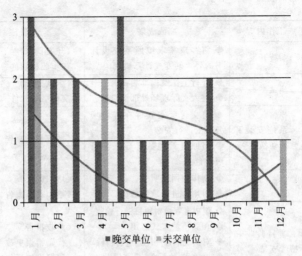

图 7-17　报表优化情况

平均排查隐患 820 处、整改 490 处，实施安全信息化后，通过平台上报的隐患共 1081 处，完成整改 921 处，实施安全信息化一段时间后，完成隐患排查 368 项，治理完成 332 项，整改率提高近 40%，整体呈"反 U"形趋势（见图 7-18）。

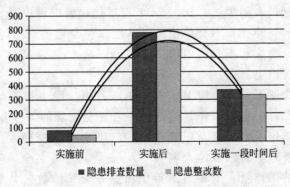

图 7-18　隐患排查治理改善情况

（4）减少事故损失　近一两年是该单位安全生产事故的一个小高峰，经济损失累积超过 1000 万元，在安全生产管理系统上线后，至今，累积经济损失为 200 万元左右，同比减少 80%，在连续多年安全生产事故持续上升的情况下实现转折，扭转了安全生产事故不断波动的情况。

　　总的来说，国内的安全生产信息化工作处于起步阶段，企业管理人员安全生产信息化知识相对缺乏，信息化投入不足，安全生产信息化的建立和发展与政府和企业的实际需求还有很大差距。但是，保障安全生产，不仅要靠建立、健全有关管理制度，加强监督管理，提高人们的安全生产意识，也要靠加强安全生产科学技术研究和安全生产先进技术的推广应用，把安全生产工作建立在先进科学技术基础上，进行安全生产信息化管理的应用和推广，这对于提高我国企业安全生产管理水平，控制事故数量，减少人员伤亡和财产损失，具有十分重要的指导意义。

附录 1

生产经营单位安全生产事故应急预案编制导则

（AQ/T 9002—2006）

1 范围

本标准规定了生产经营单位编制安全生产事故应急预案（以下简称应急预案）的程序、内容和要素等基本要求。

本标准适用于中华人民共和国领域内从事生产经营活动的单位。生产经营单位结合本单位的组织结构、管理模式、风险种类、生产规模等特点，可以对应急预案框架结构等要素进行调整。

2 术语和定义

下列术语和定义适用于本标准。

2.1 应急预案 emergency response plan

针对可能发生的事故，为迅速、有序地开展应急行动而预先制定的行动方案。

2.2 应急准备 emergency preparedness

针对可能发生的事故，为迅速、有序地开展应急行动而预先进行的组织准备和应急保障。

2.3 应急响应 emergency response

事故发生后，有关组织或人员采取的应急行动。

2.4 应急救援 emergency rescue

在应急响应过程中，为消除、减少事故危害，防止事故扩大或恶化，最大限度地降低事故造成的损失或危害而采取的救援措施或行动。

2.5 恢复 recovery

事故的影响得到初步控制后，为使生产、工作、生活和生态环境尽快恢复到正常状态而采取的措施或行动。

3 应急预案的编制

3.1 编制准备

编制应急预案应做好以下准备工作：

a) 全面分析本单位危险因素、可能发生的事故类型及事故的危

害程度；

b）排查事故隐患的种类、数量和分布情况，并在隐患治理的基础上，预测可能发生的事故类型及其危害程度；

c）确定事故危险源，进行风险评估；

d）针对事故危险源和存在的问题，确定相应的防范措施；

e）客观评价本单位应急能力；

f）充分借鉴国内外同行业事故教训及应急工作经验。

3.2 编制程序

3.2.1 应急预案编制工作组

结合本单位部门职能分工，成立以单位主要负责人为领导的应急预案编制工作组，明确编制任务、职责分工，制定工作计划。

3.2.2 资料收集

收集应急预案编制所需的各种资料（相关法律法规、应急预案、技术标准、国内外同行业事故案例分析、本单位技术资料等）。

3.2.3 危险源与风险分析

在危险因素分析及事故隐患排查、治理的基础上，确定本单位的危险源、可能发生事故的类型和后果，进行事故风险分析，并指出事故可能产生的次生、衍生事故，形成分析报告，分析结果作为应急预案的编制依据。

3.2.4 应急能力评估

对本单位应急装备、应急队伍等应急能力进行评估，并结合本单位实际，加强应急能力建设。

3.2.5 应急预案编制

针对可能发生的事故，按照有关规定和要求编制应急预案。应急预案编制过程中，应注重全体人员的参与和培训，使所有与事故有关人员均掌握危险源的危险性、应急处置方案和技能。应急预案应充分利用社会应急资源，与地方政府预案、上级主管单位以及相关部门的预案相衔接。

3.2.6 应急预案评审与发布

应急预案编制完成后，应进行评审。评审由本单位主要负责人组织有关部门和人员进行。外部评审由上级主管部门或地方政府负责安全管理的部门组织审查。评审后，按规定报有关部门备案，并经生产经营单位主要负责人签署发布。

4 应急预案体系的构成

应急预案应形成体系，针对各级各类可能发生的事故和所有危险源制订专项应急预案和现场应急处置方案，并明确事前、事发、事中、事后的各个过程中相关部门和有关人员的职责。生产规模小、危险因素少的生产经营单位，综合应急预案和专项应急预案可以合并编写。

4.1 综合应急预案

综合应急预案是从总体上阐述处理事故的应急方针、政策，应急组织结构及相关应急职责，应急行动、措施和保障等基本要求和程序，是应对各类事故的综合性文件。

4.2 专项应急预案

专项应急预案是针对具体的事故类别（如煤矿瓦斯爆炸、危险化学品泄漏等事故）、危险源和应急保障而制定的计划或方案，是综合应急预案的组成部分，应按照综合应急预案的程序和要求组织制定，并作为综合应急预案的附件。专项应急预案应制定明确的救援程序和具体的应急救援措施。

4.3 现场处置方案

现场处置方案是针对具体的装置、场所或设施、岗位所制定的应急处置措施。现场处置方案应具体、简单、针对性强。现场处置方案应根据风险评估及危险性控制措施逐一编制，做到事故相关人员应知应会，熟练掌握，并通过应急演练，做到迅速反应、正确处置。

5 综合应急预案的主要内容

5.1 总则

5.1.1 编制目的

简述应急预案编制的目的、作用等。

5.1.2 编制依据

简述应急预案编制所依据的法律法规、规章，以及有关行业管理规定、技术规范和标准等。

5.1.3 适用范围

说明应急预案适用的区域范围，以及事故的类型、级别。

5.1.4 应急预案体系

说明本单位应急预案体系的构成情况。

5.1.5 应急工作原则

说明本单位应急工作的原则，内容应简明扼要、明确具体。

5.2 生产经营单位的危险性分析

5.2.1 生产经营单位概况

主要包括单位地址、从业人数、隶属关系、主要原材料、主要产品、产量等内容，以及周边重大危险源、重要设施、目标、场所和周边布局情况。必要时，可附平面图进行说明。

5.2.2 危险源与风险分析

主要阐述本单位存在的危险源及风险分析结果。

5.3 组织机构及职责

5.3.1 应急组织体系

明确应急组织形式，构成单位或人员，并尽可能以结构图的形式表示出来。

5.3.2 指挥机构及职责

明确应急救援指挥机构总指挥、副总指挥、各成员单位及其相应职责。应急救援指挥机构根据事故类型和应急工作需要，可以设置相应的应急救援工作小组，并明确各小组的工作任务及职责。

5.4 预防与预警

5.4.1 危险源监控

明确本单位对危险源监测监控的方式、方法，以及采取的预防措施。

5.4.2 预警行动

明确事故预警的条件、方式、方法和信息的发布程序。

5.4.3 信息报告与处置

按照有关规定，明确事故及未遂伤亡事故信息报告与处置办法。

a）信息报告与通知

明确 24 小时应急值守电话、事故信息接收和通报程序。

b）信息上报

明确事故发生后向上级主管部门和地方人民政府报告事故信息的流程、内容和时限。

c）信息传递

明确事故发生后向有关部门或单位通报事故信息的方法和程序。

5.5 应急响应

5.5.1 响应分级

针对事故危害程度、影响范围和单位控制事态的能力，将事故分为不同的等级。按照分级负责的原则，明确应急响应级别。

5.5.2 响应程序

根据事故的大小和发展态势，明确应急指挥、应急行动、资源调配、应急避险、扩大应急等响应程序。

5.5.3 应急结束

明确应急终止的条件。事故现场得以控制，环境符合有关标准，导致次生、衍生事故隐患消除后，经事故现场应急指挥机构批准后，现场应急结束。

应急结束后，应明确：

a）事故情况上报事项；

b）需向事故调查处理小组移交的相关事项；

c）事故应急救援工作总结报告。

5.6 信息发布

明确事故信息发布的部门，发布原则。事故信息应由事故现场指挥部及时准确向新闻媒体通报事故信息。

5.7 后期处置

主要包括污染物处理、事故后果影响消除、生产秩序恢复、善后赔偿、抢险过程和应急救援能力评估及应急预案的修订等内容。

5.8 保障措施

5.8.1 通信与信息保障

明确与应急工作相关联的单位或人员通信联系方式和方法，并提

供备用方案。建立信息通信系统及维护方案，确保应急期间信息通畅。

5.8.2 应急队伍保障

明确各类应急响应的人力资源，包括专业应急队伍、兼职应急队伍的组织与保障方案。

5.8.3 应急物资装备保障

明确应急救援需要使用的应急物资和装备的类型、数量、性能、存放位置、管理责任人及其联系方式等内容。

5.8.4 经费保障

明确应急专项经费来源、使用范围、数量和监督管理措施，保障应急状态时生产经营单位应急经费的及时到位。

5.8.5 其他保障

根据本单位应急工作需求而确定的其他相关保障措施（如：交通运输保障、治安保障、技术保障、医疗保障、后勤保障等）。

5.9 培训与演练

5.9.1 培训

明确对本单位人员开展的应急培训计划、方式和要求。如果预案涉及社区和居民，要做好宣传教育和告知等工作。

5.9.2 演练

明确应急演练的规模、方式、频次、范围、内容、组织、评估、总结等内容。

5.10 奖惩

明确事故应急救援工作中奖励和处罚的条件和内容。

5.11 附则

5.11.1 术语和定义

对应急预案涉及的一些术语进行定义。

5.11.2 应急预案备案

明确本应急预案的报备部门。

5.11.3 维护和更新

明确应急预案维护和更新的基本要求，定期进行评审，实现可持续改进。

5.11.4 制定与解释

明确应急预案负责制定与解释的部门。

5.11.5 应急预案实施

明确应急预案实施的具体时间。

6 专项应急预案的主要内容

6.1 事故类型和危害程度分析

在危险源评估的基础上，对其可能发生的事故类型和可能发生的季节及其严重程度进行确定。

6.2 应急处置基本原则

明确处置安全生产事故应当遵循的基本原则。

6.3 组织机构及职责

6.3.1 应急组织体系

明确应急组织形式，构成单位或人员，并尽可能以结构图的形式表示出来。

6.3.2 指挥机构及职责

根据事故类型，明确应急救援指挥机构总指挥、副总指挥以及各成员单位或人员的具体职责。应急救援指挥机构可以设置相应的应急救援工作小组，明确各小组的工作任务及主要负责人职责。

6.4 预防与预警

6.4.1 危险源监控

明确本单位对危险源监测监控的方式、方法，以及采取的预防措施。

6.4.2 预警行动

明确具体事故预警的条件、方式、方法和信息的发布程序。

6.5 信息报告程序

主要包括：

a) 确定报警系统及程序；

b) 确定现场报警方式，如电话、警报器等；

c) 确定24小时与相关部门的通讯、联络方式；

d) 明确相互认可的通告、报警形式和内容；

e) 明确应急反应人员向外求援的方式。

6.6 应急处置

6.6.1 响应分级

针对事故危害程度、影响范围和单位控制事态的能力，将事故分为不同的等级。按照分级负责的原则，明确应急响应级别。

6.6.2 响应程序

根据事故的大小和发展态势，明确应急指挥、应急行动、资源调配、应急避险、扩大应急等响应程序。

6.6.3 处置措施

针对本单位事故类别和可能发生的事故特点、危险性，制定的应急处置措施（如煤矿瓦斯爆炸、冒顶片帮、火灾、透水等事故应急处置措施，危险化学品火灾、爆炸、中毒等事故应急处置措施）。

6.7 应急物资与装备保障

明确应急处置所需的物质与装备数量、管理和维护、正确使用等。

7 现场处置方案的主要内容

7.1 事故特征

主要包括：

a）危险性分析，可能发生的事故类型；

b）事故发生的区域、地点或装置的名称；

c）事故可能发生的季节和造成的危害程度；

d）事故前可能出现的征兆。

7.2 应急组织与职责

主要包括：

a）基层单位应急自救组织形式及人员构成情况；

b）应急自救组织机构、人员的具体职责，应同单位或车间、班组人员工作职责紧密结合，明确相关岗位和人员的应急工作职责。

7.3 应急处置

主要包括以下内容：

a）事故应急处置程序。根据可能发生的事故类别及现场情况，明确事故报警、各项应急措施启动、应急救护人员的引导、事故扩大及同企业应急预案的衔接的程序。

b）现场应急处置措施。针对可能发生的火灾、爆炸、危险化学品泄漏、坍塌、水患、机动车辆伤害等，从操作措施、工艺流程、现场处置、事故控制，人员救护、消防、现场恢复等方面制定明确的应急处置措施。

c）报警电话及上级管理部门、相关应急救援单位联络方式和联系人员，事故报告的基本要求和内容。

7.4 注意事项

主要包括：

a）佩戴个人防护器具方面的注意事项；

b）使用抢险救援器材方面的注意事项；

c）采取救援对策或措施方面的注意事项；

d）现场自救和互救注意事项；

e）现场应急处置能力确认和人员安全防护等事项；

f）应急救援结束后的注意事项；

g）其他需要特别警示的事项。

8　附件

8.1 有关应急部门、机构或人员的联系方式

列出应急工作中需要联系的部门、机构或人员的多种联系方式，并不断进行更新。

8.2 重要物资装备的名录或清单

列出应急预案涉及的重要物资和装备名称、型号、存放地点和联系电话等。

8.3 规范化格式文本

信息接收、处理、上报等规范化格式文本。

8.4 关键的路线、标识和图纸

主要包括：

a）警报系统分布及覆盖范围；

b）重要防护目标一览表、分布图；

c）应急救援指挥位置及救援队伍行动路线；

d）疏散路线、重要地点等标识；

e）相关平面布置图纸、救援力量的分布图纸等。

8.5 相关应急预案名录

列出直接与本应急预案相关的或相衔接的应急预案名称。

8.6 有关协议或备忘录

与相关应急救援部门签订的应急支援协议或备忘录。

附 录 A（资料性附录）

应急预案编制格式和要求

A.1 封面

应急预案封面主要包括应急预案编号、应急预案版本号、生产经营单位名称、应急预案名称、编制单位名称、颁布日期等内容。

A.2 批准页

应急预案必须经发布单位主要负责人批准方可发布。

A.3 目次

应急预案应设置目次，目次中所列的内容及次序如下：

——批准页；

——章的编号、标题；

——带有标题的条的编号、标题（需要时列出）；

——附件，用序号表明其顺序。

A.4 印刷与装订

应急预案采用 A4 版面印刷、活页装订。

附录2

企业安全文化建设导则

（AQ/T9004—2008）

1 范围

本标准适用于开展安全文化建设工作的各类企业，作为其促进自身安全文化发展的工作指南。本标准对具有下列愿望的企业尤为重要：

a）以严格的安全生产规章或程序为基础，实现在法律和政府监管符合性要求之上的安全自我约束，最大限度地减小生产安全事故风险；

b）对寻求和保持卓越的安全绩效做出全员承诺并付诸实践；

c）使自己确信能从任何安全异常和事件中获取经验并改正与此相关的所有缺陷。

2 规范性引用文件

下列文件中的条款通过本标准的引用而成为本标准的条款。凡是注日期的引用文件，其随后所有的修改单（不包括勘误的内容）或修订版均不适用于本标准。凡是不注日期的引用文件，其最新版本适用于本标准。

GB/T 28001—2001 职业健康安全管理体系审核规范

3 术语和定义

下列术语和定义适用于本标准。

3.1 企业安全文化 enterprise safety culture

被企业组织的员工群体所共享的安全价值观、态度、道德和行为规范组成的统一体。注：在本标准中也被简称为安全文化。

3.2 企业安全文化建设 developing enterprise safety culture

通过综合的组织管理等手段，使企业的安全文化不断进步和发展的过程。

3.3 安全绩效 safety performance

基于组织的安全承诺和行为规范，与组织安全文化建设有关的组织管理手段的可测量结果。

注1：安全绩效测量包括安全文化建设活动和结果的测量。

注 2：在本标准中也被简称为绩效。

3.4 安全自我约束 self restricting in safety

通过组织管理手段实现非被动服从的、高于法律和政府监管要求的安全生产保障条件。

3.5 安全承诺 safety commitment

由企业公开做出的、代表了全体员工在关注安全和追求安全绩效方面所具有的稳定意愿及实践行动的明确表示。

3.6 安全价值观 safety values

被企业的员工群体所共享的、对安全问题的意义和重要性的总评价和总看法。

3.7 安全愿景 safety vision

用简洁明了的语言所描述的企业在安全问题上未来若干年要实现的志愿和前景。

3.8 安全使命 safety mission

简要概括出的、为实现企业的安全愿景而必须完成的核心任务。

3.9 安全目标 safety goal

为实现企业的安全使命而确定的安全绩效标准，该标准决定了必须采取的行动计划。

3.10 安全志向 safety aspiration

在企业组织和个人的安全绩效上追求卓越的意愿和决心。

3.11 安全态度 safety attitude

在安全价值观指导下，员工个人对各种安全问题所产生的内在反应倾向。

3.12 安全事件 safety incident

导致或可能导致事故的情况。注：在本标准中也被简称为事件，引用于 GB/T 28001—2001 中 3.6 的定义。

3.13 安全异常 safety abnormity

可导致安全事件的不正常情况。

3.14 安全缺陷 safety defect

可被识别和改进的、对组织和个人追求卓越安全绩效造成阻碍的

不完善之处。

3.15 不安全实践 unsafe practice

由于计划、指挥、控制或行为人自身的差错而产生的不安全过程。

3.16 不符合 non-conformance

任何与工作标准、惯例、程序、法规、管理体系绩效等的偏离，其结果能够直接或间接导致伤害或疾病、财产损失、工作环境破坏或这些情况的组合。注：引用于 GB/T 28001—2001 中3.8 的定义。

3.17 保守决策 conservative decision making

在企业进行生产经营决策时，从多个备选行动方案中选取伤害风险为最小的方案的过程。

3.18 相关方 interested parties

与组织的安全绩效有关的或受其安全绩效影响的个人或团体。

3.19 战略规划 strategic program

指导企业全局的、较为长远的安全计划。

4 总体要求

企业在安全文化建设过程中，应充分考虑自身内部的和外部的文化特征，引导全体员工的安全态度和安全行为，实现在法律和政府监管要求之上的安全自我约束，通过全员参与实现企业安全生产水平持续进步。

企业安全文化建设的总体模式如图1所示。

5 企业安全文化建设基本要素

5.1 安全承诺

5.1.1 企业应建立包括安全价值观、安全愿景、安全使命和安全目标等在内的安全承诺。安全承诺应：

——切合企业特点和实际，反映共同安全志向；

——明确安全问题在组织内部具有最高优先权；

——声明所有与企业安全有关的重要活动都追求卓越；

——含义清晰明了，并被全体员工和相关方所知晓和理解。

图 1　企业安全文化建设的总体模式

5.1.2 企业的领导者应对安全承诺做出有形的表率，应让各级管理者和员工切身感受到领导者对安全承诺的实践。领导者应：

——提供安全工作的领导力，坚持保守决策，以有形的方式表达对安全的关注；

——在安全生产上真正投入时间和资源；

——制定安全发展的战略规划以推动安全承诺的实施；

——接受培训，在与企业相关的安全事务上具有必要的能力；

——授权组织的各级管理者和员工参与安全生产工作，积极质疑安全问题；

——安排对安全实践或实施过程的定期审查；

——与相关方进行沟通和合作。

5.1.3 企业的各级管理者应对安全承诺的实施起到示范和推进作用，形成严谨的制度化工作方法，营造有益于安全的工作氛围，培育重视安全的工作态度。各级管理者应：

——清晰界定全体员工的岗位安全责任；

——确保所有与安全相关的活动均采用了安全的工作方法；

——确保全体员工充分理解并胜任所承担的工作；

——鼓励和肯定在安全方面的良好态度，注重从差错中学习和获益；

——在追求卓越的安全绩效、质疑安全问题方面以身作则；

——接受培训，在推进和辅导员工改进安全绩效上具有必要的能力；

——保持与相关方的交流合作，促进组织部门之间的沟通与协作。

5.1.4 企业的员工应充分理解和接受企业的安全承诺，并结合岗位工作任务实践这种安全承诺。每个员工应：

——在本职工作上始终采取安全的方法；

——对任何与安全相关的工作保持质疑的态度；

——对任何安全异常和事件保持警觉并主动报告；

——接受培训，在岗位工作中具有改进安全绩效的能力；

——与管理者和其他员工进行必要的沟通。

5.1.5 企业应将自己的安全承诺传达到相关方。必要时应要求供应商、承包商等相关方提供相应的安全承诺。

5.2 行为规范与程序

5.2.1 企业内部的行为规范是企业安全承诺的具体体现和安全文化建设的基础要求。企业应确保拥有能够达到和维持安全绩效的管理系统，建立清晰界定的组织结构和安全职责体系，有效控制全体员工的行为。行为规范的建立和执行应：

——体现企业的安全承诺；

——明确各级各岗位人员在安全生产工作中的职责与权限；

——细化有关安全生产的各项规章制度和操作程序；

——行为规范的执行者参与规范系统的建立，熟知自己在组织中的安全角色和责任；

——由正式文件予以发布；

——引导员工理解和接受建立行为规范的必要性，知晓由于不遵守规范所引发的潜在不利后果；

——通过各级管理者或被授权者观测员工行为，实施有效监控和缺陷纠正；

——广泛听取员工意见，建立持续改进机制。

5.2.2 程序是行为规范的重要组成部分。企业应建立必要的程序，以实现对与安全相关的所有活动进行有效控制的目的。程序的建立和执行应：

——识别并说明主要的风险，简单易懂，便于实际操作；

——程序的使用者（必要时包括承包商）参与程序的制定和改进过程，并应清楚理解不遵守程序可导致的潜在不利后果；

——由正式文件予以发布；

——通过强化培训，向员工阐明在程序中给出特殊要求的原因；

——对程序的有效执行保持警觉，即使在生产经营压力很大时，也不能容忍走捷径和违反程序；

——鼓励员工对程序的执行保持质疑的安全态度，必要时采取更加保守的行动并寻求帮助。

5.3 安全行为激励

5.3.1 企业在审查和评估自身安全绩效时，除使用事故发生率等消极指标外，还应使用旨在对安全绩效给予直接认可的积极指标。

5.3.2 员工应该受到鼓励，在任何时间和地点，挑战所遇到的潜在不安全实践，并识别所存在的安全缺陷。对员工所识别的安全缺陷，企业应给予及时处理和反馈。

5.3.3 企业宜建立员工安全绩效评估系统，应建立将安全绩效与工作业绩相结合的奖励制度。审慎对待员工的差错，应避免过多关注错误本身，而应以吸取经验教训为目的。应仔细权衡惩罚措施，避免因处罚而导致员工隐瞒错误。

5.3.4 企业宜在组织内部树立安全榜样或典范，发挥安全行为和安全态度的示范作用。

5.4 安全信息传播与沟通

5.4.1 企业应建立安全信息传播系统，综合利用各种传播途径和方式，提高传播效果。

5.4.2 企业应优化安全信息的传播内容，将组织内部有关安全的经验、实践和概念作为传播内容的组成部分。

5.4.3 企业应就安全事项建立良好的沟通程序，确保企业与政府监管机构和相关方、各级管理者与员工、员工相互之间的沟通。沟通应满足：

——确认有关安全事项的信息已经发送，并被接受方所接收和理解；

——涉及安全事件的沟通信息应真实、开放；

——每个员工都应认识到沟通对安全的重要性，从他人处获取信息和向他人传递信息。

5.5 自主学习与改进

5.5.1 企业应建立有效的安全学习模式，实现动态发展的安全学习过程，保证安全绩效的持续改进。安全自主学习过程的模式如图2所示。

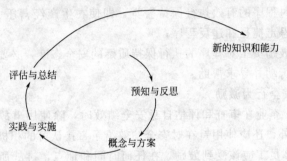

图2　企业安全自主学习过程模式

5.5.2 企业应建立正式的岗位适任资格评估和培训系统，确保全体员工充分胜任所承担的工作。应：

——制定人员聘任和选拔程序，保证员工具有岗位适任要求的初始条件；

——安排必要的培训及定期复训，评估培训效果；

——培训内容除有关安全知识和技能外，还应包括对严格遵守安全规范的理解，以及个人安全职责的重要意义和因理解偏差或缺乏严谨而产生失误的后果；

——除借助外部培训机构外，应选拔、训练和聘任内部培训教师，使其成为企业安全文化建设过程的知识和信息传播者。

5.5.3 企业应将与安全相关的任何事件，尤其是人员失误或组织错误事件，当作能够从中汲取经验教训的宝贵机会与信息资源，从而改进行为规范和程序，获得新的知识和能力。

5.5.4 应鼓励员工对安全问题予以关注，进行团队协作，利用既有知识和能力，辨识和分析可供改进的机会，对改进措施提出建议，并在可控条件下授权员工自主改进。

5.5.5 经验教训、改进机会和改进过程的信息宜编写到企业内部培训课程或宣传教育活动的内容中，使员工广泛知晓。

5.6 安全事务参与

5.6.1 全体员工都应认识到自己负有对自身和同事安全做出贡献的重要责任。员工对安全事务的参与是落实这种责任的最佳途径。

5.6.2 员工参与的方式可包括但不局限于以下类型：

——建立在信任和免责备基础上的微小差错员工报告机制；

——成立员工安全改进小组，给予必要的授权、辅导和交流；

——定期召开有员工代表参加的安全会议，讨论安全绩效和改进行动；

——开展岗位风险预见性分析和不安全行为或不安全状态的自查自评活动。

企业组织应根据自身的特点和需要确定员工参与的形式。

5.6.3 所有承包商对企业的安全绩效改进均可做出贡献。企业应建立让承包商参与安全事务和改进过程的机制，包括：

——应将与承包商有关的政策纳入安全文化建设的范畴；

——应加强与承包商的沟通和交流，必要时给予培训，使承包商清楚企业的要求和标准；

——应让承包商参与工作准备、风险分析和经验反馈等活动；

——倾听承包商对企业生产经营过程中所存在的安全改进机会的意见。

5.7 审核与评估

5.7.1 企业应对自身安全文化建设情况进行定期的全面审核，包括：

——领导者应定期组织各级管理者评审企业安全文化建设过程的有效性和安全绩效结果；

——领导者应根据审核结果确定并落实整改不符合、不安全实践

和安全缺陷的优先次序，并识别新的改进机会；

——必要时，应鼓励相关方实施这些优先次序和改进机会，以确保其安全绩效与企业协调一致。

5.7.2 文化建设过程中及审核时，应采用有效的安全文化评估方法，关注安全绩效下滑的前兆，给予及时的控制和改进。

6 推进与保障

6.1 规划与计划

企业应充分认识安全文化建设的阶段性、复杂性和持续改进性，由最高领导人组织制定推动本企业安全文化建设的长期规划和阶段性计划。规划和计划应在实施过程中不断完善。

6.2 保障条件

企业应充分提供安全文化建设的保障条件，包括：

——明确安全文化建设的领导职能，建立领导机制；

——确定负责推动安全文化建设的组织机构与人员，落实其职能；

——保证必需的建设资金投入；

——配置适用的安全文化信息传播系统。

6.3 推动骨干的选拔和培养

企业宜在管理者和普通员工中选拔和培养一批能够有效推动安全文化发展的骨干。这些骨干扮演员工、团队和各级管理者指导老师的角色，承担辅导和鼓励全体员工向良好的安全态度和行为转变的职责。

附录3

中央企业安全生产监督管理暂行办法

（国务院国有资产监督管理委员会令第 21 号）

第一章　总　则

第一条　为履行国有资产出资人安全生产监管职责，督促中央企业全面落实安全生产主体责任，建立安全生产长效机制，防止和减少生产安全事故，保障中央企业职工和人民群众生命财产安全，维护国有资产的保值增值，根据《中华人民共和国安全生产法》、《企业国有资产监督管理暂行条例》、《国务院办公厅关于加强中央企业安全生产工作的通知》（国办发［2004］52 号）等有关法律法规和规定，制定本办法。

第二条　本办法所称中央企业，是指国务院国有资产监督管理委员会（以下简称国资委）根据国务院授权履行出资人职责的国有及国有控股企业。

第三条　中央企业应当依法接受国家安全生产监督管理部门和所在地省（区、市）、市（地）安全生产监督管理部门以及行业安全生产监督管理部门的监督管理。国资委按照国有资产出资人的职责，对中央企业的安全生产工作履行以下职责：

（一）负责指导督促中央企业贯彻落实国家安全生产方针政策及有关法律法规、标准等；

（二）督促中央企业主要负责人落实安全生产第一责任人的责任和企业安全生产责任制，做好对企业负责人履行安全生产职责的业绩考核；

（三）依照有关规定，参与或者组织开展中央企业安全生产检查、督查，督促企业落实各项安全防范和隐患治理措施；

（四）参与企业特别重大事故的调查，负责落实事故责任追究的有关规定；

（五）督促企业做好统筹规划，把安全生产纳入中长期发展规划，保障职工健康与安全，切实履行社会责任。

第四条　国资委对中央企业安全生产实行分类监督管理。中央企业依据国资委核定的主营业务和安全生产的风险程度分为三类（见附件1）：

第一类：主业从事煤炭及非煤矿山开采、建筑施工、危险物品的生产经营储运使用、交通运输的企业；

第二类：主业从事冶金、机械、电子、电力、建材、医药、纺织、仓储、旅游、通信的企业；

第三类：除上述第一、二类企业以外的企业。

企业分类实行动态管理，可以根据主营业务内容的变化进行调整。

第二章 安全生产工作责任

第五条 中央企业是安全生产的责任主体，必须贯彻落实国家安全生产方针政策及有关法律法规、标准，按照"统一领导、落实责任、分级管理、分类指导、全员参与"的原则，逐级建立健全安全生产责任制。安全生产责任制应当覆盖本企业全体职工和岗位、全部生产经营和管理过程。

第六条 中央企业应当按照以下规定建立以企业主要负责人为核心的安全生产领导负责制。

（一）中央企业主要负责人是本企业安全生产的第一责任人，对本企业安全生产工作负总责，应当全面履行《中华人民共和国安全生产法》规定的以下职责：

1. 建立健全本企业安全生产责任制；

2. 组织制定本企业安全生产规章制度和操作规程；

3. 保证本企业安全生产投入的有效实施；

4. 督促、检查本企业的安全生产工作，及时消除生产安全事故隐患；

5. 组织制定并实施本企业的生产安全事故应急救援预案；

6. 及时、如实报告生产安全事故。

（二）中央企业主管生产的负责人统筹组织生产过程中各项安全生产制度和措施的落实，完善安全生产条件，对企业安全生产工作负重要领导责任。

（三）中央企业主管安全生产工作的负责人协助主要负责人落实

各项安全生产法律法规、标准，统筹协调和综合管理企业的安全生产工作，对企业安全生产工作负综合管理领导责任。

（四）中央企业其他负责人应当按照分工抓好主管范围内的安全生产工作，对主管范围内的安全生产工作负领导责任。

第七条　中央企业必须建立健全安全生产的组织机构，包括：

（一）安全生产工作的领导机构——安全生产委员会（以下简称安委会），负责统一领导本企业的安全生产工作，研究决策企业安全生产的重大问题。安委会主任应当由企业安全生产第一责任人担任。安委会应当建立工作制度和例会制度。

（二）与企业生产经营相适应的安全生产监督管理机构。

第一类企业应当设置负责安全生产监督管理工作的独立职能部门。

第二类企业应当在有关职能部门中设置负责安全生产监督管理工作的内部专业机构；安全生产任务较重的企业应当设置负责安全生产监督管理工作的独立职能部门。

第三类企业应当明确有关职能部门负责安全生产监督管理工作，配备专职安全生产监督管理人员；安全生产任务较重的企业应当在有关职能部门中设置负责安全生产监督管理工作的内部专业机构。

安全生产监督管理职能部门或者负责安全生产监督管理工作的职能部门是企业安全生产工作的综合管理部门，对其他职能部门的安全生产管理工作进行综合协调和监督。

第八条　中央企业应当明确各职能部门的具体安全生产管理职责；各职能部门应当将安全生产管理职责具体分解到相应岗位。

第九条　中央企业专职安全生产监督管理人员的任职资格和配备数量，应当符合国家和行业的有关规定；国家和行业没有明确规定的，中央企业应当根据本企业的生产经营内容和性质、管理范围、管理跨度等配备专职安全生产监督管理人员。

中央企业应当加强安全队伍建设，提高人员素质，鼓励和支持安全生产监督管理人员取得注册安全工程师资质。安全生产监督管理机构工作人员应当逐步达到以注册安全工程师为主体。

第十条　中央企业工会依法对本企业安全生产与劳动防护进行民

主监督，依法维护职工合法权益，有权对建设项目的安全设施与主体工程同时设计、同时施工、同时投入和使用情况进行监督，提出意见。

第十一条　中央企业应当对其独资及控股子企业（包括境外子企业）的安全生产认真履行以下监督管理责任：

（一）监督管理独资及控股子企业安全生产条件具备情况；安全生产监督管理组织机构设置情况；安全生产责任制、安全生产各项规章制度建立情况；安全生产投入和隐患排查治理情况；安全生产应急管理情况；及时、如实报告生产安全事故。

第一类中央企业可以向其列为安全生产重点的独资及控股子企业委派专职安全生产总监，加强对子企业安全生产的监督。

（二）将独资及控股子企业纳入中央企业安全生产管理体系，对其项目建设、收购、并购、转让、运行、停产等影响安全生产的重大事项实行报批制度，严格安全生产的检查、考核、奖惩和责任追究。

对控股但不负责管理的子企业，中央企业应当与管理方商定管理模式，按照《中华人民共和国安全生产法》的要求，通过经营合同、公司章程、协议书等明确安全生产管理责任、目标和要求等。

对参股并负有管理职责的企业，中央企业应当按照有关法律法规的规定与参股企业签订安全生产管理协议书，明确安全生产管理责任。

中央企业各级子企业应当按照以上规定逐级建立健全安全生产责任制，逐级加强安全生产工作的监督管理。

第三章　安全生产工作基本要求

第十二条　中央企业应当制定中长期安全生产发展规划，并将其纳入企业总体发展战略规划，实现安全生产与企业发展的同步规划、同步实施、同步发展。

第十三条　中央企业应当建立健全安全生产管理体系，积极推行和应用国内外先进的安全生产管理方法、体系等，实现安全生产管理的规范化、标准化、科学化、现代化。

中央企业安全生产管理体系应当包括组织体系、制度体系、责任体系、风险控制体系、教育体系、监督保证体系等。

中央企业应当加强安全生产管理体系的运行控制，强化岗位培训、过程督查、总结反馈、持续改进等管理过程，确保体系的有效运行。

第十四条　中央企业应当结合行业特点和企业实际，建立职业健康安全管理体系，消除或者减少职工的职业健康安全风险，保障职工职业健康。

第十五条　中央企业应当建立健全企业安全生产应急管理体系，包括预案体系、组织体系、运行机制、支持保障体系等。加强应急预案的编制、评审、培训、演练和应急救援队伍的建设工作，落实应急物资与装备，提高企业有效应对各类生产安全事故灾难的应急管理能力。

第十六条　中央企业应当加强安全生产风险辨识和评估工作，制定重大危险源的监控措施和管理方案，确保重大危险源始终处于受控状态。

第十七条　中央企业应当建立健全生产安全事故隐患排查和治理工作制度，规范各级生产安全事故隐患排查的频次、控制管理原则、分级管理模式、分级管理内容等。对排查出的隐患要落实专项治理经费和专职负责人，按时完成整改。

第十八条　中央企业应当严格遵守新建、改建、扩建工程项目安全设施与主体工程同时设计、同时施工、同时投入生产和使用的有关规定。

第十九条　中央企业应当严格按照国家和行业的有关规定，足额提取安全生产费用。国家和行业没有明确规定安全生产费用提取比例的中央企业，应当根据企业实际和可持续发展的需要，提取足够的安全生产费用。安全生产费用应当专户核算并编制使用计划，明确费用投入的项目内容、额度、完成期限、责任部门和责任人等，确保安全生产费用投入的落实，并将落实情况随年度业绩考核总结分析报告同时报送国资委。

第二十条　中央企业应当建立健全安全生产的教育和培训制度，严格落实企业负责人、安全生产监督管理人员、特种作业人员的持证上岗制度和培训考核制度；严格落实从业人员的安全生产教育培训制度。

第二十一条　中央企业应当建立安全生产考核和奖惩机制。严格安全生产业绩考核，加大安全生产奖励力度，严肃查处每起责任事故，严格追究事故责任人的责任。

第二十二条　中央企业应当建立健全生产安全事故新闻发布制度和媒体应对工作机制，及时、主动、准确、客观地向新闻媒体公布事故的有关情况。

第二十三条　企业制定和执行的安全生产管理规章制度、标准等应当不低于国家和行业要求。

第四章　安全生产工作报告制度

第二十四条　中央企业应当于每年1月底前将上一年度的安全生产工作总结和本年度的工作安排报送国资委。

第二十五条　中央企业应当按季度、年度对本企业（包括独资及控股并负责管理的企业）所发生的生产安全事故进行统计分析并填制报表（见附件2、附件3），于次季度首月15日前和次年度1月底前报国资委。中央企业生产安全事故统计报表实行零报告制度。

第二十六条　中央企业发生生产安全事故或者因生产安全事故引发突发事件后，应当按以下要求报告国资委：

（一）境内发生较大及以上生产安全事故，中央企业应当编制生产安全事故快报（见附件4），按本办法规定的报告流程（见附件5）迅速报告。事故现场负责人应当立即向本单位负责人报告，单位负责人接到报告后，应当于1小时内向上一级单位负责人报告；以后逐级报告至国资委，且每级时间间隔不得超过2小时。

（二）境内由于生产安全事故引发的特别重大、重大突发公共事件，中央企业接到报告后应当立即向国资委报告。

（三）境外发生生产安全死亡事故，中央企业接到报告后应当立即向国资委报告。

（四）在中央企业管理的区域内发生生产安全事故，中央企业作为业主、总承包商或者分包商应当按本条第（一）款规定报告。

第二十七条　中央企业应当将政府有关部门对较大事故、重大事故的事故调查报告及批复及时报国资委备案，并将责任追究落实情况

报告国资委。

第二十八条　中央企业应当将安全生产工作领导机构及安全生产监督管理机构的名称、组成人员、职责、工作制度及联系方式报国资委备案，并及时报送变动情况。

第二十九条　中央企业应当将安全生产应急预案报国资委备案，并及时报送修订情况。

第三十条　中央企业应当将安全生产方面的重要活动、重要会议、重大举措和成果、重大问题等重要信息和重要事项，及时报告国资委。

第五章　安全生产监督管理与奖惩

第三十一条　国资委参与中央企业特别重大生产安全事故的调查，并根据事故调查报告及国务院批复负责落实或者监督对事故有关责任单位和责任人的处理。

第三十二条　国资委组织开展中央企业安全生产督查，督促中央企业落实安全生产有关规定和改进安全生产工作。中央企业违反本办法有关安全生产监督管理规定的，国资委根据情节轻重要求其改正或者予以通报批评。

中央企业半年内连续发生重大以上生产安全事故，国资委除依据有关规定落实对有关责任单位和责任人的处理外，对中央企业予以通报批评，对其主要负责人进行诫勉谈话。

第三十三条　国资委配合有关部门对中央企业安全生产违法行为的举报进行调查，或者责成有关单位进行调查，依照干部管理权限对有关责任人予以处理。

第三十四条　国资委根据中央企业考核期内发生的生产安全责任事故认定情况，对中央企业负责人经营业绩考核结果进行下列降级或者降分处理（见附件6）：

（一）中央企业负责人年度经营业绩考核期内发生特别重大责任事故并负主要责任或者发生瞒报事故的，对该中央企业负责人的年度经营业绩考核结果予以降级处理。

（二）中央企业负责人年度经营业绩考核期内发生较大责任事故或者重大责任事故起数达到降级起数的，对该中央企业负责人的年度经营业绩考核结果予以降级处理。

（三）中央企业负责人年度经营业绩考核期内发生较大责任事故和重大责任事故但不够降级标准的，对该中央企业负责人的年度经营业绩考核结果予以降分处理。

（四）中央企业负责人任期经营业绩考核期内连续发生瞒报事故或者发生两起以上特别重大责任事故，对该中央企业负责人的任期经营业绩考核结果予以降级处理。

本办法所称责任事故，是指依据事故调查报告及批复对事故性质的认定，中央企业或者中央企业独资及控股子企业对事故发生负有责任的生产安全事故。

第三十五条　对未严格按照国家和行业有关规定足额提取安全生产费用的中央企业，国资委从企业负责人业绩考核的业绩利润中予以扣减，并予以降分处理。

第三十六条　授权董事会对经理层人员进行经营业绩考核的中央企业，董事会应当将安全生产工作纳入经理层人员年度经营业绩考核，与绩效薪金挂钩，并比照本办法的安全生产业绩考核规定执行。

董事会对经理层的安全生产业绩考核情况纳入国资委对董事会的考核评价内容。对董事会未有效履行监督、考核安全生产职能，企业发生特别重大责任事故并造成严重社会影响的，国资委对董事会予以调整，对有关董事予以解聘。

第三十七条　中央企业负责人年度经营业绩考核中因安全生产问题受到降级处理的，取消其参加该考核年度国资委组织或者参与组织的评优、评先活动资格。

第三十八条　国资委对年度安全生产相对指标达到国内同行业最好水平或者达到国际先进水平的中央企业予以表彰。

第三十九条　国资委对认真贯彻执行本办法，安全生产工作成绩突出的个人和集体予以表彰奖励。

第六章　附　则

第四十条　生产安全事故等级划分按《生产安全事故报告和调查处理条例》（国务院令第 493 号）第三条的规定执行。国务院对特殊

行业另有规定的，从其规定。

突发公共事件等级划分按《国务院关于实施国家突发公共事件总体应急预案的决定》（国发〔2005〕11号）附件《特别重大、重大突发公共事件分级标准（试行）》中安全事故类的有关规定执行。

第四十一条　境外中央企业除执行本办法外，还应严格遵守所在地的安全生产法律法规。

第四十二条　本办法由国资委负责解释。

第四十三条　本办法自2008年9月1日起施行。

关于调整中央企业安全生产监管类别的通知

各中央企业：

《中央企业安全生产监督管理暂行办法》（国资委令第 21 号，以下简称《暂行办法》）实施一年来，各中央企业认真贯彻执行《暂行办法》，安全生产形势总体保持稳定，安全生产的各项工作得到进一步加强。按照《暂行办法》确定的对企业安全生产监管分类实行动态管理的原则，决定对中央企业安全生产监管类别进行调整，现将《中央企业安全生产监管分类表》印发给你们，请遵照执行。

国务院国有资产监督管理委员会

二〇〇九年十一月三日

国务院国有资产监督管理委员会文件

国资发综合 ［2009］ 315 号

中央企业安全生产监管分类表

第一类企业（33 户）

中国核工业集团公司	中国建筑工程总公司
中国核工业建设集团公司	国家开发投资公司
中国航天科技集团公司	中国中煤能源集团有限公司
中国航天科工集团公司	中国机械工业集团有限公司
中国兵器工业集团公司	中国冶金科工集团有限公司
中国石油天然气集团公司	中国化工集团公司
中国石油化工集团公司	中国化学工程集团公司
中国海洋石油总公司	中国中材集团有限公司

续表

国家电网公司	中国有色矿业集团有限公司
神华集团有限责任公司	中国铁路工程总公司
中国远洋运输(集团)总公司	中国铁道建筑总公司
中国海运(集团)总公司	中国交通建设集团有限公司
中国航空集团公司	中国外运长航集团有限公司
中国东方航空集团公司	中国水利水电建设集团有限公司
中国南方航空集团公司	中国黄金集团公司
中国中化集团公司	中国葛洲坝集团公司
中国五矿集团公司	

第二类企业（69 户）

中国航空工业集团公司	中国煤炭科工集团有限公司
中国船舶工业集团公司	中国中钢集团公司
中国船舶重工集团公司	中国钢研科技集团有限公司
中国兵器装备集团公司	中国盐业总公司
中国电子科技集团公司	中国恒天集团有限公司
中国南方电网有限责任公司	中国建筑材料集团有限公司
中国华能集团公司	北京有色金属研究总院
中国大唐集团公司	北京矿冶研究总院
中国华电集团公司	中国建筑科学研究院
中国国电集团公司	中国北方机车车辆工业集团公司
中国电力投资集团公司	中国南方机车车辆工业集团公司
中国长江三峡集团公司	中国铁路通信信号集团公司
中国电信集团公司	中国普天信息产业集团公司
中国联合网络通信集团有限公司	中国农业发展集团总公司
中国移动通信集团公司	中国医药集团总公司
中国电子信息产业集团有限公司	中国国旅集团有限公司
中国第一汽车集团公司	中国新时代控股(集团)公司
东风汽车公司	中国冶金地质总局
中国第一重型机械集团公司	中国煤炭地质总局
中国第二重型机械集团公司	新兴铸管集团有限公司
哈尔滨电气集团公司	中国航空油料集团公司
中国东方电气集团有限公司	中国水电工程顾问集团公司
鞍山钢铁集团公司	中国储备棉管理总公司
宝钢集团有限公司	中国印刷集团公司
武汉钢铁(集团)公司	攀枝花钢铁(集团)公司
中国铝业公司	中国乐凯胶片集团公司
中粮集团有限公司	中国广东核电集团有限公司

中国储备粮管理总公司	中国华录集团有限公司
招商局集团有限公司	上海贝尔股份有限公司
华润(集团)有限公司	彩虹集团公司
中国港中旅集团公司	武汉邮电科学研究院
国家核电技术有限公司	华侨城集团公司
中国商用飞机有限责任公司	中国西电集团公司
中国节能投资公司	中国铁路物资总公司
中国诚通控股集团有限公司	

第三类企业（27 户）

中国通用技术(集团)控股有限责任公司	中国中纺集团公司
中国国际工程咨询公司	中国丝绸进出口总公司
中商企业集团公司	中国出国人员服务总公司
中国华孚贸易发展集团公司	中国林业集团公司
中国华星集团公司	中国保利集团公司
机械科学研究总院	珠海振戎公司
中国轻工集团公司	中国建筑设计研究院
中国工艺(集团)公司	中国民航信息集团公司
华诚投资管理有限公司	中国航空器材集团公司
中国国际技术智力合作公司	中国电力工程顾问集团公司
中国远东国际贸易总公司	上海船舶运输科学研究所
中国房地产开发集团公司	上海医药工业研究院
中国邮电器材集团公司	南光(集团)有限公司
电信科学技术研究院	

注：中国高新投资集团公司、中国包装总公司、中国农垦（集团）总公司由托管企业负责安全生产监督管理。中国汽车技术研究中心比照第三类企业执行。

附件2

中央企业生产安全事故季报表

填报单位： 20 年 季度 第 页 共 页

序号	事故时间	事故地点	事故单位名称	事故概况	事故原因	事故类别	死亡人数（含失踪）	直接经济损失（万元）	备注
1									
2									
3									
4									
5									

　　备注:(1)表中"事故类别"按以下分类填写1.物体打击2.车辆伤害3.机械伤害4.起重伤害5.触电6.淹溺7.灼烫8.火灾9.高处坠落10.坍塌11.冒顶片帮12.透水13.放炮14.火药爆炸15.瓦斯爆炸16.锅炉爆炸17.容器爆炸18.其他爆炸19.中毒窒息20.其他

　　(2)交通运输企业在生产经营活动中发生的交通事故,列企业生产安全事故

　　(3)一般事故只填报死亡事故和直接经济损失100万元以上1000万元以下事故

单位负责人　　部门负责人　　　制表人
(签字)：　　　(签字)：　　　(签字)：　　　　　联系电话：　　　填报日期：

附件 3

中央企业生产安全事故年度报表

序　号	事故级别	总计起数（起）	死亡人数（人·含失踪）	重伤人数（人）	直接经济损失（万元）	备　注
1	一般事故					
2	较大事故					
3	重大事故					
4	特别重大事故					
5	其他					
6	合计					

单位负责人　　部门负责人　　制表人　　　　　　联系电话：　　填报日期：
（签字）：　　（签字）：　　（签字）：

附件 4

中央企业生产安全事故快报

中央企业名称：

事故时间	年　月　日　时　分		事故地点	
事故单位				
事故现场 负责人	姓　名		事故单位 负责人	姓　名	
	电　话			电　话	
事故已死亡（失踪）人数	死亡： 失踪：		事故重伤 人数	

一、事故简要经过

二、事故现场情况及救援采取的主要措施

三、其他情况

中央企业生产安全事故报告流程图

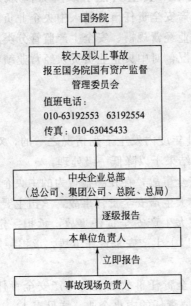

```
                    ┌─────────────┐
                    │   国务院    │
                    └──────△──────┘
                           │
        ┌──────────────────────────────────────┐
        │          较大及以上事故               │
        │      报至国务院国有资产监督           │
        │          管理委员会                   │
        │                                       │
        │      值班电话：                       │
        │      010-63192553  63192554           │
        │      传真：010-63045433               │
        └──────────────────△───────────────────┘
                           │
        ┌──────────────────────────────────────┐
        │          中央企业总部                 │
        │  （总公司、集团公司、总院、总局）     │
        └──────────────────△───────────────────┘
                           │ 逐级报告
        ┌──────────────────────────────────────┐
        │          本单位负责人                 │
        └──────────────────△───────────────────┘
                           │ 立即报告
        ┌──────────────────────────────────────┐
        │          事故现场负责人               │
        └───────────────────────────────────────┘
```

附件 6

<h2 style="text-align:center">中央企业生产安全责任事故降分降级处理细则</h2>

中央企业的生产安全责任事故纳入中央企业负责人经营业绩考核之中，主要根据企业经营规模、安全生产监管分类及事故的起数、性质、级别和责任情况，对中央企业负责人经营业绩考核结果进行降级或降分处理。

一、降级

（一）中央企业年度内发生下列情况之一的，对中央企业负责人年度经营业绩考核结果予以降低一级处理：

1. 发生生产安全事故，存在瞒报行为的中央企业。

2. 发生特别重大生产安全责任事故，承担主要责任的中央企业。

3. 发生特别重大生产安全责任事故，承担一定责任的第二类中央企业；发生重大以上生产安全责任事故，承担一定责任的第三类中央企业。

4. 较大生产安全责任事故或重大生产安全责任事故达到规定降级起数，且承担主要责任的中央企业（详见表1）。

5. 发生重大环境污染、公共安全等事件，并造成重大社会影响的中央企业。

（二）中央企业任期内连续发生瞒报事故或发生两起以上特别重大生产安全责任事故，对中央企业负责人任期经营业绩考核结果予以降低一级处理。

表 1

类型	规模（亿元）	较大责任事故（起数≥）	重大责任事故（起数≥）
第一类企业	销售收入≥3000	6	2
	1500≤销售收入＜3000	5	2
	销售收入＜1500	4	2

类型	规模（亿元）	较大责任事故（起数≥）	重大责任事故（起数≥）
第二类企业	销售收入≥3000	4	1
	1500≤销售收入＜3000	3	1
	销售收入＜1500	2	1
第三类企业	所有规模	1	1

二、降分

（一）中央企业年度内发生较大生产安全责任事故或重大生产安全责任事故，承担主要责任，事故起数未达到降级标准的，按以下标准对中央企业负责人年度经营业绩考核降分：

1. 第一类企业，较大生产安全责任事故 1 起扣 0.2～0.4 分，重大生产安全责任事故 1 起扣 0.6～1.2 分。

2. 第二类企业，较大生产安全责任事故 1 起扣 0.4～0.8 分。

（二）中央企业年度内发生较大以上生产安全责任事故，多方共同承担责任，按以下标准对中央企业负责人年度经营业绩考核降分：

1. 第一类企业，较大生产安全责任事故 1 起扣 0.1～0.2 分；重大生产安全责任事故 1 起扣 0.3～0.6 分；特大生产安全责任事故 1 起扣 0.8～2 分。

2. 第二类企业，较大生产安全责任事故 1 起扣 0.2～0.4 分；重大生产安全责任事故 1 起扣 0.6～1.2 分。

3. 第三类企业，较大生产安全责任事故 1 起扣 0.4～0.8 分。

（三）中央企业年度内发生较大以上生产安全责任事故，承担管理责任、次要责任、一定责任等非主要责任的，按以下标准对中央企业负责人年度经营业绩考核降分：

1. 第一类企业，较大生产安全责任事故 1 起扣 0.05～0.1 分；重大生产安全责任事故 1 起扣 0.15～0.3 分；特大生产安全责任事故 1 起扣 0.4～1 分。

2. 第二类企业，较大生产安全责任事故 1 起扣 0.1～0.2 分；重大生产安全责任事故 1 起扣 0.3～0.6 分。

3. 第三类企业，较大生产安全责任事故 1 起扣 0.2～0.4 分。

三、其他

1. 中央企业因安全生产受到业绩考核降级处理后，不再另外降分。

2. 煤炭企业按第一类企业中第二档（1500 亿元≤销售收入＜3000 亿元）进行考核。

参考文献

[1] 金龙哲，宋存义. 安全科学原理. 北京：化学工业出版社，2004.

[2] 赵秋生. 厂长经理和管理人员职业安全健康知识. 北京：化学工业出版社，2005.

[3] 王起全，徐德蜀. 安全评价操作实务. 北京：气象出版社，2009.4.

[4] 吴穹，许开立. 安全管理学. 北京：煤炭工业出版社，2002.

[5] 罗云，程五一. 现代安全管理. 北京：化学工业出版社，2004.

[6] 徐德蜀. 安全科学与工程导论. 北京：化学工业出版社，2004.

[7] 全国注册安全工程师职业资格考试辅导教材编审委员会. 安全生产管理知识（2008 版）. 北京：中国大百科全书出版社，2008.

[8] 全国注册安全工程师职业资格考试辅导教材编审委员会. 安全生产法及相关法律知识（2008 版）. 北京：中国大百科全书出版社，2008.

[9] 徐德蜀，王起全. 健康、安全、环境管理体系. 北京：化学工业出版社，2006.

[10] 邢娟娟. 企业事故应急救援与预案编制技术. 北京：气象出版社，2008.

[11] 国家安全生产监督管理局. 安全评价（修订版）. 北京：煤炭工业出版社，2005.

[12] 刘铁民，张兴凯，刘功智. 安全评价方法应用指南. 北京：化学工业出版社，2004.

[13] 赵铁锤. 安全评价. 北京：煤炭工业出版社，2003.

[14] 刘衍胜. 生产经营单位主要负责人安全培训教材. 北京：气象出版社，2006.

[15] 全国注册安全工程师执业资格考试辅导教材编审委员会. 安全生产事故案例分析. 北京：煤炭工业出版社，2005.

[16] 王显政等. 安全生产事故案例分析. 北京：煤炭工业出版社，2004.

[17] 吴宗之，高进东，魏利军. 危险评价方法及其应用. 北京：冶金工业出版社，2002.

[18] 罗云. 注册安全工程师手册. 北京：化学工业出版社，2004.

[19] 张景林，崔国璋. 安全系统工程. 北京：煤炭工业出版社，2002.

[20] 梁友信，孙贵范. 劳动卫生与职业病学. 北京：人民卫生出版社，2000.

[21] 张兴容，李世嘉．安全科学原理．北京：中国劳动和社会保障出版社，2004．

[22] 刘宏．职业安全管理．北京：化学工业出版社，2004．

[23] 徐明，师详洪，王来忠．企业安全生产监督管理．北京：中国石化出版社，2004．

[24] 沈斐敏．安全系统工程理论与应用．北京：煤炭工业出版社，2001．

[25] 陈宝智．安全原理（第二版）．北京：冶金工业出版社，2002．

[26] 《安全生产知识读本》编写组．安全生产知识读本．合肥：合肥工业大学出版社，2004．

[27] 相桂生．企业经营者安全生产教育读本．北京：中国物价出版社，2003．

[28] 吴宗之，刘茂．重大事故应急救援系统及预案导论．北京：冶金工业出版社，2004．

[29] 陈宝江，徐伟亚，王学广．OHSMS认证与安全评价．北京：中国标准出版社，2004．

[30] 赵瑞华．安全生产依法行政指南．北京：中国物价出版社，2003．

[31] 刘铁民．职业安全健康法规手册．北京：群众出版社，2003．

[32] 《工伤保险条例》研究小组．工伤保险条例释义与实施手册．合肥：安徽文化音像出版社，2003．

[33] 顾学箕，王移兰主编．劳动卫生学．北京：人民卫生出版社，1983．

[34] 方宝龙，王起全．快乐安全管理．北京：中国计量出版社，2005．

[35] 邢娟娟著．职业健康工作实务．北京：煤炭工业出版社，2002．

[36] 罗云，田水承．安全经济学．北京：中国劳动和社会保障出版社，2007．

[37] 周敏文，谭海文．浅析我国安全生产信息化建设的现状与对策．露天采矿技术，2005（6）．

[38] 孙明义．江苏省安全生产信息化建设现状与对策．信息化建设，2008（8）．

[39] 姜爱林．中国信息化发展的历史变迁，图书馆学研究，2002（4）．

[40] 乌家培．经济·信息·信息化．大连：东北财经大学出版社，1996．